COLLECTION FOLIO

Violaine Huisman

Fugitive parce que reine

Gallimard

Violaine Huisman est née en 1979. Elle vit depuis vingt ans à New York où elle organise des festivals et des événements littéraires. Elle a aussi effectué plusieurs traductions de l'américain aux Éditions Allia, dont *Un crime parfait* de David Grann et *La haine de la poésie* de Ben Lerner. *Fugitive parce que reine* est son premier roman.

À ma sœur

I

Le jour de la chute du mur de Berlin, l'année de mes dix ans, tandis que défilaient sur les écrans du monde entier des images d'embrassades, de larmes de joie, de bras déployés en signe de victoire, des ribambelles d'hommes et de femmes en liesse devant des monticules de pierres, des éboulis, des nuées de poussière, nous autres, Français, assistions à cet événement historique au détour de fondus enchaînés sur le visage sévère du présentateur du journal de 20 heures, lequel nous avait tacitement invités à passer à table – pour ceux qui passaient à table, c'est-à-dire ceux d'entre nous qui suivaient un rituel familial et pour qui le JT avait remplacé le bénédicité ou constituait une sorte de prière républicaine, un rite séculaire conforme à la laïcité de notre patrie –, et moi, les yeux rivés sur le poste, je restais ahurie, effarée par ce chaos dont la portée géopolitique m'échappait complètement malgré les efforts de pédagogie du speaker – on pouvait juger de l'importance des nouvelles à sa diction : progressivement descendante quand l'heure était grave, et aiguë les dimanches soir quand il était chargé d'annoncer aux téléspectateurs qui avaient patienté toute la semaine la rediffusion d'une comédie ou d'un film d'aventure –, non, les enjeux de l'événement n'avaient eu aucune prise sur ma conscience, mais je n'en étais pas moins saisie, happée par ces reportages à travers lesquels il me semblait percevoir en filigrane, comme derrière une vitrine, en transparence, les vestiges de maman, son portrait magnifié parmi les ruines, son corps dissimulé sous les décombres, son visage sous les gravats, peut-être ses cendres. C'était avec un ravissement ébloui que j'avais admiré maman jusque-là, et l'éclat de sa présence dans mon regard mouillé de petite fille n'avait pas eu le temps de se ternir. Elle s'était éclipsée brusquement. Maman avait sombré dans une dépression si cataclysmique qu'elle avait dû être internée de longs mois, de force. Après m'avoir longtemps menti sur les raisons de sa disparition soudaine, on m'apprit que maman était maniaco-dépressive. La phrase m'était restée tout attachée – ta-mère-est-maniaco-dépressive –, une phrase prononcée par un adulte quelconque, une de ces phrases de grande personne qui ne servait à rien sinon à m'embrouiller ou me persécuter. Son écho devenait le leitmotiv de mon tourment, ma langue enroulant et déroulant ses vocables pour en diluer le peu de sens que j'y discernais. Ça ne voulait rien dire d'abord, maniaco-dépressive. Ou si, ça voulait dire que maman pouvait monter dans les tours, des tours que je visualisais aux angles d'un château fort, des donjons, au sommet desquels j'imaginais maman grimper à toute allure, et d'un bond plonger au fin fond des cachots ou des catacombes, enfin là où il faisait froid et humide, là où ça puait la mort. Maman avait donc disparu du jour au lendemain. Mes souvenirs de ce qui avait précédé sa fugue étaient probablement trop décousus pour en tisser un récit cohérent, mais les explications qui m'avaient été proposées étaient aussi invraisemblables qu'irrecevables. En fin de compte, personne ne se rappelait mieux que moi mon enfance hormis ma sœur qui n'avait pas retenu exactement les mêmes épisodes de notre épopée et pouvait parfois me souffler des répliques pour combler les lacunes de ma mémoire. Seul un élément nous manquait : le moment précis de sa chute. Cet incident, s'il avait eu lieu, nous avait échappé à toutes les deux et cette ellipse ne nous laissait que le sentiment diffus que nous avions bien failli mourir. Oui, cette angoisse persistait. Une anecdote étayait notre hypothèse, non qu'elle fût clairement le catalyseur, mais à défaut d'en identifier un avec certitude, cette mésaventure faisait l'affaire : l'accident de voiture sur le chemin ou au retour de l'école, ma sœur à l'avant, à la place du mort, moi derrière, sans ceinture jamais, et maman qui en première ligne du feu rouge avenue George-V accélérait d'un coup au son de forts crissements de pneus dans la perpendiculaire de l'avenue des Champs-Élysées. Impossible de se rappeler combien de voitures nous ont percutées mais suffisamment pour envoyer notre petite Opel à la casse.

Nous avions l'habitude de sa conduite sportive. Toujours en retard partout, il lui arrivait de prendre les trottoirs quand ça n'avançait pas, une technique éprouvée pour éviter les embouteillages. De sa main gauche, une cigarette entre les doigts, elle houspillait les badauds. Qu'ils dégagent le passage ! On était pressées ! Il n'y avait que la bande d'arrêt d'urgence qu'elle hésitait à prendre sur l'autoroute, et encore, quand il y avait des flics – Attention y a les flics ! –, et dans le cas où nous nous serions fait arrêter, en roulant sur un trottoir, à contresens dans une rue à sens unique, après avoir grillé plusieurs feux, de nombreux stops et, dans la foulée, insulté moult automobilistes, cyclistes ou autres connards sur notre passage, ma sœur et moi avions pour instruction de jouer les mourantes. Elle expliquait alors que ses deux filles ou l'une de nous deux – dans ce cas l'autre devait prendre un air consterné – étaient gravement malades et qu'elle nous conduisait à l'hôpital, c'était une question de vie ou de mort. Ça marchait parfois, mais il semble que le numéro de charme qui s'ensuivait était largement aussi responsable du succès du stratagème. Maman était une des plus belles femmes que la Terre ait portées, disaient tous ceux qui l'avaient connue au paroxysme de sa splendeur, et sa beauté lui fut au moins aussi fatale qu'elle le fut aux hommes et aux femmes qui succombèrent à sa séduction. Nous n'étions pas étonnées que maman conduise comme une barge, le code de la route était pure théorie qu'il lui aurait paru saugrenu de mettre en pratique, mais d'habitude, avant de faire une queue de poisson, voyant qu'un camion arrivait en face à toute blinde, elle se rétractait : Ouh là, il est un peu gros celui-là ! Aussi nous avions été sidérées de constater sa détermination à se ramasser une volée de pare-chocs comme nous dévalions en tête-à-queue l'avenue des Champs-Élysées. Par je ne sais quel miracle nous nous en étions sorties toutes les trois indemnes.

Maman internée, nous atterrîmes d'abord chez des amis. Nos parents étaient séparés depuis de nombreuses années – à cause d'une sombre histoire de cul, disait maman – et elle s'était remariée entre-temps, et plus tard elle expliquerait que le désastre de cette dernière rupture avait déclenché son pétage de plombs. Notre père n'était pas emballé-emballé à l'idée d'avoir la garde de ses filles, aussi toutes les autres options durent être passées en revue avant d'en arriver à la conclusion inévitable que ces enfants ne pouvaient pas continuer de se faire ballotter chez les uns et les autres. Nous n'étions pas malheureuses d'habiter chez nos camarades de classe – pas malheureuses de cet aspect-là de notre sort car pour le reste nous étions totalement désespérées. Nos amis avaient été, étaient et seraient à jamais nos familles de substitution, nos familles en kit, à monter soi-même. À douze et dix ans, ma sœur et moi allions devoir nous débrouiller seules, sans maman, et nos familles rafistolées s'avéraient d'un soutien inébranlable.

Démerdez-vous ! revenait régulièrement au cœur de ses exhortations, des injonctions à aller nous faire foutre ou à lui foutre la paix, à cesser de nous foutre du monde, à comprendre qu'elle n'avait que foutre de nos cas de conscience ou de nos soucis de gamines pourries gâtées. Démerdez-vous, vous m'emmerdez avec vos problèmes à la con ! Les diatribes de maman ne s'arrêtaient pas là, en général elles commençaient comme ça. Nous étions si souvent soumises à ses logorrhées cauchemardesques que ma sœur et moi évitions de nous regarder quand elles s'annonçaient, nous fixions nos pieds. La laisser dire, surtout ne pas relever était notre mot d'ordre. Ne pas se moquer non plus, même quand ses sermons étaient si extravagants qu'ils en devenaient drôles, au besoin se pincer pour ne pas rigoler. Prendre un air contrit, plein de repentir, même quand elle nous sortait sa grande phrase, entre toutes la plus délirante : Vous vous rendez compte que je vous ai torché le cul pendant des années ! Cette phrase, un classique du répertoire de maman, s'élevait comme la preuve irréfutable que cette femme était cinglée, complètement fracassée, la vieille ! Comment prendre au sérieux une déclaration pareille ? Nous n'avions rien demandé, et surtout pas à naître chez de tels timbrés ! La phrase avait aussi le mérite de nous rappeler que nous n'étions pas responsables de tout. Ses soliloques, prononcés sur le ton d'une engueulade en bonne et due forme, débutaient toujours à peu près en ces termes : Mais pauvre petite conne, si tu savais tout ce que j'ai fait pour toi ! Quelle ingratitude ! Tu ne peux même pas te douter du quart de la moitié des sacrifices que j'ai faits pour ta sœur et toi, pour vos pommes. Mais qui vous êtes pour venir me juger parce que j'ai des moments de faiblesse ? Qui peut se targuer de n'avoir aucune faille ? Qui ? Vous vous prenez pour qui, pauvres sombres petites connasses ? Vous vous rendez compte que je vous ai torché le cul pendant des années ? Non, évidemment. Eh bien j'en ai rien à foutre de vos problèmes à la con, vous avez qu'à vous démerder puisque c'est comme ça que vous le prenez. On verra bien qui viendra encore crier au secours quand vous aurez fini par avoir ma peau. Je fais ce que je peux, vous m'entendez, je fais mon maximum et, si ce n'est pas assez pour vous, allez voir ailleurs si j'y suis, allez voir si vous trouvez mieux comme mère. En attendant, maman elle fait ce qu'elle peut, maman elle en a ras le bol, maman elle en a plein le dos, et maman c'est un être humain aussi, et maman elle vous dit merde !

Nous ne nous rendions effectivement pas compte à cette époque que, pour maman, avoir changé nos couches, puis nous avoir essuyé les fesses sur le pot, ça n'avait rien d'élémentaire. Pour maman, être une mère suffisamment bonne n'avait rien d'une évidence. Aux demandes incessantes du nourrisson, à l'aliénation de la maternité, et au bouleversement affectif, à la crise identitaire que représentait le fait de devenir mère, vu son parcours, sa maladie, son passé, elle ne pouvait que répondre de manière violente, imprévisible, destructrice, mais aussi avec tout l'amour qu'elle n'avait pas reçu et rêvait de donner et de trouver en retour. Cet amour fou, cette passion intenable que représentaient deux moutardes avec leurs emmerdements à tous âges, cet amour qui n'en finissait pas, qui ne pouvait finir, qui survivait à tout, flambait plus haut que tout, pardonnait tout, cet amour qui la faisait nous appeler, quand nous n'étions pas des petites connes ou des salopes ou des pétasses, mes chéries adorées que j'aime à la folie, cet amour la fit vivre autant qu'elle le put.

Nous avions une expression consacrée, une expression que nous lui avions consacrée, ma sœur et moi : maman chérie que j'aime à la folie pour toute la vie – et pour l'éternité du monde entier. Cette formule, quand nous réussissions à la lui rétorquer, parvenait à retourner sa colère et métamorphoser son humeur. Soudain elle retrouvait son calme, elle était rassurée, nous l'aimions au point de toujours parer ses assauts avec la fulgurance de notre affection. Le revers de sa rage n'était pas la sobriété, mais la vénération. Nous l'aimions plus que tout et cette promesse suffisait à lisser son front, à poser de nouveau sa voix. Oui, nous l'aimions ; oui, elle nous aimait. L'orage passait avec une caresse sur l'échine, un grand baiser dans le cou, une pluie de baisers, encore et encore des baisers.

Finalement, nous débarquions chez papa, après un court passage chez mamie et papi – la mère et le beau-père de maman – qui ne pouvaient pas nous conduire tous les matins de Montreuil jusqu'à notre école au fin fond du 15ᵉ arrondissement de Paris, parce qu'ils travaillaient, mamie et papi ! Et ni l'un ni l'autre n'était chauffeur de taxi ! Ils expliquaient à papa que s'il souhaitait envoyer son chauffeur à lui, puisque papa avait une voiture de fonction, grand bien lui fasse, qu'il ne se gêne pas, surtout. Ça devenait épineux, ce problème de logement. Pendant notre séjour chez papa, je m'autorisais d'interminables séances de larmes enfermée dans les toilettes. Mais comment est-ce possible d'être si pleurnicharde ? m'avait reproché maman tout au long de mon enfance, me trouvant trop à fleur de peau, trop geignarde. Arrête de pleurer, bordel ! Comment ça, tu sais pas pourquoi tu pleures ? Tu veux que je t'en colle une pour que tu saches pourquoi tu pleures ? Maman exagérait, maman abusait franchement, sa mauvaise foi dépassait les limites de l'entendement : elle-même pleurait à tout bout de champ, par intermittence certes, mais quand la saison des larmes arrivait c'était la mousson, Isis faisant déborder le Nil. J'ai gardé d'elle la fâcheuse habitude de disperser mes vieux mouchoirs un peu partout sur mon passage, et en période de pleurs ses mouchoirs à elle laissaient des auréoles humides sur les meubles, sur les canapés, sur les lits, dans les poches de ses jeans, ses jeans dégueulasses qu'elle ne prenait plus la peine de laver et qu'elle ne quittait pas parce qu'elle n'avait plus la force de décider comment s'habiller.

En son absence, je perdais la notion du temps, les minutes et les heures semblaient trop longues pour imaginer compter les jours, les semaines, les mois. On nous avait expliqué que maman était malade – il y avait pire encore que maniaco-dépressive après tout, il y avait malade, ta mère est malade. L'adjectif dans ce contexte paraissait sans rapport avec une indisposition passagère, les maladies courantes dont nous avions pu faire l'expérience, les maladies du tout-venant. L'adjectif semblait définitif, il luisait d'une aura singulière comme un front cireux sur lequel une sueur mortuaire s'est glacée, comme la gelée fige le bœuf aux carottes. Cette épithète accablante ne servait plus à caractériser un état transitoire, symptomatique, mais à circonscrire tout son être. Aussi l'adjectif flottait dans le marasme de ma conscience comme un euphémisme probable, probablement ne me disait-on pas la vérité, on continuait de me mentir pour me cacher le départ éternel de maman. Si je doutais de ma mémoire, si je craignais d'amplifier avec la distance des ans le désespoir que je ressentais alors, je tiens la preuve irréfutable que je suis encore loin du compte dans ce poème que j'ai écrit à ma mère l'année de mes dix ans, et dont les premiers vers disaient : *Maman, Maman, / Toi qui m'aimes tant / Pourquoi partir sans me prévenir ?*

Ce fut lors de cet automne incurable que je découvris Apollinaire :

Et que j'aime ô saison que j'aime tes rumeurs
Les fruits tombant sans qu'on les cueille
Le vent et la forêt qui pleurent
Toutes leurs larmes en automne feuille à feuille
Les feuilles
Qu'on foule
Un train
Qui roule
La vie
S'écoule

Le frisson de l'être dans son évanescence, son échappée funeste, cette fugacité que le poème épelle, égrène, la métrique qui donne corps dans la plastique des vers à l'inexorable cours de la vie, ce profil fuyant que dessinent les mots, ce choc esthétique se superposait dans mon souvenir à la promenade dans les bois près de la maison de campagne de mamie, quand une amie de maman, la première à oser lc faire, tenta de nous expliquer ce qui se passait. Ses paroles nous apportaient enfin des éclaircissements à la lueur pâle d'un ciel de novembre, comme à nos pieds miroitaient ces lames d'or dont les marronniers régaliens avaient serti notre passage. Dans l'entremêlement de la poésie, du dialogue et des branches, un rayon de soleil perçait timidement au travers des frondaisons, découvrant dans mon cœur inconsolable une fissure, une fine brèche d'espoir.

Il y eut ce Noël, où comme tous les Noëls ma sœur et moi étions ensevelies sous les cadeaux, ça croulait de paquets, de bolduc enrubanné sur des papiers bariolés, le tout sous un sapin décoré par qui – qui sait. Comment osaient-ils, les adultes de notre vie, papa au premier chef, nous préparer une fête sans pâlir d'effroi ? Nous voulions maman pour Noël, était-ce si compliqué à comprendre ? Nous ne voulions pas de cadeaux si nous ne pouvions avoir le seul qui comptait : maman, enfin ! Où est maman ? Et quand reviendra-t-elle ?

Noël était toujours un calvaire mais, cette année-là, ce fut tout le chemin de croix, et je n'en revenais pas, et je n'en reviens toujours pas, que nous ayons été forcées de prétendre que nous aimions nos cadeaux parce qu'il ne fallait pas vexer papa. C'était à lui que ça faisait plaisir et il ne fallait pas le contrarier, et il ne restait plus que lui, et nous n'étions pas prêtes à nous déclarer orphelines, alors nous faisions de notre mieux pour jouer le jeu, pour sourire et dire merci et nous extasier autant que possible, afin que papa ne nous jette pas dehors dans un accès de rage. Il ne fallait pas que notre ingratitude, pas celle dont nous accusait maman, mais toujours et encore cette ingratitude des enfants – car les enfants sont ingrats, on le sait, le manque de reconnaissance pour les sacrifices des parents est un fait incontestable –, nous trahisse, nous enfonce encore plus profond dans ce bourbier où nous pataugions si péniblement. Nous fêtions Noël et pourtant papa était un peu juif sur les bords, disait maman. Lui se disait athée.

L'événement historique qui avait défini le destin de mon père était l'avènement de la Seconde Guerre mondiale. Fils de ministre, d'ancien vice-président de la République, papa avait grandi dans le palais de l'Élysée petit garçon, puis dans des logements de fonction d'un luxe comparable, et lorsque la guerre avait éclaté, le judaïsme de ses ancêtres lui avait presque coûté la vie. Son père, limogé et banni, s'était retrouvé sans un sou. Papa se rappelait qu'un beau jour, en pleine guerre, alors qu'ils étaient cachés sous un nom d'emprunt à Marseille, son père avait dit que si d'ici à la fin du mois il ne trouvait pas de quoi les faire vivre, lui, sa mère et ses frères, ils iraient tous se jeter dans le Vieux-Port au bout de la Canebière. J'avais pu constater chez mon père les ravages de cette blessure psychique, à quel point il était resté meurtri par l'expérience innommable de la honte de sa judéité, la peur impensable d'être tué pour ses origines, de tout perdre d'un jour à l'autre, sans raison aucune. Ce n'était pas une compétition, et à ce jeu-là l'Holocauste gagnerait toujours : la Shoah aurait toujours la haute main sur les traumatismes de tous les autres. La disparition de maman pour ma sœur et moi ne pouvait pas se comparer à l'horreur de la guerre pour mon père.

Maman revint enfin avec à sa traîne une batterie de casseroles qui l'empêchaient de cuisiner, qui l'empêchaient de dormir, qui la maintenaient dans un semi-coma, chancelante et hagarde dans le brouillard des neuroleptiques à haute dose dont elle disait qu'ils lui avaient tellement lardé le cul à Sainte-Anne qu'il en ressortait du pus. Elle racontait en boucle les traitements barbares qu'on lui avait infligés avec des détails à la fois troublants de réalisme – les odeurs, les douleurs – et irreprésentables. Les scènes qu'elle décrivait s'inscrivaient dans un théâtre tout onirique où le naturalisme ne servait qu'à confondre le spectateur : une sorcière aux yeux vitreux écrasant ses mégots dans le pot d'une plante cramoisie ; les vieux crevant la gueule ouverte, seuls, paumés, sans même savoir qui ils étaient ; des infirmières fardées comme des voitures volées titubant, des seringues plus hautes qu'elles à bout de bras ; un spectre flottant au-dessus d'une mare de pisse… Le courage et la volonté qu'il lui avait fallu pour se sortir de cette prison, de la camisole médicamenteuse, on avait pas idée ! Elle s'était battue contre les salopes en blouse blanche – à mains nues ! –, elle s'était forcée à prendre des douches glacées, en cachant les comprimés dans ses manches ou sous son matelas. Elle avait accepté d'obéir à leurs règles absurdes, elle s'était fait violence en s'aplatissant comme une carpette, en se transformant en serpillière humaine pour montrer qu'elle était très coopérative, calme, tout à fait calme et docile. En son for intérieur, elle savait que sa rébellion serait plus puissante si elle la camouflait. Alors elle se planquait. Elle faisait du troc en douce avec les autres patients pour aller téléphoner à la cabine à pièces, parce qu'elle n'avait pas un rond, même pas de quoi s'acheter des clopes, et qu'il n'y avait personne, personne pour l'aider ! Elle appelait Paris, tous les amis de confiance – tous, façon de parler, les derniers qui lui restaient se comptaient sur les doigts d'une moitié de main, une main mutilée –, pour pouvoir au moins être transférée à la capitale, parce que au début elle avait été internée à Tulle, la ville la plus proche du bled où elle s'était réfugiée avant de se faire embarquer, ligotée avec camisole et tutti quanti. Maman avait acheté une maison en Corrèze avec de l'argent qu'elle avait volé à papa. Ça lui avait pris du temps de réunir la somme en liquide. Quand ils étaient encore mariés, elle lui avait piqué au fur et à mesure des petites coupures en grosses liasses de billets de banque qu'il gardait dans son coffre-fort et ne comptait pas – l'argent ne valait que pour le plaisir d'être dépensé, pas pour la thésaurisation – jusqu'à ce qu'elle ait amassé de quoi verser le dépôt de garantie de la maison de ses rêves, une ruine en vieilles pierres avec une sublime toiture en ardoise trouée, au sommet d'un microscopique village du Massif central, près de rien sinon quelques volcans éteints et le haut lieu de la porcelaine. Elle avait demandé à papa de l'acheter avec elle, pour elle, mais il lui avait répondu qu'elle ne pouvait pas être sérieuse, qu'elle était givrée, que jamais il ne foutrait les pieds dans un trou pareil, à Pétaouchnok, non mais quelle idée ! Cette maison qu'elle avait restaurée avec une passion démesurée, et encore beaucoup de liasses de billets soustraites au coffre-fort, c'était son paradis, un havre de paix entouré d'un mur en granit qu'elle avait aidé les maçons à monter pierre à pierre, et le long duquel elle avait planté un lierre dont elle attendait avec impatience de le voir se jeter de l'autre côté de l'enceinte comme la tresse de Raiponce. Cette maison qu'elle appelait la maison du bonheur à l'instar de son diastème – son sourire plein des dents du bonheur –, cette maison était sa forteresse. Elle s'y sentait protégée non seulement des attaques extérieures mais de sa propre destruction, elle s'y sentait invincible, inaltérable. Aussi, en toute logique, dès qu'elle s'était vue traquée par des hommes en blouse blanche, menacée par les démons qui la pourchassaient depuis sa petite enfance, elle était partie en Corrèze sauver sa peau. Elle avait emprunté la voiture d'une copine pour ne pas être repérée, pour qu'ils perdent sa trace – eux : ses ennemis –, et toute la nuit elle avait conduit pour arriver au petit jour à Puypertus, le village de la maison, où elle s'était mise à l'abri chez des voisins fermiers. Je m'étonnais que papa ait pensé à aller la chercher là-bas, je m'étonnais parce que ça demandait non seulement de la présence d'esprit mais une connaissance profonde de sa psychologie. J'ai compris plus tard à travers les récits incomplets de papa, de maman, des autres – ces bribes d'histoires que je rapiéçais péniblement – que c'était le dernier mari qui avait dit à papa qu'elle avait dû se planquer là-bas, mais ni lui ni mamie ne voulaient aller la trouver : ils craignaient tous les deux, peut-être à juste titre, de se faire zigouiller. Papa partageait leur angoisse, cependant il fallait bien que quelqu'un intervienne. Papa avait dû obliger mamie à signer l'autorisation d'internement en lui jurant ses grands dieux que maman n'en saurait rien tant elle craignait la vengeance de sa fille. Non mais je rêve ! disait maman mise au courant par papa – par sadisme ? par duplicité ? juste pour voir sa réaction ? – de cette crainte. Franchement, c'est d'un ridicule ! On croirait qu'ils avaient affaire à une criminelle de guerre, pourquoi pas Hitler tant qu'on y est ! Quand papa était arrivé chez les fermiers – d'autres voisins l'avaient renseigné sur sa planque –, maman était sortie avec un fusil de chasse pointé sur la fourgonnette. Ben comment j'aurais pu deviner qu'il était chargé ? Putain mais quelle conne, j'aurais dû tirer ! J'aurais mieux fait de leur tirer dessus à ces enflures, je m'en serais sortie à meilleur compte. Déjà, j'aurais commencé par avoir un procès – la présomption d'innocence apparemment ça leur passait au-dessus, jamais entendu parler, la préson-quoi ? Je déclare l'accusée coupable ! Allez, au trou, et que ça saute ! Mais non, tu parles, ils préféraient faire mon procès derrière mon dos, c'est sûr, c'est tellement plus facile de calomnier quand l'autre peut pas se défendre. Vous ne passerez pas par la case départ, allez directement en prison ! Je vais te dire, j'aurais pas été plus mal lotie en taule, au moins je me serais peut-être fait des copines, alors que chez les dingues j'étais foutue d'avance, ça, je risquais pas d'avoir beaucoup d'alliés.

À son retour, les idées aussi floues que sombres, maman avoua que c'était elle qui avait refusé que nous venions la voir à l'hôpital. Elle justifiait sa position par la crainte de nous traumatiser, ce qui me semble a posteriori révéler combien elle avait tenu en pleine débâcle à maintenir son poste, son rôle de mère, sa dignité, son autorité. Il fallait à tout prix qu'elle reste mère, qu'elle ne perde pas ça. Nous n'allâmes ni à Tulle ni à Sainte-Anne, et c'est seulement beaucoup plus tard qu'elle a consenti à ce que nous lui rendions visite lors de ses séjours à la clinique de Garches. J'imaginais l'hôpital – l'hôpital, pas la clinique, distinction notable – tel qu'il m'était apparu à l'écran, peu de temps après son départ, tandis que j'entendais son diagnostic répété à tout bout de champ – ta mère est malade, ta-mère-est-maniaco-dépressive, ta mère est malade, malade mentale –, dans *Vol au-dessus d'un nid de coucou* qui passait à la télévision justement à ce moment-là. Que les parents de l'amie chez qui je vivais alors me laissent regarder ce film, abrutie de peur, ne me surprenait plus. Nous étions clairement entourées d'écervelés irresponsables ou dépassés ou aveugles ou d'un égoïsme crasse. Quoi qu'il en soit, il n'y en avait pas un pour rattraper l'autre, aurait dit maman. Sa description des soins psychiatriques cadrait exactement avec ceux que recevait Jack Nicholson, ou ceux dont je me souvenais ; je n'ai jamais revu ce film.

Maman nous demandait de lui pardonner d'avoir encore foutu le feu à la cuisine en laissant brûler l'étrange ragoût qui devait nous tenir lieu de dîner, c'était la faute de ces foutus neuroleptiques dont elle n'arrivait pas à se remettre, on lui avait lessivé le cerveau, tout était brouillé, il y avait trop de friture sur la ligne. Nous lui disions que ça n'avait aucune importance, nous lui répondions de ne pas s'inquiéter, de surtout ne pas se tracasser pour si peu, nous nous en moquions de dîner. C'est pas grave, maman ! Pleure pas, maman, c'est pas grave ! Elle explosait en sanglots, et hoquetait qu'elle ne pouvait pas, c'était trop difficile, c'était trop dur, elle n'allait jamais s'en sortir. T'inquiète pas, maman, nous on sait que tu vas y arriver ! Regarde, tout va bien, tu y arrives très bien, c'est juste un plat, c'est rien ! Nous nous efforcions de la convaincre, nous nous escrimions à lui faire retrouver confiance en elle, en l'avenir. Mais nous n'étions sûres de rien et encore moins de la revoir en vie le lendemain matin. Aussi le rituel du coucher se déclinait pendant des heures comme un préambule aux cauchemars qui ne manquaient pas d'accompagner nos nuits.

Dans l'appartement où nous avons emménagé à la rentrée scolaire suivante, il y avait trois chambres le long du couloir : celle de ma sœur, la mienne, et celle de maman. Dans l'ordre, maman allait embrasser ma sœur, puis moi, et cette configuration – ma chambre entre les leurs – a défini toute mon adolescence jusqu'à ce que je sois libérée de ce carcan affectif, cette prison de femmes dans laquelle nous étions enchaînées toutes les trois comme des bagnardes. Maman commençait par souhaiter bonne nuit à ma sœur, et j'entendais faiblement leur dialogue – en fait, je ne suis pas sûre que j'entendais vraiment ce qu'elles se disaient, je me souviens que j'essayais d'écouter, je me rappelle surtout que le rituel durait des plombes, des siècles, des années-lumière. Ça n'en finissait pas et j'en venais à compter les minutes au ralenti, en doublant ou triplant la durée des secondes, tapie sous ma couette, imaginant que je dénombrais des bancs de poissons multicolores, m'arrêtant pour en décrire les nuances nacrées dans un vocabulaire que je voulais savant – opaline, pourpre, mordoré, cyan, vermillon. Quand enfin j'entendais le pas de maman s'approcher dans le couloir, je savais qu'il fallait que je prenne mon mal en patience : il y en avait encore pour un bon quart d'heure. Car à peine maman avait passé la porte de sa chambre, ma sœur la rappelait. Maman ! Un dernier baiser ! Maman, attends ! J'ai encore un truc à te dire ! Maman, je te jure, c'est super important ! Maman, reviens ! Et quand enfin elle partait, la porte laissée entrouverte juste assez – non pas tout à fait assez, oui comme ça ça va –, le dernier baiser dispensé, puis le tout dernier dernier, puis encore le der des ders, la ritournelle des à-demain-maman prenait le relais. Le refrain comptait au bas mot une centaine de répétitions, rythmées par intermittence d'une légère variation – à demain matin, maman ! –, auxquelles maman devait répondre oui, ma chérie ! sur un ton franc et décisif, faute de quoi il fallait reprendre à zéro. Je n'ai jamais demandé à ma sœur s'il y avait un chiffre magique, si elle comptait le nombre de fois qu'elle prononçait la phrase. Je ne crois pas. Je pense que le chiffre devait correspondre à une température affective, et sur ce thermomètre la fièvre était toujours dangereusement élevée. Le plus souvent, après avoir enfin franchi le seuil de ma chambre pour venir me border à mon tour, maman devait retourner auprès de sa fille aînée qui avait encore un dernier petit truc à lui dire, un truc hyper important, vraiment capital.

Elle voulait lui signifier, dans ce langage codifié qu'elles s'étaient mutuellement inculqué pour l'occasion, qu'elle l'attendrait au réveil. Dans la limite de ses minuscules moyens, elle s'évertuait à faire jurer à maman de survivre à la nuit.

Mais tu m'avais promis ! reprochions-nous avant l'hôpital quand maman s'excusait de ne pas terminer de nous raconter l'histoire entamée quelques jours plus tôt. Il y aurait des sanctions très sévères si maman ne finissait pas l'histoire le lendemain ! Ce jeu de l'enfant qui s'insurge, qui se sent en droit de faire preuve d'autorité (simili) parentale parce que l'adulte n'a pas tenu parole et se retrouve temporairement démis de son statut, ce jeu aux règles tacitement établies, nous n'y jouions plus après l'hôpital. Nous n'étions plus du tout sûres des règles, ce n'était pas le moment de rigoler avec la place de la mère. Nous ramassions maman à la petite cuiller défaite au fond du canapé, peinant à sortir de son lit, traînant la patte pour faire semblant de dîner, évanouie dans le couloir. Nous avions appris à la réanimer très tôt, sans avoir suivi de leçons de secourisme, nous connaissions quelques techniques simples qu'elle nous avait enseignées elle-même : lui faire sentir du vinaigre, lui passer un gant mouillé sur le visage, lui donner des claques, lui soulever les paupières, crier son nom, crier plus fort, lui demander si elle nous entendait, lui demander si elle comprenait ce qu'on lui disait une fois revenue à elle, lui demander quel jour on était – non, question trop difficile –, lui demander si elle nous reconnaissait. Maman, tu me reconnais ? Dis mon nom ! Je suis qui ? Tu es ma fille, vous êtes mes filles chéries. Qu'est-ce qui m'est arrivé ? Tu t'es évanouie, maman. Ça va aller, ne t'en fais pas, ça va aller. Quand nous n'arrivions pas à la réveiller, nous appelions les pompiers : ils débarquaient toujours très vite avec leur uniforme imposant et leur barda d'urgentistes. Ils lui mettaient le masque à oxygène, et en la voyant reprendre ses esprits, nous respirions à nouveau, nous expirions profondément, d'un soupir à mi-chemin entre le soulagement et l'exaspération. Maman nous engueulait chaque fois d'avoir appelé les pompiers pour rien, rien du tout, tout allait bien, voyons, tout va bien ! Elle nous jetait un regard noir et, d'un air entendu, disait qu'elle avait bêtement sauté le déjeuner, elle avait juste eu une petite chute de tension, trois fois rien, vraiment pas de quoi les déranger. Elle se redressait avec aplomb et prenait son visage sérieux, celui des rendez-vous administratifs, le menton bien haut, son allure de mère irréprochable. Les filles, vous n'avez pas des devoirs à faire ? Allez, allez, au travail ! Si les pompiers insistaient pour la conduire, par précaution, à l'hôpital, maman se mettait à hurler : Pas l'hôpital ! Ne me ramenez pas à l'hôpital ! Je ne veux pas aller à l'hôpital ! Non, pas l'hôpital ! Ma sœur et moi répondions alors calmement aux pompiers consternés : Laissez-la, s'il vous plaît. Elle ne veut pas aller à l'hôpital. La question qui finissait immanquablement par être posée, à savoir ce qu'il adviendrait de nous s'ils embarquaient maman, lui donnait gain de cause. Il y a un autre adulte qui vit ici ? demandaient gentiment ces grands bonshommes déconcertés. Ben non. Il y avait nous. Maman et nous, maintenant treize et onze ans.

Papa ne vivait pas là, mais il passait tous les soirs. C'est-à-dire que papa nous rendait visite, derrière les barreaux de notre cage, nous ses adorables filles et sa sublime ex-épouse. Quand nous étions petites, en général, il arrivait pile pour nous border et nous faire un baiser au moment du coucher – à moins que l'horaire ait fluctué en fonction de ses obligations extérieures. (J'espérais tant découvrir au réveil que cette séparation n'était qu'un mauvais rêve. Je m'endormais en priant les décalcomanies Hello Kitty à moitié effacées sur la rambarde de mon lit superposé que papa reste, que papa revienne vivre avec nous.) Après l'internement, il passait entre les devoirs et le dîner, quand nous avions réussi à faire nos devoirs et que maman avait miraculeusement préparé à manger. Papa aussi nous aimait à la folie pour toute la vie, et il nous le disait souvent, maman et lui admiraient leur progéniture avec ravissement. Nous étions stupéfiantes de beauté, d'intelligence, nous étions la perfection incarnée. Pensant faire plaisir à maman, il déclarait avec emphase : Nos filles ont l'intelligence de leur papa et la beauté de leur maman ! Il s'étonnait toujours qu'elle s'en offusque. Il n'a jamais compris ce qui pouvait lui déplaire dans cette phrase. À l'arrivée de papa, nous avions ordre de poser nos stylos comme à la fin d'un examen, de raccrocher le téléphone, de fermer nos livres ou nos cahiers, de sortir du bain ou quoi que nous soyons en train de faire, d'arrêter net et d'arranger nos cheveux pour être présentables. Il nous honorait de sa présence, nous devions nous incliner devant son règne. Monarque absolu dans le cœur de maman, nous étions sa cour, ses fidèles, nous nous courbions à peine foulait-il le sol de notre domicile, nous nous assurions qu'il se sentît chez lui, nous l'installions confortablement. Assises à ses pieds, nous écoutions les récits de sa journée ou de son passé qui le délassaient, avec lesquels il nous divertissait, sans jamais hâter son départ quels qu'aient été nos projets, quand bien même nous aurions eu faim ou sommeil, quand bien même nous en aurions eu marre d'écouter papa nous raconter sa vie. Maman et papa n'avaient que faire de nos désirs ou de nos besoins dans le cérémonial qu'ils avaient établi. Il s'agissait d'eux : nous étions les instruments de leur jeu.

Bien qu'elle se soit remariée après leur séparation, maman n'avait jamais cessé d'aimer papa – de l'adorer, de l'aduler, de l'idolâtrer –, au point que cette passion dominait son quotidien. Elle s'y dédiait éperdument et s'assurait de la communiquer à ses filles, en un legs qui, le cas échéant, lui tiendrait lieu de succession. Ainsi nous, ses filles, leurs filles, laissions libre cours à leur relation désastreuse, excusant la perpétuité de leurs rapports pourris, les justifiant, les maintenant en vigueur, et vigoureux ils l'étaient. Régulièrement, il arrivait un moment pendant l'heure que papa passait chez nous où maman disait qu'elle avait à lui parler en privé. Ils s'enfermaient dans le salon, séparé du sas de l'entrée par des portes vitrées qui réverbéraient leurs voix tant et si bien que nous entendions à peu près tout de leur entretien secret depuis nos chambres de l'autre côté de l'appartement. Ils se disputaient en général sur des questions d'argent, des problèmes de gros sous, disait papa, parce que ta mère dépense des sommes faramineuses, pharaoniques, complètement démentielles sans aucune raison valable, sans aucune cohérence, sans que personne ne comprenne où va cet argent, à qui ou à quoi il sert. C'est de la prestidigitation, à ce stade ! Papa payait le loyer et toutes les factures afférentes à notre logement, et le boucher, et l'épicier, et la pharmacienne chez qui maman avait un compte ouvert. Et même comme ça elle trouve encore le moyen de cramer tout l'argent de sa pension alimentaire, une somme pourtant rondelette, en moins d'une semaine ! Pour de vrai, papa s'en foutait de l'argent. Papa n'était pas plus fort qu'elle en arithmétique, il avait une société qui générait beaucoup de capital, comme par miracle, et lui-même n'imposait aucun frein à sa prodigalité. Papa ne se serait jamais aperçu que maman lui avait piqué plusieurs dizaines de milliers de francs de l'époque si elle ne le lui avait dit dans un accès de rage. Le calcul mental de ses dépenses consistait pour papa à se faire ou non réprimander par sa comptable, et c'était pénible de sans cesse se faire remonter les bretelles par son propre staff à cause des folies de son ex-femme. Maman se retrouvait systématiquement à découvert, menacée de banqueroute. Et rebelote. Et merde, ça fait chier quand même, ces foutus problèmes de fric avec la banque, c'est comme le permis de conduire, c'est vraiment une galère infernale d'être fiché ! Après, tu mets des années à te coltiner le dossier, ça te suit comme la peste, tu dois ramer comme un malade pour te racheter une bonne conduite. Papa et maman se disputaient beaucoup. Souvent j'avais l'impression que papa passait surtout pour remonter maman comme une pendule. Il partait en claquant la porte, déclenchant tel un ressort la sortie du coucou. Coucou ! Maman ne tombait jamais dans les pommes pendant la visite de papa ; elle attendait qu'il soit parti pour s'effondrer dans nos bras. Le vaudevillesque de leurs scènes de ménage – eux qui n'étaient même plus en ménage – prenait des tournures hilarantes tant elles étaient énormes, grotesques. Les portes sortaient de leurs gonds à l'instar de leur humeur, leurs cris faisaient des culbutes avant de s'ébrouer sous une douche de postillons, ils s'arrachaient les cheveux, ils menaçaient de s'arracher les yeux, il menaçait de mourir d'un infarctus, elle menaçait d'en finir une bonne fois pour toutes, et puis il lançait sa phrase qui aurait pu passer pour définitive si elle n'avait pas tant souffert de la redite : Tu me pourris la vie ! Il fallait entendre son gémissement torturé, son couinement supplicié. On aurait dit un violon tzigane sur ampli électrique. Le lendemain, il revenait se faire pourrir la vie encore un coup.

Pendant ce temps, nous allions à l'école comme tous les enfants de notre âge. Nous étions consciencieuses, nous étions travailleuses. Nous ne disions rien à personne, nous cachions autant que possible nos difficultés domestiques de crainte que maman ne se fasse embarquer à nouveau. Elle avait perdu notre garde pendant son séjour à Sainte-Anne. Je n'ai jamais vraiment compris ce que notre garde était venue faire là-dedans, mais maman prétendait que papa avait profité de son internement pour récupérer notre garde afin de nous déduire de ses impôts et surtout, surtout, surtout, s'en servir comme moyen de chantage. Ben oui, tu comprends, il m'accorde l'aumône d'élever mes filles ! Il m'octroie généreusement le droit de garder mes filles sous mon toit, parce qu'il a le papier, tu vois, il n'a qu'à lever le petit doigt et hop, circulez y a rien à voir ! J'ai droit à rien. Que dalle. Je n'ai le droit d'être mère que par indulgence, qu'à la grâce de son immense clémence, de sa magnanimité incomparable ! Il a tous les droits : il a le fric, les relations, la position sociale, le pouvoir, et il a votre garde. Bravo. C'est plié. Moi j'ai juste le droit de m'écraser, de ramper comme une larve, et de pleurer de gratitude pour sa charité. Merci, ô mon grand ex-mari, de me permettre d'élever nos filles ! Connard !

De fait, nous étions bonnes à l'école. Nous n'avions pas intérêt à sortir du rang, il en allait de la survie de maman, qu'elle prouve à ce salaud, à cette ordure, à ce dieu, à ce roi, que nous étions les meilleures filles et elle la meilleure mère qui soient. Il en allait de notre survie à toutes les trois que nous soyons les plus belles, les plus intelligentes, les plus dévouées, les plus drôles, les plus discrètes, les plus indépendantes, les plus raisonnables, les plus à l'écoute, les plus parfaites en toutes circonstances, sans préavis, que nous devinions, que nous anticipions toujours les désirs de papa et maman. Avoir de bonnes notes en classe ne demandait pas tant d'efforts en comparaison, si ce n'est que nous n'avions que peu de temps pour lire et faire nos devoirs. C'était un tel bordel chez nous. Entre les passages de papa, la cuisine fuligineuse de maman, les pompiers, et le défilé des amants – des hommes, des femmes, des jeunes, des vieux, des toxicos, des alcooliques, le boucher, l'ami de longue date, la nouvelle rencontre, la nouvelle recrue, les trois en même temps –, trouver un créneau pour réviser le contrôle d'histoire ou préparer nos versions latines relevait de l'exploit. Nous habitions un bel appartement dans le 7e arrondissement de Paris. Nous étions de grands bourgeois, nous étions de la haute. Souvent les clochards du quartier buvaient un coup dans notre salon quand nous rentrions de l'école, mais pour autant nous étions riches et propres sur nous. Ma sœur et moi allions respectivement aux lycées Louis-le-Grand et Henri-IV. Nous demandions à rester à l'école après les cours pour travailler tranquilles. Nous nous excusions auprès de maman en prétextant un exposé de groupe pour aller chez nos amis préparer un examen. Une année, papa s'était fait décerner la décoration d'officier de la Légion d'honneur, le président de la République en exercice, François Mitterrand en personne, lui avait remis sa médaille. Nous avions très humblement demandé à maman la permission de ne pas participer à la cérémonie parce que c'était pendant la période des contrôles de fin d'année et nous préférions étudier. Maman, exceptionnellement, nous avait autorisées à ne pas aller faire les pantins au palais de l'Élysée, à ne pas nous joindre à l'abadie prostrée autour de la distribution de hochets. Ce fut une erreur que maman ne se pardonna pas, ne nous pardonna qu'à moitié. Il aurait fallu y aller, pour au moins être photographiées, pour figurer dans le registre, être représentées dans les documents historiques de cette famille à laquelle maman n'avait jamais vraiment appartenu. Elle n'avait jamais été acceptée, encore moins respectée, même mariée, même avec deux enfants. Si elle avait été oblitérée, elle avait bien l'intention de ne pas laisser ses filles se faire oublier. Ses filles auraient dans cette famille une place de choix

– Croyez-moi ! Avec mes filles ça se passera pas comme ça !

Maman avait ce parfum de mort sur les lèvres quand elle venait me border le soir. À leurs commissures moussait un lichen viride qui exhalait de sa bouche pâteuse une odeur de moisi. Sa peau soudain flétrie par la tristesse, ses yeux ternis par le doute, la rage, l'angoisse, encore le doute, ses cheveux blonds en filasses comme l'usnée qui pend des branches des vieux chênes, ses pommettes à pic cognaient mes joues encore rondes. Lorsqu'elle quittait ma chambre, l'effluve de son haleine gorgée d'alcool et de drogues souillait longtemps mes draps. Fidji de Guy Laroche, First de Van Cleef & Arpels s'étiolaient au fond d'un placard. Dans l'armoire à pharmacie, les eaux de toilette qu'elle avait portées avec une coquetterie altière avant l'hôpital avaient été reléguées en dernière position sur les étagères. Les boîtes de médicaments débordaient de partout. Le Vidal avait toujours été une bible chez nous, mais je n'osais pas regarder les propriétés de ces pilules, moi qui aimais tant découvrir de nouveaux mots dans le Grand Larousse de notre bibliothèque, je m'interdisais de regarder les composants ou les effets secondaires du Rohypnol, du Lexomil, du Théralène, du Voltarène, du Di-Antalvic, du Prontalgine, du Stilnox, du Haldol, du Fluanxol, du Spasfon, du Débridat, de l'Augmentin, du Sevredol, du Tranxene, du Teralithe… Il y en avait tant d'autres. Nous avions droit à un quart voire un demi-Lexo quand nous étions un peu angoissées, un demi-Stilnox quand nous n'arrivions pas à dormir, un traitement de choc d'Augmentin quand nous avions un rhume. La moindre goutte au nez et hop, maman nous collait sous antibiotiques : on va pas te laisser traîner une grippe pendant des semaines, je vois pas l'intérêt de retarder l'échéance, autant que tu guérisses vite, expliquait-elle quand je commençais à l'interroger sur les traitements qu'elle m'administrait sans ordonnance. Elle et papa avaient leurs habitudes dans plusieurs pharmacies parisiennes, mais pour les jours où l'assiduité de leur clientèle ne suffisait plus à convaincre l'apothicaire, ils piquaient lors de visites les ordonnances des médecins – dès que le docteur avait le dos tourné, ils subtilisaient un calepin, l'air de rien – qu'ils remplissaient eux-mêmes au gré de leurs maux ou de ceux de leurs petites. Il y avait le flacon de Totapen, sa fine poudre pastel qu'il fallait diluer dans l'eau pour obtenir un liquide corail versé dans une cuiller en plastique à la forme rectangulaire, grande comme une pelle de poupée Corolle. Dès le plus jeune âge nous avions droit à une lampée de sirop Théralène, goût framboise chimique, pour bien dormir. Maman avait une tolérance pour la douleur physique hors du commun – probablement psychique aussi, mais il était plus difficile d'en juger. Nous l'avions vue imperturbable se trancher un doigt jusqu'à l'os, marcher comme si de rien n'était sur une cheville violette et enflée comme une ruche, balayer une piqûre de guêpe du revers de la main. Elle nous soignait avec la même férocité qui l'avait fait survivre à une terrible maladie infantile, à la cruauté de sa mère, à l'horreur de son histoire. Avec les doses de médicaments qu'elle s'auto-administrait, il y avait de quoi tuer un cheval, disaient les infirmières ébahies quand il fallait établir la liste de son traitement habituel à l'entrée de l'hôpital ou de la clinique. Maman était une force de la nature et elle avait une patience très limitée pour les jérémiades de gamines douillettes. Il fallait prendre sur soi, serrer les dents ou serrer les fesses, au choix, mais il n'était pas question de pleurnicher pour un petit bobo de rien du tout. Nos plaies, elle les désinfectait à l'alcool à 90°, le Mercurochrome apparemment était pour les enfants gâtés. Et puis il y avait l'éther, dans ce flacon d'un bleu céruléen comme la sphère vespérale, ce même bleu que le bleu de méthylène dont elle nous badigeonnait le fond de la gorge quand nous avions une angine. Cette couleur était la sienne, cette profondeur du bleu sombre où se perd le coup de poing lancé contre Dieu. Ce bleu nuit qui vire au noir luisait à travers le verre de la bouteille Gifrer, laquelle renfermait cette solution archaïque à l'odeur asphyxiante de chloroforme qui nous servait à endormir les papillons pris dans nos filets. L'éther laissait des traces blanches sur la peau, semblables aux empreintes des drogues sur les lèvres gercées de maman. Aussi j'imaginais son visage recouvert d'un coton imbibé de ce produit quasi gazeux qui l'aurait plongée dans l'abîme de l'azur, là où la conscience, prise de vertige, s'aveugle et s'éteint.

Maman s'évanouissait sous l'effet du cocktail de médicaments qu'elle mélangeait à l'alcool. Elle cachait son whisky sous son matelas, dans des recoins de la cuisine qu'elle imaginait secrets, dans des verres de Coca qu'elle nous interdisait de goûter, nous qui buvions systématiquement à la bouteille sans jamais nous poser de questions, nous qui nous séchions avec la même serviette de bain, qu'il y en ait trois de sorties ne faisait aucune différence – personne n'a la gale ici que je sache ! C'était dangereux de se confronter à elle en face : elle avait la main leste quand elle avait bu. Ma sœur, toujours plus téméraire que moi, se ramassait de sérieuses raclées. J'en pleurais de couardise, je sanglotais, pauvre de moi, de l'injustice de ne pas avoir pris les coups que nous méritions toutes les deux pour l'avoir espionnée, pour avoir remis en question son autorité, pour lui avoir rappelé sa fragilité. Ma sœur gardait la tête haute, moi seule baissais les yeux. Elle faisait abstraction de sa peur devant l'angoisse autrement plus obsédante de savoir ce que maman faisait de ses journées, ce qu'elle magouillait avec ce type ultralouche, combien de ces pilules blanches elle avait avalées, ce qu'elle avait bu, si elle avait mangé, sur qui elle venait de raccrocher à la hâte comme quelqu'un ayant quelque chose à se reprocher, à qui appartenait cette carte de visite dans son sac à main, depuis quand elle consultait cette voyante qui avait répondu lorsqu'elle avait rappelé le dernier numéro composé, est-ce que c'était ces charlatans qui lui piquaient tout son fric, où disparaissait l'argent de la pension ? Moi, je n'en menais pas large devant maman. À sa place, je ne l'aurais pas tant ramenée, et d'ailleurs je me taisais, je me tenais à l'écart. Mais ma sœur ne pouvait pas s'en empêcher, c'était plus fort qu'elle, il fallait qu'elle renvoie sa mère à ses contradictions, aux aberrations de son comportement, à la précarité de son état, il fallait que maman lui prouve qu'elle n'était pas folle, qu'elle savait ce qu'elle faisait. Or maman était complètement paumée, tout vacillait autour d'elle, elle-même devait se tenir aux murs pour ne pas s'écrouler. Maman était loin de pouvoir rassurer sa fille, mais elle n'était pas prête à s'avouer vaincue, alors à défaut de pouvoir se vanter de sa stabilité, de recouvrer sa légitimité en tant que mère, elle s'acharnait à lui montrer qui était le maître. Elle lui disait qu'elle allait la foutre dehors si elle continuait, elle la menaçait, et puis elle la frappait. Elle traînait sa fille par les cheveux sur son siège de bureau à roulettes, parce qu'elle l'avait encore épiée, ou elle avait farfouillé dans ses affaires, et réclamait des éclaircissements sur je ne sais quelle information suspecte. Maman la tirait par la natte sur le palier, elle l'embarquait dans l'ascenseur jusqu'au hall d'entrée de l'immeuble. Je dévalais les escaliers du troisième étage au rez-de-chaussée, pensant intervenir – j'avais toujours l'espoir de trouver le courage de m'interposer. Maman avait dû la faire basculer au sol d'un coup de pied : ma sœur, accrochée aux bras du fauteuil, s'en servait maintenant de bouclier. Dégage de chez moi ! hurlait maman. Je ne veux pas d'une moucharde sous mon toit ! Si tu veux jouer les flics, va faire la circulation dehors. Tu dégages, tu m'entends ! Dégage ! J'attendais que ça passe, recroquevillée dans le sas d'entrée, devant la sortie de secours. J'avais finalement trop peur pour m'immiscer, j'avais peur des coups, et puis je ne savais pas comment faire pour ne pas me liguer. D'habitude, ma sœur et moi étions toujours alliées, nous étions dans la même équipe quoi qu'il arrive. J'aurais dû prendre sa défense, mais maman avait besoin que je reste neutre pendant les pires conflits, pour avoir un témoin qui puisse l'aider à se remettre de sa mauvaise conscience, cette culpabilité qui l'étouffait quand elle redevenait à peu près lucide. Il fallait lui pardonner, il fallait que je lui dise que ma sœur lui pardonnerait aussi. Tard dans la nuit elle passait la tête dans l'embrasure de la porte de nos chambres pour vérifier si nous dormions. Quand elle voyait mes yeux ouverts, elle entrait. Tu m'en veux toujours toi aussi ? Je m'en veux tellement, si tu savais. Tu m'aimes toujours ? Moi je t'aime, mon amour adoré. Je t'aime à la folie, je vous aime tellement toutes les deux, je suis tellement désolée, ma chérie. Maman et ma sœur s'aimaient comme des sauvages, elles se seraient entretuées pour se le prouver. Jamais ni l'une ni l'autre n'auraient reculé d'un iota, jamais elles n'auraient flanché. Souvent, quand maman s'approchait de ma sœur, elle levait le bras par réflexe, elle se protégeait de la gifle qu'elle craignait toujours de recevoir – qu'il y ait eu ou non une raison immédiate, on ne peut pas dire qu'il n'y ait jamais eu de bonne raison. Maman criait d'une voix narquoise d'une indécence plus choquante que les plus grandes claques qu'elle nous assenait : Non mais vraiment ! On croirait une enfant battue ! Elle se moquait de nous par-dessus le marché. De notre effroi. L'ébriété lui faisait tourner en dérision ses offenses ; elle oubliait ce que lui coûtait d'être cruelle, avec quel implacable courroux le remords viendrait la tarauder. Même le visage épouvanté de ses enfants devenait marrant quand elle était bourrée. Elle nous disait que nous étions de pitoyables petites connasses pourries gâtées. Si on avait su le quart de la moitié de ce qu'elle avait souffert, si on avait idée de ce que c'était la souffrance, la vraie, pas nos pauvres problèmes de merdeuses. Si seulement on avait pu se mettre dans le crâne qu'il y avait des choses qui ne nous regardaient pas, qu'on n'avait pas à juger, qu'elle n'avait d'ordre à recevoir de personne et surtout pas de deux gamines de douze et quatorze ans, non mais on rêve ! Nous nous croyions où exactement ? Au zoo ? Vous n'allez pas m'enfermer sous mon propre toit, est-ce que c'est clair ? Je ne suis pas un animal que vous pouvez mettre en cage ! Je suis un être humain et je fais ce que je peux, je fais comme je peux. Et si c'est pas assez bien pour vous c'est pareil, est-ce que vous pouvez capter dans votre cervelle une bonne fois pour toutes que j'ai tout fait pour vous, que tout ce que je fais de ma vie c'est pour vous ? Je vous ai tout sacrifié, toute ma vie, tout ne tourne qu'autour de vous, et même comme ça je n'en fais jamais assez, il vous en faut toujours plus, encore et toujours plus ! Mais je ne peux pas en faire plus que ce que je fais déjà ! Vous comprenez que je fais mon maximum ? Vous n'avez pas à m'épier. Je suis mère avant tout, et ça c'est quand même assez clair, avec tous les sacrifices que j'ai faits pour vous, je suis mère mais je suis aussi une femme, et ma vie de femme ne vous regarde pas.

Nous ne demandions rien tant que de voir sa vie de femme passée sous silence, discrètement maintenue à l'abri de nos regards inquiets. Mais sa vie de femme, elle ne pouvait s'empêcher de l'exhiber, de même qu'elle se trimballait toujours à poil dans la maison et pissait la porte des toilettes grande ouverte. La forme de son sexe m'avait intriguée très tôt et, des années plus tard, j'appris que ma sœur elle aussi s'était demandé si c'était normal pour un sexe de femme de rebiquer comme ça, ou si c'était une caractéristique propre à maman dont la touffe quasi inexistante tant elle était imberbe permettait de voir distinctement son clitoris poindre hors de sa vulve. On aurait dit une crête de coq à l'envers.

Sans réponse l'une comme l'autre, je demandai à mon amoureux qui avait rebaptisé mon *pussy* son poussin dans un ravissant accent américain s'il pensait que j'avais des raisons de m'inquiéter que mon jeune poussin ne se transforme tôt ou tard en tête de coq pendu par le cou. Ça l'amusait beaucoup, cette question, il imitait toute la basse-cour, gloussait, piaillait, le lit se transformait en poulailler, des plumes voletant par-dessus les secousses du duvet. Quand j'insistais pour avoir une réponse, il me disait que j'étais si *cute*, *so adorable*, même avec une charogne de volaille entre les cuisses, il m'aimerait toujours – *perhaps*. Il disait aussi que j'avais un goût de pêche, et ça ne m'inquiétait pas moins de me souvenir que nos parents avaient comparé notre sexe de petites filles à un abricot, un autre fruit d'été à la peau tendre et ouatée, à la pulpe molle, mouillée, une chair alanguie qui ne se croque ni ne se mâche mais se fend sous la dent, fondante, rousse comme la lune inclinée sur le couchant. Maman ne cachait ni son corps ni ses amants, et le défilé permanent de spécimens aussi improbables que variés donnait à notre domicile des allures de *freak show* d'autant plus insolite qu'il comptait des gens normaux, des anomalies au milieu du bazar de bizarrerie dans lequel nous étions élevées. Il y avait la fille pleine de tics, le garçon à l'exophtalmie accentuée par ses joues caves et ses cernes violacés qui avait fait une tentative de suicide une nuit dans le lit de maman ; il y avait toute une série de malvoyants venus de l'Institut national des jeunes aveugles situé sur le trottoir d'en face. Maman qui avait une jambe plus courte que l'autre à cause d'une maladie infantile, maman qui avait caché son handicap avec une bravoure extraordinaire était néanmoins sujette aux chutes, et régulièrement avec sa patte folle elle se prenait les pieds dans les cannes des aveugles du quartier. Pour se faire pardonner l'esclandre que causait cette scène de rue d'une drôlerie caustique, elle invitait le jeune aveugle à venir prendre le thé. Il y avait des relations plus ou moins longues au détour desquelles de plus courtes liaisons venaient se greffer. Nous n'avions pas de questions à poser, mais nous nous en serions bien gardées : nous ne voulions rien savoir que nous ne sachions déjà malgré nous. Parfois maman n'était pas à la maison quand nous rentrions de l'école, et comme il se faisait tard et que nous sentions la visite de papa approcher, je partais la chercher. Maman aimait passer du temps chez les commerçants du coin : elle se sentait tout à fait chez elle assise à faire la pipelette derrière le comptoir de la pharmacienne, du boucher, de l'épicier. Elle avait grandi dans un milieu populaire, elle venait de la classe ouvrière et même en Saint Laurent de la tête aux pieds, dans ce quartier de vieux aristos guindés, elle se sentait beaucoup plus à sa place chez l'arabe du coin. Je la retrouvais souvent dans l'arrière-boutique : elle s'y cachait pour boire un Coca auquel je n'aurais pas eu le droit de goûter. Un soir, alors que j'avais fait le tour de toutes les planques habituelles et commençais à m'inquiéter – il est arrivé aussi que maman passe la nuit au poste après avoir attaqué un policier qui l'avait arrêtée pour une raison qu'elle jugeait injuste voire abusive (sa conduite était à l'image de son civisme) –, je jetai un dernier coup d'œil derrière la devanture de la boucherie dont la porte ne semblait pas tout à fait fermée. J'entrai discrètement. J'aurais dû tout de suite manifester ma présence, et je m'accusai par la suite d'avoir pénétré en fourbe dans ce magasin éteint où les étals de viande lavés prenaient soudain une tournure métaphorique. Je vis se profiler dans la pièce du fond, à la lueur d'une lumière crue, maman culbutée sur un billot, un gros dégueulasse dont je ne m'attardai pas à reconnaître les traits déchaîné derrière elle. Je ressortis aussitôt et dis à ma sœur à mon retour que maman était en train d'aider le boucher à fermer la boutique. Ma sœur me jeta un regard en coin, un regard suspicieux comme elle en avait le talent, et moi j'écarquillai les yeux l'air de dire tu veux que je te fasse un dessin ou ça te suffit comme explication ? Après une pause consternée, un moment d'hésitation pendant lequel je l'imaginai se demander s'il fallait intervenir et comment elle s'y prendrait, et j'observai le fil de ses réflexions dans les mouvements frénétiques de ses pupilles et les torsions de sa bouche, notre regard s'arrêta net à mi-chemin de nos pensées, de notre dégoût, comme un branchement de prise électrique nos yeux se rencontrèrent en une collision détonante : nous éclatâmes de rire, d'un rire bruyant de pathétique, lourd de non-dits.

Hé les salopes, vous avez pas un peu fini de vous foutre de ma gueule ? demandait maman béate, se délectant avec une infinie volupté de voir ses filles adorées rire ensemble. Qu'elle soit ou non au cœur de nos blagues, elle aimait plus que tout participer à nos jeux, en simple spectatrice ou en meneuse, qu'importe. Elle qui avait tant souffert d'être fille unique, elle se pâmait devant notre attachement. Ma sœur avait de grands talents comiques, et les bons jours, les jours où elle savait qu'elle pouvait décrocher de maman pas seulement un sourire, mais une franche rigolade, qu'elle pourrait la faire poiler jusqu'à se tordre et crier qu'elle avait mal aux mâchoires, qu'elle allait se pisser dessus si ça continuait, ma sœur endossait son costume de clown. Elle jonglait avec les fruits ou le fromage ou les briques de lait, elle jonglait avec des œufs qui se répandaient sur le sol de la cuisine parce que l'excès était plus que permis dans cet établissement, et on pouvait effectivement faire une omelette par terre et faire hurler de rire maman. Quand nous étions petites, maman finissait souvent par enjamber le bord de la baignoire pour se joindre à nous dans le bain. Ma sœur passait des heures à dresser ses lamentables mèches sur sa tête pour la transformer en Goldorak ou en Bébé Cadum. Ses cheveux étaient si fins qu'une fois la tête passée sous l'eau elle semblait surtout chauve. Ma sœur la surnommait Kojak ou Spock à cause de ses oreilles pointues. Et décollées! Trop drôle! Surtout quand nous tirions dessus, sur le haut du cartilage, chacune d'un côté, nos doigts potelés la rudoyant jusqu'à ce qu'elle crie : Mais vous me faites mal, merde! C'est fini oui de torturer votre vieille mère? Alors commençait la bataille d'eau qu'elle lançait pour se venger de nos facéties, d'abord une petite giclée comme ça, une chiquenaude, de l'ongle de l'index contre la chair du pouce, puis la surenchère allant bon train, la salle de bains se transformait vite en parc aquatique, et je sortais juste à temps pour ne pas me faire noyer, sautillant dans le couloir bientôt inondé. Je jouais les supporters, j'étais toujours dans l'équipe de ma sœur : Vas-y chouchou! Tu vas gagner! Ah ben ça, vous avez tout gagné, disait maman qui s'avouait enfin vaincue, vous avez foutu un de ces boxons! On se croirait au hammam de la Mosquée! Ma sœur avait des idées aussi farfelues que maman. Elle mettait la musique à fond, Tchaïkovski de préférence, le grand pas du *Lac des cygnes*, et elle poussait les meubles du salon, m'appelant à la rescousse pour déplacer le canapé, et la table basse, et les chaises et la table de la salle à manger, elle transformait le living en scène de théâtre. Maman, malgré son handicap, avait suivi une formation de danse classique sur ordre de sa mère qui elle-même avait eu l'ambition frustrée de devenir danseuse étoile. De fait, avec une jambe de trois centimètres et demi plus courte que l'autre, maman n'aurait jamais pu faire carrière, mais elle pouvait enchaîner les tours fouettés avec une maîtrise à s'y méprendre. Elle avait passé son examen d'aptitude technique à l'enseignement de la danse classique en adaptant la variation du concours à sa bonne jambe, en faisant tous les tours sur la gauche – sa jambe droite, à force de s'imposer une démarche chaloupée plutôt que claudicante, avait un tendon d'Achille complètement atrophié, tout tordu, flingué. Ma sœur jouait les chefs d'orchestre avec une demi-baguette de pain, et ses bras valsaient avec un enthousiasme débordant de conviction pour le talent de sa mère : Maman, c'est à toi ! disait-elle solennellement. Maman se plaignait qu'elle n'était pas échauffée, qu'elle allait se péter une jambe, se froisser un muscle, aussi nous la suppliions à deux voix : Maman, allez, s'il te plaît ! Elle s'installait au milieu du tapis persan, elle faisait quelques pliés pour se préparer, quelques étirements de droite et de gauche, en quatrième position, elle remuait les fesses distraitement à la manière d'un chat préméditant son bond pour bien sentir ses pieds plantés dans le sol, et puis : OK, on y va, vous êtes prêtes ? Attends, maman, je remets la musique au début ! Vas-y ! Dès les premières notes, maman partait en trombe, comme un coureur sur la ligne de départ, elle s'élançait dans une diagonale de tours piqués qu'elle enchaînait avec un manège de grands jetés, frôlant les meubles, rasant les murs, elle réinventait la célèbre chorégraphie de Noureïev, elle faisait les pas de l'homme et de la femme, les sauts en tournant, les pirouettes arabesque, les pirouettes attitude, et puis les fameux trente-deux tours fouettés : les bras en seconde avec une majesté d'oiseau de proie, sa jambe droite pliée contre son genou gauche, en passé, avant de la développer, perpendiculaire, ses bras parallèles à sa jambe en parfaite synchronie se pliant pour mieux se déployer en un tour d'une fulgurance éblouissante, un tour, deux tours, trois, quatre tours, elle était étourdissante, époustouflante. En tailleur sur la moquette, j'admirais ma sœur et ma mère, toutes deux brassant l'air avec une ardeur vorace, et j'applaudissais en faisant claquer mes mains sur l'intérieur de mes genoux au rythme de la musique : Bra-vo bra-vo bra-vo ! Maman faisait ses trente-deux tours fastoche, et si elle tombait de tout son long à la fin, c'était pour donner une chute comique à sa performance, une cascade contrôlée avec l'expertise d'une actrice chevronnée. Elle était sublime, elle était divine. Pauvre maman, elle pouvait tourner comme une toupie sur les phalanges de ses orteils sans jamais perdre l'équilibre mais elle ne pouvait pas mettre un pied devant l'autre sans se vautrer en permanence à la valse du quotidien.

Les pieds de maman m'avaient toujours fascinée, ses pieds de danseuse tout écornés, calleux, cuirassés de part en part de la voûte plantaire, le talon et le métatarse couleur colophane. La cambrure de son pied lui donnait la forme – la perspective aidant – de l'Arc de triomphe qui se dessinait au bout de l'avenue où nous étions nées, dans le prolongement du boulevard Haussmann, un appartement typiquement haussmannien au-dessus d'une petite place à l'angle de la rue Balzac où trônait une gigantesque statue de l'écrivain. Honoré pensif en robe de chambre – une robe de chambre comme en portait papa qui comparait la sienne à celle de Diderot – faisait dans ma tête d'enfant le pont avec notre domicile suivant quand maman s'est remariée et que nous avons déménagé rue de Varenne, près du musée Rodin qui hébergeait un bronze encore plus imposant de l'auteur de *La Comédie humaine*. Nos parents avaient choisi pour ma sœur et moi des prénoms littéraires que j'aimais m'imaginer glanés dans des recueils de poésie, des œuvres de théâtre, mais maman me jurait qu'elle ne m'avait pas appelée Violaine à cause de Claudel, ce salaud qui avait fait enfermer sa sœur, le vrai génie des deux, parce qu'il en était jaloux, comme Rodin d'ailleurs, cette enflure! Nous étions allées voir *Camille Claudel*, le film avec Isabelle Adjani et Gérard Depardieu, qui était sorti quelques mois avant l'internement de maman, et cette version réinventée de l'artiste dans toute la vraisemblance que permet le cinéma lorsqu'il est efficace se mêlait elle aussi à mes divagations, d'autant plus que le rapprochement entre le personnage et le destin de ma mère ne fit que s'accentuer quand elle rentra de Sainte-Anne obsédée par la sculpture, la seule activité qui l'avait inspirée parmi les ateliers création que l'hôpital proposait pour leurs vertus thérapeutiques. Maman se mettrait au marbre par la suite, après des tentatives à la glaise. Le souvenir précis d'un pied taillé dans la pierre avec une fidélité remarquable accompagnait l'image mentale que je gardais de maman sculptant, mais le portrait d'une grande artiste se brouillait aussitôt lorsqu'il cédait la place au cadeau que nous avions reçu pour Noël – de la part de votre maman pour Noël –, cet abominable Noël dont nous aurions tant souhaité qu'il soit rayé du calendrier 1989-1990, des figurines en laiton qui ne risquaient pas de finir exposées dans les collections d'un musée. Un petit chat peint dans un bleu-gris iridescent m'avait été remis par je ne sais qui en guise de cadeau de Noël de maman. Une sculpture riquiqui, d'un ridicule qui n'échappait pas même à une enfant de dix ans, qui témoignait de son alarmante régression. Giacometti pendant la Seconde Guerre mondiale ne sculptait plus que des figurines qui tenaient dans une boîte d'allumettes, l'homme réduit en miettes, littéralement anéanti. Boltanski raconte dans un livre d'entretiens ses prémisses artistiques, ses premières créations : des boulettes de pain semblables à des crottes de lapin ou de hamster, des trucs qui ne ressemblaient à rien, qui manifestaient dans leur simplicité, leur prosaïsme, l'effrayante douleur de vivre, l'angoisse existentielle, le fléau de la guerre, autant de calamités devant lesquelles l'homme ne peut se représenter que sous la forme d'une toute petite merde. Peut-être parce que Camille Claudel lui collait à la peau, ou peut-être parce que les gens disaient d'elle qu'elle avait vrillé après le tournage, ou qu'elle avait toujours eu un grain, ou qu'elle avait toujours été complètement givrée et c'était d'ailleurs pour ça qu'elle jouait si bien les rôles de barges, Isabelle Adjani était devenue mon idole. *L'Été meurtrier* était mon film culte, et je le regardais en boucle sur le poste familial – nous en possédions une cassette VHS, rembobinée une bonne centaine de fois –, sanglotant silencieusement du début à la fin. À la même époque – la grande époque des années 1980 – ma sœur partageait enfin mon engouement pour un autre film parce que celui-là sortait du registre tragique, et pourtant il parlait évidemment de maman, mais ça je me gardais bien de le dire, je me gardais bien d'évoquer cette idée à qui que ce soit et surtout à ma sœur qui se serait encore moquée ou, pire, inquiétée. Ce film c'était *Splash*, avec Tom Hanks et Daryl Hannah, une histoire de sirène qui débarque à Manhattan et ne sait ni qui elle est, ni d'où elle vient, ni comment vivre dans ce monde, et franchement je m'étonnais d'être la seule à reconnaître maman dans ce personnage absurde et mirifique, la femme-poisson. Maman dont les pieds étaient recouverts d'une carapace coriace, dure et rugueuse comme un coquillage, maman qui s'écaillait par pans entiers.

Nous savions que maman se faisait vomir parce que nous l'entendions dans les toilettes du couloir, et même si elle ouvrait le robinet du lavabo pour dissimuler le son du dégueulis, nous le constations à l'eau trouble dans la cuvette. Je ne savais pas comment lui était venue cette habitude, il paraît que les danseuses sont connues pour être anorexiques ou boulimiques, mais ça ne me semblait pas suffire comme explication, et maman s'accommodait mal des généralités. Elle disait qu'avec notre père, comme ils allaient au restaurant ou à des dîners mondains tous les soirs, elle enchaînait deux repas parce qu'elle tenait à se mettre à table avec nous avant de sortir. Entre les deux, elle se vidait l'estomac pour garder de l'appétit – papa aimait qu'on ait bon appétit – et pour ne pas risquer de ne plus rentrer dans ses tailleurs Saint Laurent ou ses robes fourreaux Dior. Maman avait toutes sortes de troubles du comportement, et on aurait pu aussi bien brosser son portrait sous forme de liste de pathologies : schizophrénie, mythomanie, kleptomanie, alcoolisme, tour à tour neurasthénie et hystérie. Elle pouvait être survoltée ou terrassée, bouffer comme quatre ou se laisser dépérir, elle était excessive en tout. Ces labels cependant ne nous aidaient pas des masses : aucun ne semblait convenir, encore moins nous soutenir. Maman mangeait souvent la nuit, des biscuits trempés dans du café au lait avec très peu de café et beaucoup de lait, du Nescafé infâme qui lui rappelait la chicorée de son enfance. Il me semble rétrospectivement que c'était le seul repas qu'elle ne régurgitait pas. La sensation de ses doigts au fond de ma gorge quand elle me forçait à vomir parce que je me plaignais d'avoir mal au ventre – c'est pour ton bien, tu te sentiras mieux après – m'est revenue par secousses une nuit, la bouche remplie du sexe du garçon que j'aimais, le sentant cogner mon épiglotte. J'hésitais à appeler mes amoureux des hommes, non par ambivalence sur la nature de ma sexualité – je m'identifiais sans réserve à une hétéro : j'aimais les peaux plus rêches, les parfums moins subtils, les regards qui toisent, les coïts qui abrutissent, ces corps qui occupent plus de place et qui pouvaient prendre la leur dans le mien, les mains dans les miennes – mais parce que les hommes appartenaient à maman. Bien que certains de ses amants aient été plus proches de mon âge, mes amoureux resteraient toujours des garçons. Au gré de cette infantilisation linguistique, j'érigeais en mots une barrière, je plaçais des limites là où nous en étions si dépourvues, des règles là où nous n'en avions jamais eu.

Le rituel n'était pas régulier au point de devenir une tradition hebdomadaire, mais souvent, avec l'argent de poche que me donnait papa, j'achetais des fleurs à maman. Elle préférait les roses blanches, les seules fleurs qu'elle supportait de voir coupées n'étaient jamais que blanches, virginales ; les rouges lui rappelaient avec fureur les prodigieux bouquets que son ex-mari lui faisait livrer quand ils vivaient encore ensemble pour se faire pardonner ses absences, ses infidélités, sa goujaterie, voire son goujatisme congénital. Elle lui balançait par la fenêtre ses roses rouges de merde, son cliché en bouquet il pouvait se le carrer. Et mon cul c'est du poulet ? Bordel, j'aimerais qu'on me réponde ! Je l'imaginais tétanisé, papa, de même que nous demeurions prostrées lorsqu'elle vociférait qu'on la prenait tous pour une conne, qu'elle en avait ras le bol, que tous autant que nous étions, tous dans le même sac, nous étions des enfoirés. Ce qu'elle demandait ne lui semblait pas si extraordinaire, d'aucuns auraient pu penser que c'était un dû, le minimum de respect qu'elle quémandait comme une miséreuse, même une lépreuse aurait obtenu plus de sollicitude qu'elle. Mais moi, tintin, je peux toujours me brosser ! Tu sais ce que j'en fais de tes fleurs, de tes bijoux, de tes fringues, de tous ces cadeaux ? Je me torche avec, voilà ce que j'en fais. Non mais il me prend pour qui ? Y a peut-être écrit conne sur mon front mais y a pas écrit pute sur mon cul. Mais vas-y, ma pauvre chérie, vas-y essuie, ramasse les pots cassés, fais comme si de rien n'était, continue, continue, c'est parfait, tout est parfait. Monsieur a tous les droits, il peut se payer le luxe de tout avoir, lui, le beurre, l'argent du beurre et les lolos de la crémière.

Moi quand j'offrais des fleurs à maman – toujours blanches, jamais que blanches : roses, lis, freesias, tulipes, lisianthus, renoncules, lilas, jasmin, jacinthes, hortensias, ou mon préféré, à l'occasion duquel il fallait transformer un petit verre à moutarde en vase, le muguet de mai – je n'avais rien à me faire pardonner : je les lui donnais pour égayer notre quotidien, pour couvrir l'odeur rance de son tabac, pour témoigner de la candeur de mon amour. Elle était toujours émue aux larmes, elle ne se lassait jamais de cette attention, de même qu'elle n'était jamais blasée de nos déclarations passionnées ou de nos embrassades effrénées. Elle n'aurait jamais repoussé nos câlineries, nous pouvions la cajoler toute la nuit quand l'envie nous prenait de la rejoindre dans son lit, quand nous ne voulions pas dormir seules, ses bras étaient toujours grands ouverts, prêts à nous enlacer de toutes leurs forces pour l'éternité du monde entier. Ma bouche était encore pleine de dents de lait quand nous avons commencé nos concours pour savoir qui avait la plus grande. Lèvres contre lèvres, j'écartais autant que possible, jusqu'à me décrocher la mâchoire : la gagnante était celle qui aimait le plus fort. Ce n'était pas du jeu, j'aurais dû gagner, je savais que je l'aimais plus. À l'adolescence, je rechignais à lui dispenser autant de baisers qu'elle réclamait. Mais je t'en ai donné plein déjà ! Je me justifiais de ne pas l'embrasser une énième fois. Oui mais pas bien, ils manquaient de conviction ces baisers-là. Scandé d'un soupir exaspéré, je lui autorisais un dernier petit, sur la joue pas sur les lèvres. Avec les bras, merde ! s'écriait-elle alors, avec les bras les baisers, contre le cœur, il fallait s'embrasser avec ivresse, parce que nous nous aimions à la folie pour toute la vie, bordel !

Le drame de maman, celui dont elle ne se remettait pas, la rayure sur le disque qui la faisait ressasser inlassablement, c'était la carence affective dont elle avait pâti dès son plus jeune âge, et qui avait tracé une rainure écarlate, échancrée jusqu'à l'âme. Sa mère, bien entendu, était la grande coupable. Elle avait ouvert cette brèche dans le cœur de sa fille en la faisant naître, et l'avait laissée béante. Maman regardait sa mère en martyre, prise à la gorge dès qu'elle la voyait – elle disait qu'elle sentait la boule monter en chemin vers chez mamie, elle avait un nœud là –, comme si les sanglots mal ravalés de son enfance avaient formé au fil des ans un goulot d'étranglement. Elle devenait devant elle une adolescente attardée, perpétuellement en colère, d'une pétulance toute puérile. Mamie répondait à ses accès de rage ou sa tendresse excessive avec la même froideur paralysante, pétrifiée par un sentiment de totale impuissance. Qu'elle soit d'une beauté glaçante n'arrangeait rien. Ses traits, d'une rare finesse, s'harmonisaient autour d'une symétrie intimidante. Son expression la plus typique était une espèce de moue oscillant entre lassitude et agacement, ses lèvres pincées, son nez rectiligne pointé avec dédain. Son visage ressemblait à un masque vénitien, d'une blancheur impassible, brandi contre le bleu d'acier d'un ciel polaire.

Ses cheveux de jais toujours tirés en arrière en chignon archi-serré n'étaient pas sans rappeler le cygne noir du célèbre ballet, la coiffe d'Odile sur sa gueule de raie, ça c'est le pompon, disait maman, ridiculisant la coiffure dont sa mère s'était affublée après avoir ouvert son école de danse à Montreuil. Maman n'avait pas été une enfant désirée, et à l'accident de sa naissance s'étaient ajoutées sa maladie infantile puis sa maladie mentale. Mamie avait fait comme elle avait pu : enceinte à vingt ans d'un type cauchemardesque, sa petite chétive, anorexique, souffreteuse, et bientôt infirme. Maman disait être restée de dix-huit mois à cinq ans à Necker, l'hôpital des enfants malades, pendant l'immédiate après-guerre. Mamie restait floue sur les dates. Maman disait que mamie n'était jamais venue la voir à l'hôpital, les visites étaient autorisées pourtant, elle le savait parce que mémé, sa grand-mère, venait régulièrement, elle ! Elle se souvenait du nom du grand professeur qui dirigeait le service dans lequel elle avait grandi, elle se souvenait des lits qui se vidaient autour d'elle, elle savait bien ce que ça voulait dire, que les enfants ne guérissaient pas, qu'ils ne revenaient plus. Elle disait que si elle s'en était tirée c'était grâce à l'infirmière de son étage qui s'était prise d'affection pour elle. Des psychologues ont étudié les conséquences de la séparation sur les jeunes enfants, des orphelins ou des enfants gravement malades. Sans la constance d'une figure stable et affectueuse à laquelle le jeune enfant peut s'attacher, certains se laissent mourir, d'autres n'apprennent jamais à marcher ou à parler, tous manifestent de graves troubles du comportement. Pour fabriquer de l'humain, il faut le contact du corps, sa chaleur, son odeur, le bruit de son souffle, les fluctuations de sa voix, le bout de ses doigts, le goût de ses lèvres. Maman reconnaissait intuitivement ce phénomène, et il était plausible qu'une infirmière lui ait sauvé la vie. De même ma sœur était persuadée qu'elle devait son propre salut à ma naissance, vingt-deux mois après la sienne. La permanence de ma présence, le simple fait de mon existence l'avait secourue avec évidence. Maman cependant était fille unique, et sa mère aurait probablement avorté si elle avait pu.

Mamie, d'après maman, était tellement vaine, avait tellement peur de vieillir qu'elle l'habillait comme elle à l'adolescence pour la faire passer pour sa sœur. Ah c'est votre sœur ? disaient les gens dans la rue… C'est ma sœur, oui, tu parles d'une fausse sœur. Pas la moindre fibre maternelle, rien, elle était cassante, méchante ! Elle me pinçait les cuisses pour faire ressortir la cellulite : Regarde-moi cette peau d'orange, ce que c'est laid ! J'étais maigre comme un clou mais elle était jalouse, cette teigne, elle me faisait payer de plaire aux garçons, ne supportait pas que je lui fasse de l'ombre. Elle me battait sans arrêt, mes cheveux elle les tirait si fort que j'en retrouvais des poignées sur mon oreiller, ils s'effilochaient dès que je passais la main dedans tellement elle me les arrachait. Cela dit, c'est pas une mauvaise grand-mère, mais ça je vais te dire, c'est encore une façon de me spolier, de me montrer tout ce que j'aurai jamais eu !

Maman s'élançait dans des diatribes contre mamie qui n'en finissaient pas, éternelles redites, rabâchages intarissables, elle reprenait mille fois le même laïus, cent fois sur le métier elle remettait son ouvrage. Il n'était point de serpent, de monstre plus odieux, il n'était de pinceau assez rêche pour peindre un tel sujet, une femme rétive à tout signe de tendresse, revêche, délétère. Oui mamie était une harpie, une pourriture, du pur venin ; elle était toxique, elle était une imposture. Cependant maman nous laissait souvent le week-end chez elle et papi, le beau-père de maman, l'homme qui l'avait élevée, notre grand-père. Nous passions la moitié des grandes vacances avec eux dans des stations balnéaires où ils louaient une chambre dans une pension de famille modeste, ou un T2 tout équipé où on pouvait faire sa propre cuisine, avec un petit balcon qui donnait sur le parking, papi et mamie dormant sur le clic-clac du salon pour nous laisser la chambre, des vacances de ploucs dont papa et maman se moquaient, et dont bientôt ma sœur et moi nous moquions aussi avec un snobisme inné, une désinvolture de gosses de riches. Nos grands-parents étaient propriétaires de leur appartement et de la salle de danse au-dessous, en rez-de-jardin, où mamie fonda l'école qui deviendrait son empire. Papi, représentant de commerce, ajouta son pécule à leur patrimoine pour acheter une maison de campagne dans un lotissement Bouygues, et puis plus tard un T3 dans un des bâtiments de la résidence « Les Trois Rivières » dans la banlieue de Mandelieu-la-Napoule. À l'inverse, papa n'avait jamais rien possédé parce que la thésaurisation, l'investissement immobilier, c'était pour les péquenots, les pouilleux, lui était au-dessus de ça, lui son argent poussait sur les arbres. Maman nous déposait pour le week-end ou pour le mois, et revenait nous chercher à la fin du séjour. C'était mieux ainsi. Quand elle restait déjeuner, ça tournait au pugilat, et si elle avait le malheur de passer quelques jours on avait vite l'impression de faire du tourisme en zone de guerre. Nos grands-parents étaient gentils avec nous, tant que le sujet de maman ne venait pas sur le tapis. Il suffisait de prononcer son nom pour que les invectives fusent : menteuse, voleuse, folle, dépensière, irresponsable, infernale, déchaînée, incontrôlable, toujours en retard, jamais fiable, grossière, se donnant des airs, violente, prétentieuse, impertinente, autoritaire, toujours des problèmes, y a toujours des problèmes avec ta mère. Merci mamie, nous étions au courant, mais merci oui. De fait, chez papi et mamie, nous savions à quoi nous en tenir, il n'y avait jamais de surprises, tout était en ordre, seules les incartades de maman quand elle passait par là venaient perturber le train-train de ce couple tout ce qu'il y avait de plus conventionnel, petit-bourgeois, routinier, avec toujours le même pont-l'évêque après le plat principal, le même quart d'avocat en entrée, ou le demi-artichaut coupé dans le sens de la longueur. Papi, qu'est-ce que tu préfères, un avocat ou un artichaut ? Comme tu veux, mamie ! Tout était toujours comme voulait mamie. En été il y avait des tomates aux œufs durs tranchés avec une machine à découper qui fonctionnait une fois sur dix et qui énervait beaucoup mamie, laquelle râlait que c'était encore une arnaque ce gadget, ça lui tapait sur le système, papi s'était encore fait avoir comme un imbécile en achetant ce truc à la noix. La vinaigrette était préparée d'avance dans un vieux pot de cornichons et versée sur des cœurs de laitue prélavés pour la semaine et rangés entre des feuilles de sopalin dans des Tupperware. Le samedi midi mamie cuisinait un rosbif, le samedi soir deux coquelets, le dimanche midi un gigot que papi désossait avec le couteau électrique que mamie s'était laissé convaincre de lui offrir en promo au téléachat. Les jours suivants, mamie accommodait les restes. Papi, à qui nous demandions ce qu'il y avait à manger, répondait pour nous faire rire : Du mangournou ! Et c'est quoi le mangournou ? C'est de la merde avec des choux ! Arrête de faire le zouave, veux-tu ! s'écriait mamie. C'est pas la peine de leur apprendre des gros mots, tu crois pas qu'elles ont assez de leur mère pour ça ? Une fois mamie avait osé hausser le ton devant maman – ses médisances ne parvenaient que rarement aux oreilles de sa fille devant qui elle la bouclait, poltronne comme elle était. Ouh là, que n'avait-elle pas fait ce jour-là ! racontait maman à qui voulait l'entendre, et en particulier à ses propres filles dont elle semblait avoir oublié qu'elles avaient été témoins de la scène. Je lui ai décroché une de ces baffes ! Cette tarte je vais te dire elle l'avait pas volée. Ça, ça fera que rembourser une toute petite partie des raclées qu'elle m'a collées, cette salope. Personne ne moufta plus après ça ; l'incident avait mis tout le monde d'accord. Silence radio.

Les animaux domestiques qui ont accompagné notre enfance ont eu pour caractéristique principale de nous familiariser avec le deuil. Seuls mamie et papi avaient des chiens qui ne disparaissaient pas soudainement, deux ou trois générations de caniches nains qui vivaient une bonne douzaine d'années, contrairement à nos chats et chiens qui ne parvenaient jamais à l'âge adulte. Dans l'ordre chronologique, le premier chien assassiné par les voisins, un chat tombé malencontreusement du troisième étage, un autre chat perdu dans la jungle de la ville, un chien abandonné au bord d'une autoroute ; il y a eu le chien confié en garde et jamais repris, le suivant malencontreusement écrasé par un motard en traversant la rue et piqué pour abréger ses souffrances, et enfin la petite chienne dont maman m'apprit juste avant son internement que mamie l'avait jetée dans la Seine après lui avoir passé un collier lesté de briques. Je la regardais incrédule, secouée de pleurs, parce que c'était trop horrible, trop cruel, comment mamie pouvait-elle être un tel croque-mitaine ? Mamie que la vue du sang faisait tourner de l'œil, mamie que la mort de la mère de Bambi faisait pleurer autant que moi quand nous regardions le dessin animé ensemble, mamie qui avait la larme à l'œil devant les plus beaux moments du patinage artistique… T'as qu'à demander à mamie si tu me crois pas ! Alors j'appelai mamie, balbutiante, bégayante, éplorée : Ma-ha-mie ! Pourquoi tu as noyé ma chienne dans la Seine ? Plus perplexe que moi, elle me répondit qu'elle n'était pas au courant de la disparition de ma chienne, mais qu'il fallait que je pardonne à maman de me mentir, que maman était malade. Ta mère est malade, ma petite chérie, je suis désolée, il ne faut pas en vouloir à ta maman, elle est comme ça, elle ne fait pas exprès, ta maman est très malade tu sais. Je ne savais pas. Après, tout est devenu trop sombre pour survivre au souvenir, ma mémoire a fait table rase. Plus tard, beaucoup plus tard, alors que maman insistait pour que je lui raconte de quoi parlait le livre sur lequel je tentais péniblement de me concentrer, comme elle m'empêchait de poursuivre ma lecture, je m'arrêtai pour lui narrer l'action du chapitre que je venais de terminer, les premières pages de *Moravagine*. Le personnage principal éventre son chien, son fidèle compagnon, jusque-là son seul ami. Ma chérie, il faut que je t'avoue quelque chose… Non, pas la peine : j'avais passé l'âge de chercher des explications. Vraiment je préférais ne pas savoir. Mais maman insistait. Non, maman, je te jure, je ne veux pas savoir ! C'était trop tard, la confession était lancée. La petite chienne, c'était elle qui l'avait tuée, avec un couteau de cuisine. Tu comprends, il fallait que je tue quelqu'un, et c'était soit lui, ce salaud, soit sa pute, soit la chienne. J'avais tellement mal, tu sais. Mais j'étais pas complètement folle, j'avais conscience que si je tuais cette ordure, je finirais en prison, et je ne pouvais pas vous faire ça à vous, mes filles. Alors la chienne, oui, elle y est passée, et c'était injuste, et c'était dur pour toi parce que tu y étais très attachée à cette petite chienne, mais il fallait que quelqu'un y passe, y avait pas moyen de faire autrement.

Ce type, je l'avais prévenue que c'était un mauvais plan. À cinq ans, quand elle m'avait demandé mon avis, je lui avais dit que ce mec ne me revenait pas, mais pas du tout. Elle m'apprit que nous allions vivre avec lui, et je lui répondis non merci, sans façon, mais la décision était prise. Nous allions quitter papa toutes les trois pour nous installer chez Ducon, tel qu'elle le rebaptiserait par la suite, après l'épisode de la petite chienne, leur séparation, l'internement.

Ducon avait deux enfants du même âge que ma sœur et moi. Maman l'avait rencontré à la sortie de l'école où nous étions en classe ensemble. Il avait tout du bon père de famille, récemment divorcé d'une femme hystérique au dire de maman dont elle obtint en un tour de force invraisemblable qu'elle perde la garde de ses enfants au profit du père, parce que maman s'était mis en tête qu'elle voulait une famille nombreuse, qu'elle allait nous élever tous les quatre. Elle était archi contre le principe d'une garde partagée à la mords-moi le nœud qui aurait déstabilisé tout le monde. Elle avait monté un dossier en béton armé, avec l'aide du plus grand avocat en droit de la famille de Paris, un ami de papa, qui faisait valoir que le père était le parent responsable du couple – et de fait sa nouvelle compagne, notre mère. Maman alors était une mère irréprochable, ou presque : il y avait sa conduite sportive pour nous accompagner au tennis, à l'équitation, à la danse, au solfège, au piano, à l'école le matin, à toute blinde. Il y avait la fumée de cigarette dont elle nous asphyxiait, mais ça n'avait rien d'extraordinaire, tous les enfants de notre génération s'en plaignaient. Il y avait les gifles qu'elle nous dispensait, mais ça non plus ça n'avait rien de fou, tous les enfants toutes générations confondues s'en plaignaient, et je crois que lui aussi, Ducon, levait la main sur nous quand nous désobéissions, contrairement à papa, qui n'aurait jamais fait une chose pareille. Lui hurlait sans raison mais il ne frappait pas. Oui maman était alors une mère presque parfaite, et elle présidait sur sa flopée de moutards – les quatre, plus les copains et copines qu'elle gardait en bonus, parce qu'elle était toujours la première à se porter volontaire pour chaperonner les excursions, les classes vertes, toujours partante pour faire quatorze détours afin de déposer tout le monde. Il me semble que son décalage social, son excentricité, son sérieux grain passaient presque inaperçus sous ses dehors de matriarche tirée à quatre épingles. Si l'habit ne fait pas le moine, le costume indique l'appartenance, et maman, lookée de la tête aux pieds dans sa panoplie de grande bourgeoise du 7e, se fondait parfaitement dans le décor à la sortie de notre école privée bon chic bon genre.

Notre appartement au rez-de-chaussée de la rue de Varenne à proximité des ministères était cerné de gendarmes. Je les voyais faire le guet au coin de la rue depuis mon lit superposé dans notre grande chambre divisée en quartiers, chacun de nous quatre perché au-dessus d'un bureau et d'une armoire qui constituaient notre espace privé. Nous avions nos peluches attitrées pour dormir, mais le reste de nos jouets nous les rangions dans une grande malle où ils cohabitaient pêle-mêle. Ma sœur avait pris l'habitude de me tenir la main pour s'endormir pendant les cinq premières années de ma vie. Elle avait demandé à nos parents que mon berceau reste dans sa chambre, et plus tard elle avait imposé que nos lits jumeaux soient collés l'un contre l'autre. La pire épreuve de ce déménagement fut pour elle de ne plus avoir les petits doigts de sa sœur enlacés aux siens au moment de sombrer dans le sommeil. Le soir, les lumières éteintes – J'ai dit extinction des feux! criait maman quand elle voyait une lampe de chevet se rallumer dans l'entrebâillement de la porte –, quand la respiration des deux autres s'alourdissait et résonnait dans la pièce en un ronronnement paisible, ma sœur chuchotait assez fort pour que je l'entende : Chouchou, tu dors? Je ne dormais pas, mais quand bien même j'aurais dormi, elle serait venue grimper à l'échelle de mon lit pour me susurrer sa question à l'oreille, soulevant mes paupières de son index inquisiteur : Chouchou, tu dors? Il fallait qu'elle retourne dans son lit avant que maman ne la trouve. À quoi tu penses? me demandait ma sœur. Je ne pensais à rien de particulier, parfois je regardais les policiers, je détaillais leur costume que j'observais à la lueur du lampadaire, le képi, l'uniforme, les boutons, les écussons, derrière le rideau au travers duquel, en biais, filtrait un rai de lumière, entre la tringle et la vitre, mon oreiller calé juste dans l'axe. L'appartement faisait l'angle et il y avait aussi un feu que je regardais changer de couleur. Je constatais que le rouge durait plus longtemps que le vert, et le vert plus longtemps que l'orange, l'orange à peine quelques secondes, des secondes que maman ignorait toujours, orange pour maman signifiait accélère vite avant que ça ne passe au rouge, cette teinte ressemblait à la couleur du lampadaire, et si je clignais des yeux, si je me forçais à voir flou en plissant les paupières, les halos des deux feux pouvaient presque se confondre. Je devais réfléchir avant de répondre à ma sœur, toujours inquiète. J'inventais que je pensais au lendemain, que je pensais à mes leçons, que je pensais à la cour de récréation, que je pensais au temps qu'il ferait, aux habits que je choisirais. Parfois je lui disais que j'essayais de compter combien de secondes le feu restait au vert pendant un jour entier mais je n'arrivais pas à calculer combien de secondes il y avait dans vingt-quatre heures, alors elle m'aidait à faire les multiplications. Nous apprenions à aimer ces enfants comme nos frère et sœur, bien qu'ils n'aient pas été de nos amis auparavant, nous ne les avions pas élus comme compagnons de jeux parmi nos camarades de classe, ils étaient simplement d'autres enfants de notre école, mais bientôt nous dînions ensemble, et nous emportions le même repas dans nos *lunch box* assorties, et nous suivions les mêmes activités, et nous apprenions à skier ensemble.

Maman, volontaire comme pas permis, sa patte folle rendant impensable toute tentative de glisse, maman qui haïssait le froid peut-être encore plus que la langue de bois, maman nous emmenait skier tous les quatre dans les Alpes, et après nous avoir enfilé collants, sous-pulls, combinaisons, anoraks, chaussettes supplémentaires, chaussures, moufles, bonnets, lunettes, après nous avoir appliqué du stick à lèvres vert fluo, elle nous tirait, à la queue leu leu, elle se transformait en tire-fesses humain avec un courage et un altruisme qui frisaient la sainteté pour nous déposer à l'école de ski pendant que son mari, lui, travaillait à Paris. Il promettait de nous rejoindre très vite mais les empêchements ne cessaient de s'accumuler, des tas d'emmerdes lui étaient tombées sur le coin de la gueule, et c'était vraiment pas de bol parce que lui adorait skier ! Si je n'étais pas fan des vacances aux sports d'hiver, ce n'était pas seulement parce que j'avais le vertige, et que la montée en télésiège me donnait envie de mourir tout de suite, de ne pas attendre de tomber, ce qui ne manquerait pas d'arriver tôt ou tard, mais aussi parce que comme maman je détestais le froid, et j'aurais préféré être moi-même estropiée pour ne pas avoir à monter sur ces instruments de torture accrochés à des chaussures étriquées qui m'ankylosaient les chevilles et engourdissaient mes pieds par avance frigorifiés, j'aurais donné l'intégralité de mes jouets pour ne pas avoir à descendre puis remonter des pentes du matin au soir, pour ne pas avoir à assembler mes deux skis à la fin de la journée et chercher en vain une petite place où les ranger dans le local, une épreuve à la hauteur du dernier niveau de Tetris, jeu auquel les autres excellaient sur la Nintendo que nous avions emportée dans nos bagages et qui me permettait de me faire encore remarquer pour ma nullité, autant que dans ce sport absurde qui consistait finalement à se rétamer sur des plaques de verglas sans rien se casser – Par pitié, te pète pas un bras par-dessus le marché ! – pour ne pas compliquer le séjour avec une hospitalisation d'urgence, et surtout parce que maman avait l'air si malheureuse derrière ses immenses lunettes noires à la terrasse du chalet au sommet du domaine skiable, emmitouflée dans la fourrure en marmotte que papa lui avait offerte. Aux leçons de l'ESF, les autres obtenaient des étoiles, des fléchettes, des chamois, du bronze, de l'argent, du vermeil, et moi j'obtenais un flocon. Finalement, on me décerna ma première étoile, surtout parce que le moniteur avait pitié de ma sœur, sa meilleure élève, la plus douée, la plus téméraire, qu'il voyait désespérée par mes échecs successifs. En lot de consolation, il y avait la Corrèze l'été.

La maison de Corrèze devint le chef-lieu de notre famille reconstituée, et nos souvenirs d'enfance à quatre se sont centralisés dans ce palais de conte de fées, ce château tout espagnol, tout donquichottesque dans lequel maman avait mis toute sa foi en la vie, en l'avenir. Là, il n'y avait rien à faire à part de temps à autre aller pêcher la truite en rivière, ce qui autorisait la contemplation placide, assis en silence de longs moments interrompus seulement par les soupirs intermittents des plus ambitieux, excédés que ça morde si peu. J'allais cueillir des fleurs des champs pour maman qui m'avait juré qu'à la campagne elle n'aimait que les grandes herbes folles ou les pâquerettes, un pieu mensonge dont je compris plus tard qu'il était destiné à m'empêcher de sarcler les plates-bandes des voisins. Nous partions tous les six de Paris en voiture, maman partageait la conduite de nuit avec son nouveau mari, parce que la route était longue et ils préféraient encore l'insomnie à notre incontrôlable chahut et nos interminables demandes : pause pipi, pause vomi, j'ai le tournis, j'ai faim, j'ai soif, j'arrive pas à dormir, raconte-moi une histoire, c'est quand qu'on arrive ? On est bientôt arrivés ? C'est quand bientôt ? Ils s'étaient acheté une grosse Volvo break spéciale famille nombreuse dont ils abaissaient le siège arrière pour la transformer en camping-car, et nous les quatre enfants y dormions en rang d'oignons ou tête-bêche, prenant nos oreillers et nos couettes sous le bras quand ils nous sortaient du lit pour nous transférer dans leur mobile home improvisé. Au petit jour nous étions en Corrèze. La pureté vivifiante du grand air qui traversait la voiture depuis les vitres avant, chassant l'odeur de tabac tiède dans laquelle nous marinions depuis Paris, nous réveillait doucement, nos cheveux moites de sueur caressés par la fraîcheur des vallées luxuriantes, nos paupières chatouillées par le rougeoiement de l'aube. J'apercevais les premiers rayons de soleil derrière le bras nu de ma sœur dans son pyjama à manches courtes, posé au hasard de la route cahoteuse entre mon front et mon épaule. Les uns après les autres nous nous frottions les yeux, et à peine ouverts nous les écarquillions pour ne rien perdre de la kermesse qu'était ce paysage. Nous nous agenouillions à l'arrière, le menton au-dessus de la banquette rabattue à la verticale qui nous séparait des conducteurs, et à tour de rôle nous piaillions : On est presque arrivés ? Oui, on est presque arrivés ! disaient-ils alors, les parents, aussi soulagés que nous, des trémolos dans la voix. Nous trépidions d'enthousiasme, nous arrivions pour le mois entier à la maison du bonheur, nous arrivions devant la vieille gare désaffectée au pied de la colline qu'il fallait gravir pour atteindre le village. Ça y est, on est presque, presque arrivés ! nous nous écriions à l'unisson. Quand la voiture s'engageait dans la petite route en colimaçon qui montait, montait, montait jusque tout là-haut là-haut, maman mettait la musique à fond, toujours la même, le passage du « Printemps » des *Quatre Saisons* de Vivaldi, la gaieté faite son, et nous autres pinsons riions et chantions d'abord en chœur, puis en canon : On est presque arrivés, on est presque arrivés, on est presque arrivés… On est arrivés ! Nous exultions car les plaisirs que nous anticipions au cours de ces vacances étaient extravagants : tant d'amis passaient nous voir que la chambre des enfants avait été transformée en dortoir où des matelas juxtaposés le long de deux pans de mur formaient des banquettes de couchage, pour que le nombre de lits ne pose jamais problème, au pire ils s'entasseront, disait maman, il y a toujours la place, et s'il y en a pour quatre, il y en a pour douze, ou seize, ou davantage.

Notre maison trônait au sommet d'un minuscule village où les voisins de droite avaient des poules et deux moutons, et les voisins de gauche des vaches qu'ils nous laissaient traire. Il y avait dans leur grange un tracteur avec du fumier agglutiné aux roues, et des chats sauvages qui mettaient bas dans la paille. Leur logis sentait la grosse soupe et la toile cirée, et derrière ils avaient des lapins de toutes les couleurs à qui nous pouvions donner des carottes à travers les barreaux de leur cage. Au bout du pré de l'autre côté il y avait une porcherie dont les exhalaisons pestilentielles et les grognements assourdissants réveillaient les sens ternis des petits citadins. Le soir maman servait des festins sur l'immense table en bois qu'elle disait avoir dénichée dans une brocante de la région, une table monastère en chêne massif avec des bancs d'église de chaque côté. Nous mangions tous ensemble, les grands et les petits, et personne ne faisait d'histoires, qu'on aime ou non la truite saumonée, grillée, marinée ou en escabèche – il fallait inventer des menus avec notre pêche parfois miraculeuse –, il y avait aussi des pommes de terre au feu de bois, cuites sous la cendre dans la cheminée. Vous allez pas me dire que vous aimez pas les patates ! beuglait maman à ceux qui rechignaient devant leur assiette. Elle cuisinait avec les doigts, elle mélangeait les salades de pâtes à pleines mains, elle goûtait les sauces et les vinaigrettes du bout de son ongle trempé dans la casserole, dans le bol, avec un appétit et un délice si flagrants qu'ils frôlaient la luxure. Nos fêtes prenaient des allures orgiaques, nous organisions des bacchanales avec des danses chorégraphiées par maman, nos costumes faits de vêtements empruntés les uns aux autres ou de créations artisanales : des chaussettes de sport trouées transformées en longs gants blancs, des foulards portés en sari, des torchons en turban ou en jupe à volants, les sacs-poubelle devenaient des robes du soir, le papier d'alu chiffonné toutes sortes de déguisements ou d'accessoires. Maman s'y connaissait en spectacles, elle avait l'expérience de la scène et depuis les coulisses – le long couloir sous les combles dont elle avait initialement fait un dressing – elle nous aidait à nous préparer pour notre public. Maman était aux anges, c'était le paradis. Mais l'extase ne saurait durer. Le propre du ravissement est de se manifester dans l'éphémère, au point culminant de l'effusion et de l'effervescence, au paroxysme d'un élan qui ne peut se maintenir en lévitation permanente, il faut bien atterrir, et dans la vie il y a des hauts et des bas, on ne peut pas tout le temps rester perché sur les cimes de l'orgasme. Maman ne connaissait pas la descente en douceur, la piste verte n'existait pas dans son domaine skiable, au mieux elle était rouge incendie, au pire noire extinction. Alors il ne restait plus qu'à voir s'il y avait plus haut, si on pouvait encore monter tant que le ciel était bleu.

Une ruelle séparait la maison d'un verger aux pommiers centenaires, un terrain de plusieurs hectares que longeait un petit sentier qui semblait n'appartenir à personne et au bout duquel un noisetier mûrissait lentement ses fruits tout au long des vacances. Le mois d'août réclamait patience voire résignation : ce n'était pas encore la saison des noix, ni des noisettes, ni des pommes ou des poires. Il fallait attendre le dernier moment, les ultimes heures avant le grand départ, pour la cueillette des cèpes en forêt, sous des fougères qui maintenaient la terre humide et fraîche même les jours de canicule, un moment que nous anticipions à travers l'étude attentive de ces champignons comestibles – faites bien attention de pas vous gourer, nous disaient nos voisins fermiers, ils en connaissaient plus d'un qui avaient passé l'arme à gauche à cause de champignons vénéneux. Maman les fricassait dans des omelettes baveuses et ces étranges végétaux spongieux et gluants ressemblaient à des limaces une fois coupés en tranches et revenus dans du beurre. Le verger avait pour tout enclos une haie trouée d'un côté et un minuscule ru que nous nous amusions à enjamber de l'autre, si bien que cette aire de nature semblait elle aussi appartenir à tout le monde, et tant que les pommes n'étaient pas mûres – la tentation d'en remplir des paniers entiers ou de les croquer à pleines dents sur la branche aurait été irrésistible – le danger que nous aurions couru si le propriétaire nous avait vus nous servir de son bosquet comme d'un parc d'attractions restait faible. Maman décida d'acquérir ce terrain pour compléter le minuscule bout de jardin de sa maison de village. Elle ne possédait rien qu'un modeste morceau de gazon, à peine assez grand pour dresser une table sur des tréteaux qu'il fallait sans cesse replier et remettre à la cave parce qu'elle bloquait les allées et venues de tout ce joli monde. Nous pique-niquions sur des grandes nappes à midi, et le soir nous dînions dedans parce que de toute façon ça caillait dans cette région la nuit. Maman se mit en tête d'acheter le verger à n'importe quel prix, et la somme prohibitive que le propriétaire en demandait ne la découragea pas. Ducon prendrait un crédit, il pouvait bien payer ça, elle payait tant de choses avec l'argent de son ex-mari, et ils feraient construire une piscine et un tennis au milieu des arbres. Il y avait un vieux pommier biscornu sous les branches duquel j'inventais une vie fabuleusement romantique à ma poupée chérie. Une année que nous étions venus pour les vacances de la Toussaint je pus goûter les pommes en secret, et aucun fruit n'égalerait jamais plus le régal de leur chair sucrée. Maman m'annonça que mon pommier était en travers du court de tennis, il n'y avait pas moyen de faire autrement, il était au beau milieu de la seule zone constructible, je suis désolée ma chérie, je sais combien tu l'aimes ce pommier, mais il va falloir le raser. Elle n'avait pas idée. J'en pleurai des semaines entières. Maman, remarquant que ma tristesse persévérait, me dit qu'il serait peut-être possible de le replanter un peu plus loin. J'y croyais, et je m'accrochais de toutes mes forces à cet espoir. Je ne revis jamais mon pommier. Les travaux commencèrent au printemps suivant, et maman y alla seule pour superviser le chantier. Je lui demandai à son retour si elle avait replanté mon arbre comme elle m'avait dit. Sa réponse fut d'abord évasive, puis définitive.

Ça partait mal, cette idée de terrain, et je n'étais pas la seule à le penser. Les voisins qui jusque-là s'étaient pris d'affection pour les gosses de la belle excentrique qui avait reconstruit la ruine en haut du village nous interdisaient soudain de nourrir leurs poules, nous fermaient l'accès de leur grange. Il n'y avait que le vieux couple dont la bicoque à l'entrée du bourg constituait le premier portail de notre demeure qui continuait à nous accueillir de bon cœur et à nous offrir des bonbons à la violette quand nous passions les embêter pour nous distraire. Ils s'occupaient de la maison en notre absence, et maman leur avait assigné le rôle honorifique de chef de chantier à distance, c'est-à-dire qu'ils étaient chargés de remonter les bretelles aux ouvriers qui n'en ramaient pas une quand la patronne était à Paris. En un temps record, la piscine et le tennis furent construits, et maman dans l'intervalle se maria réellement à Ducon, en communauté de biens pour être sûre d'être copropriétaire du terrain. Le rythme des vacances tout à la flânerie devint soutenu pour rentabiliser les travaux de l'aile activités sportives, toujours séparée du bâtiment principal par une ruelle au milieu du village, si bien que les allées et venues des vacanciers en maillot de bain alternaient avec celles des poules et du tracteur. Il fallait faire des tournois de tennis, des concours de natation, des compétitions de plongeon, du foot entre les deux, du volley-ball aquatique, et ceux qui chouinaient l'année précédente qu'il n'y avait rien à faire dans ce bled, on ne les entendait plus que hurler de joie. Je tentais péniblement de trouver des raisons objectives de m'extraire des jeux collectifs : je me morfondais en silence. J'aurais aimé que tout le monde continue de s'emmerder sec afin de me distinguer par mon âme bucolique. Mon calvaire dura deux étés consécutifs. Si j'avais su ce qui m'attendait au bout de cette épreuve, j'aurais certainement eu plus d'indulgence pour le chamboulement de mes vacances et mes petites habitudes. C'est justement dans la grange attenante à la piscine qui avait été convertie en salle des fêtes, salle de bains, vestiaire, ping-pong, billard et autres, que maman a trouvé son mari en train de sauter sa secrétaire, que maman, trop bonne, trop conne, avait invitée avec son fiancé. Enceinte jusqu'aux dents comme elle était, elle n'aurait jamais imaginé, mais faut vraiment être perverse, fallait vraiment qu'elle tombe sur des pervers comme pas permis, c'était inimaginable le manque de pot qu'elle avait, de se planter comme ça, comment était-ce possible ? Le cataclysme de la rupture commença alors son labeur avec pour tâche de détruire pierre à pierre ce que le couple avait construit, ce que l'un et l'autre s'étaient donné de bonne foi et qui dorénavant ne valait plus rien, rien, que dalle. Leur désunion fut précipitée par un élan de revanche et de haine. Ils finirent par s'étriper et, de retour à Paris dans nos lits, la couette jusqu'au-dessus du front, leurs cris nous rappelaient les cochons de Corrèze, mais ceux-là n'éveillaient nos sens que pour les transir d'effroi. Maman cassa une vitre un jour, de rage, et d'un bout de verre brisé balafra le visage de Ducon, qui malgré sa saloperie restait le père de nos amis, ces enfants avec qui nous avions vécu et grandi pendant quatre ans et demi. Nous ne savions que penser mais nous prenions parti, peut-être malgré nous. Les gendarmes que j'avais admirés montant la garde sous nos fenêtres venaient régulièrement frapper à la porte parce que les voisins se plaignaient de tapage nocturne, parce que dans ce quartier on ne faisait pas tant de grabuge.

Maman comptait parmi ses expressions favorites « les grands moyens ». Il fallait toujours employer les grands moyens pour arriver à ses fins : rouler sur les trottoirs, défoncer une porte, faire suivre son mari, le dénoncer au fisc, tous les moyens à mettre en œuvre, les plus grands le mieux. Maman de même disait des mensonges que plus ils étaient gros mieux ils passaient, que les histoires plus rocambolesques tu meurs étaient toujours plus crédibles que les récits prévisibles que n'importe qui aurait pu inventer. La réalité dépasse toujours la fiction, disait-elle. Et puis : Quel rapport avec la choucroute ? Et : On est un con ! – phrase qui intervenait régulièrement dans nos conversations lorsque ma sœur et moi lui expliquions qu'« on » nous avait appris quelque chose de désobligeant à son sujet, ou au sujet de quiconque, le qu'en-dira-t-on étant toujours digne de la connerie de ce fameux « on »... Eh bien on est un con ! Et : Les plus riches sont les plus radins. Et : Quel bordel, madame Adèle ! – expression qu'elle empruntait à papa –, ainsi que : Bordel de merde de chierie de bordel à cul ! Ou : Comme dirait ma concierge. Et : Quand y a de la gêne, y a pas de plaisir. Et : Parle à mon cul ma tête est malade ! Et : Les chiens ne font pas des chats. Bref, maman décida que les grands moyens consistaient cette fois à appeler Duluc détective privé et faire suivre son mari pour livrer un compte rendu détaillé à ses patrons de ses activités pendant ses heures de travail. Maman certes avait épousé un connard, et ce n'est pas pour rien qu'elle le rebaptisa Ducon, suite à l'enquête de Duluc, qui conclut que son aventure adultère était un moindre mal comparé aux malversations qu'il avait à son actif : détournement de fonds, faux et usage de faux, abus de pouvoir, etc., etc., j'en passe et des meilleures. Ses déclarations d'impôts étaient soit inexistantes soit fausses. Cependant maman ne pensait pas que couler Ducon la ferait sombrer elle aussi. Elle accusa Ducon auprès de ses employeurs et de la loi, et Ducon se retrouva effectivement le bec dans l'eau, mais qui se faisait encore baiser, tiens, Bibi ! Toujours la même ! C'était d'une injustice, c'était proprement dégueulasse, mais elle était mariée à ce sale type et responsable de ses dettes au même titre qu'elle était victime de ses saloperies. Le connard créait son insolvabilité, disait-elle, pour la laisser dans la mouise à tout devoir se coltiner seule. Sans doute était-il insolvable : licencié pour faute grave, poursuivi pour fraude fiscale, etc., sur ces entrefaites, eh ben bravo, voilà, c'est parfait, elle avait encore tout gagné, elle avait décidément décroché le cocotier avec celui-là. Que faire ? Appeler papa. Papa la sortirait de là, papa la sauverait, papa son sauveur.

Papa venait tous les soirs sans exception, c'est-à-dire que papa venait également lorsque nous vivions chez Ducon. Ce dernier soulignait lui-même qu'il ne fallait pas non plus que maman s'étonne que son mari aille voir ailleurs quand elle lui interdisait l'accès de son propre domicile pour que son ex-mari passe les voir tranquille, elle et leurs enfants. Ces deux-là, ils faisaient la paire, disait maman. Le problème le plus urgent quand maman décida de plier bagage, non sans avoir préalablement vidé les placards et jeté l'ensemble des affaires de Ducon dans la Seine – ce n'était pas la chienne mais les costards qui avaient fini noyés : pourquoi noyés plutôt que simplement jetés aux ordures ? Maman avait le goût du symbolique, elle avait le chic pour ne rien faire comme tout le monde, et peut-être que noyer les cravates de son imminent ex était une manière de noyer le poisson, ou de le faire changer de bocal ? –, le problème immédiat fut la question du logement. Où allions-nous vivre ? Sa solution de repli consista à retourner dans l'appartement où nous avions passé nos premières années, cet appartement haussmannien que la nouvelle femme de papa détestait et qu'il avait quitté à sa demande mais qu'il continuait de louer à un prix dérisoire et avait partiellement converti en bureaux. Maman retournait sur les lieux du crime originel. L'adultère qui l'avait fait quitter le père de ses enfants, de nouveau l'adultère qui l'avait fait quitter le père de sa famille reconstituée, revenait la traquer là où il avait débuté. Et elle sombrait. Elle coulait, sans plus d'attaches que ses deux filles impuissantes qui la regardaient se noyer avec les sacs-poubelle de fringues et de godasses lestés de ses plombs qui avaient irrévocablement sauté, jusque tout au fond du fleuve. Nous ne nous installâmes que pour peu de temps. L'épisode fut aussi bref qu'intense, avant qu'elle ne se fasse embarquer avec camisole et tutti quanti.

À la rentrée suivante, quand elle revint de l'hôpital et choisit un appartement pour nous trois, l'appartement dans lequel nous grandirions jusqu'à ce que, chacune à notre tour, à deux ans d'intervalle, nous quittions la maison, elle décida de nous installer en face de l'Institut des jeunes aveugles, à une rue de Necker, l'hôpital des enfants malades, où elle avait passé les plus longues, les plus pénibles années de son enfance. Elle refusait d'y mettre les pieds, même pour nous faire opérer des amygdales ou de l'appendicite, elle préférait traverser tout Paris, aller à l'autre bout du monde plutôt que risquer de revivre les traumatismes qui hantaient ces couloirs. Pourtant elle avait choisi d'habiter près de cet édifice de la mémoire dont le porche constituait en quelque sorte le parvis de sa mythologie personnelle. Le bâtiment se dressait comme un fantôme quand nous sortions de notre immeuble, son ombre la faisait trébucher sans arrêt. Elle était perpétuellement rattrapée par son effroyable, son indépassable histoire, la vraie comme la fausse ou celle qu'elle s'était appropriée. Qu'elle ait choisi de vivre près de cet impitoyable passé, juste à côté, indiquait combien il lui fallait encore et encore, en paroles, en signes, en figures, retourner à la source, retrouver la genèse du désastre qu'était sa vie.

Et sa vie elle la racontait en continu, jusqu'à l'écœurement, en un monologue insupportable à la Winnie, en nous engueulant, nous prenant à témoin, nous ses deux filles chéries adorées qu'elle aimait pour l'éternité du monde entier. Les années après Sainte-Anne, elle avait travaillé jour et nuit à l'écriture d'un récit qu'elle intitula *Saxifrage*, comme la fleur qui pousse dans la roche. Il avait été publié aux Éditions Séguier. Ou plutôt, il avait paru à compte d'auteur, mais avec sa force de persuasion incomparable, elle avait réussi à convaincre un éditeur de l'imprimer pour elle. Ce texte lui avait demandé plus de trois ans de labeur ; elle avait tout voulu faire elle-même, y compris la mise en page, avec des petits bouts de papier découpés et collés sur des feuilles pliées en deux. Elle y présentait son autobiographie sous forme de calligrammes faits de néologismes rimant en -age : Babillage / Patatrage / Déportage / Hospitalisage / Abandonnage / Mort-lit-vidage / Traumatismage…

Le récit s'achevait sur son internement et la nécessité de s'en sortir pour nous, ses filles. Pour en témoigner, elle choisit de publier mon poème. Elle racontait qu'elle l'avait reçu à l'hôpital, et que sa lecture l'avait tirée du brouillard des neuroleptiques, il lui avait remis les idées au clair avec la force d'une décharge bien plus puissante que les électrochocs qui lui avaient été administrés. Elle conférait à mon poème les vertus d'un talisman. Cette histoire, elle l'avait inventée pour les besoins de la narration, mais j'avais réellement écrit ce poème, et il m'était impossible de démêler la vérité de la vraisemblance du récit qu'elle avait fabriqué. Elle m'avait fait recopier mon poème au propre sur un papier quadrillé, et dans son livre il avait paru tel quel, en photocopie couleur. Je reconnaissais mon écriture enfantine, je reconnaissais les teintes bleues et roses des lignes du cahier Clairefontaine. Elle m'avait fait écrire la date, et mon nom et ma classe en haut à gauche comme un devoir que j'aurais rendu à ma maîtresse. L'effet de réel entamait le souvenir. Cette date était probablement factice, mais je n'en étais plus certaine. Je me surprenais à croire à son invention littéraire. Oui après tout peut-être avait-elle reçu mon poème à l'hôpital ? Peut-être que mes vers avaient déclenché en elle ce sursaut de foi en l'avenir. Les poèmes peuvent parfois convaincre de vivre quelques jours encore.

La dernière fois que nous sommes allées en Corrèze, c'était après la chute, juste avant que la maison soit vendue en adjudication, pour une bouchée de pain. Maman suppliait papa de la racheter en vain, elle l'implorait, elle versait toutes les larmes de son corps. Cette maison était sa chair, elle y tenait plus que tout, comme à la prunelle de ses yeux, autant que ses propres filles sur la tête desquelles elle jurait sans cesse, mentant éhontément, ce qui a contrario nous rendait ma sœur et moi follement superstitieuses, une superstition qui nous obligeait à traverser le passage clouté sans toucher les bandes blanches, ou arriver sur le trottoir d'en face à tout prix sur un nombre pair, qui nous faisait supprimer certains mots de notre vocabulaire – Dieu, par exemple – sans quoi nous finirions en enfer. Nous qui n'avions jamais vu la maison qu'inondée d'amis, de cris et de rires, de parents et d'enfants de tous âges, nous sommes arrivées en bas du village en silence, et dans la voiture qui montait la route en colimaçon le poids de l'absence nous desséchait la gorge. Nos frère et sœur n'étaient plus là, nous ne les reverrions jamais. Les amis n'avaient pas été invités pour cette visite d'adieu. Pour fermer le cercueil nous étions toutes les trois. La maison était vide, et l'écho de nos pas dans les couloirs sonnait le glas de notre enfance. Maman voyait pour la première fois le lierre rouge – c'était la Toussaint – recouvrir les deux faces du mur en pierre qu'elle avait aidé les maçons à monter de ses propres mains. Nous avons dîné dans la cuisine, sur les tabourets d'appoint destinés à la compagnie qui buvait un verre de rosé en regardant maman couper la ciboulette du jardin dans la salade de pommes de terre. Nous avons mangé de la purée mousseline. Dans le dortoir des enfants gais les lits étaient trop grands pour nos deux corps esseulés, et nous savions que maman ne dormait pas, nous l'entendions faire les cent pas, nous ne lui avons pas demandé de dormir dans son lit, nous sommes restées dans nos couchettes collectives qui avaient au moins l'avantage de permettre à ma sœur de me donner la main comme nous tentions de trouver le sommeil. Nous avons quitté la maison le cœur encore plus lourd qu'à l'arrivée, étranglées de tristesse et d'appréhension. En voyant maman tourner la clé dans le portail cette ultime fois, j'ai regardé notre insouciance disparaître à double tour, à jamais. Il fallait grandir vite. Nous allions grandir vite. Nous devenions d'une vigilance à toute épreuve, nous étions des jeunes filles très matures, capables de tout comprendre des problèmes d'adulte, nous disait maman, un compliment que nous acceptions à contrecœur, bien malgré nous. L'internement, la disparition des enfants du nouveau mari, la perte de la maison de Corrèze, la mort de la petite chienne survenaient au même moment, l'année de la chute du mur de Berlin : notre enfance périclitait avec la violence et la soudaineté d'une avalanche. Nous étions ensevelies.

Les paquets de cigarettes de maman, ses Rothmans Rouge, traînaient un peu partout dans nos maisons successives. Au bureau de tabac elle n'achetait jamais que des cartouches, un paquet durait à peine une demi-journée. À l'époque les enfants pouvaient les acheter sur ordre de leurs parents sans que le buraliste ne se formalise. Maman se garait en double file, elle nous tendait l'argent des clopes et l'une de nous deux filait lui acheter une cartouche. Elle fumait comme un pompier, et l'expression lui seyait non seulement parce que je l'associais à la présence de ce corps de métier dans notre vie, mais aussi à cause du personnage masculin dans *L'Été meurtrier*, surnommé Pin-Pon pour la blague, lui qui était pompier et n'avait jamais fumé. Maman avait de beaux briquets chics que papa lui avait offerts, des briquets Dupont, des briquets Cartier, en or ou en argent massif, mais le plus souvent elle allumait ses clopes avec la dernière qui n'avait pas fini de se consumer. Elle les laissait se dévider en cendres dans les différentes pièces de l'appartement. Elles brûlaient comme de l'encens, elle les oubliait, elle en prenait une autre dans un paquet ouvert qui se trouvait là sur le buffet du salon, sur la table de chevet, sur le comptoir de la cuisine, dans sa poche, dans son sac à main. En voiture, nous nous plaignions que la fumée nous asphyxiait et nous piquait les yeux ; elle nous rembarrait comme d'habitude lorsque nous entravions sa liberté. Quand vous aurez votre permis et votre propre caisse vous déciderez si vous voulez pas qu'on fume dedans, mais pour l'instant vous êtes dans ma voiture, et je fumerai que ça vous plaise ou non ! Avec un sentiment de totale injustice, dégoûtées, nous abaissions la vitre arrière d'un geste énergique avec la poignée manuelle de la portière. Nous avions à peine le temps d'aspirer un filet d'air de pots d'échappement, pur en comparaison, qu'elle hurlait qu'il faisait un froid de canard : Remonte-moi tout de suite cette vitre ! Ça va pas non ? Ça caille, bordel ! Il fallait régulièrement vider les cendriers parce qu'elle détestait les cendars dégueulasses qui débordaient de mégots. Vide-moi ce vieux cendar dégueu, veux-tu s'il te plaît ma chérie. Sois gentille, va me vider ça dans la poubelle. Nous déversions des montagnes de cendres par-dessus les déchets de nourriture, si bien que nos ordures ne sentaient rien, elles avaient la même odeur que les meubles et les rideaux et la moquette, un parfum de nicotine. J'ai commencé à fumer relativement jeune en me servant dans les paquets de maman. Contrairement à mes amies, je ne m'en cachais pas, maman m'offrait généreusement ses cigarettes en me tendant son paquet ouvert : Sers-toi, ma chérie, c'est pour tout le monde. Mes camarades fumeuses avaient droit au même traitement et repartaient souvent avec un paquet entier que maman leur donnait : Prends, prends, t'inquiète, bichette, j'en ai plein d'autres ! Elle fumait au lit avec son café au lait et ses draps étaient criblés de trous de cigarette, si bien que sa taie d'oreiller ressemblait à une cible, la cible de ses nuits assassines.

Sur les carnets scolaires ou les documents administratifs, en réponse à la question « profession de la mère » j'écrivais « mère au foyer ». Elle avait enseigné la danse classique au conservatoire, à un haut niveau, et elle avait été propriétaire d'une école, à Marseille, où elle avait vécu avec un premier mari que nous n'avions pas connu, et puis papa l'avait aidée à financer l'ouverture d'une école à Boulogne. Les locaux avaient brûlé dans des circonstances troubles – il était fort possible qu'elle y ait mis le feu elle-même, pensant ou non que l'assurance couvrirait les dégâts, cependant l'assurance ne couvrit pas l'incinération du lieu – et papa refusa de cautionner maman pour la réhabilitation. Mamie, qui avait trimé toute sa vie pour ouvrir son école de danse dans sa banlieue populaire, elle qui avait économisé jusqu'au dernier centime à la sueur de son front, n'avait qu'une trouille, c'était que maman fourre son nez là-dedans. Il était hors de question que maman travaille avec sa mère : c'était la porte ouverte à des engueulades à tire-larigot, c'était le crêpage de chignon assuré, c'était risquer qu'elles finissent par se matraquer à coups de chaussons de pointe, voire s'étrangler avec les rubans. Ça aurait fait désordre auprès des parents d'élèves ! Maman adorait ça, le grand n'importe quoi, elle ne pouvait pas s'empêcher de foutre le bordel partout où elle passait. Mais mamie était l'inverse. Mamie était maniaque, tout devait toujours être épousseté avec un zèle horripilant, on n'avait pas le temps de finir son assiette qu'il fallait la rincer sous l'eau et la mettre au lave-vaisselle, et ne pas laisser ses miettes sous la table, après ça s'incruste et ça amène des bêtes. Tout était parfaitement rangé, chaque chose à sa place. Elle astiquait tout elle-même parce que personne ne faisait aussi bien qu'elle, on n'est jamais si bien servi que par soi-même, et papi, son second, qu'elle avait pourtant dressé d'une main de fer, se faisait remonter les bretelles à longueur de temps. Ouh là là, les filles, regardez-moi ça toutes ces miettes que vous avez fait tomber par terre avec vos biscuits ! Vite, vite, levez les pieds que je passe un coup de balai avant que mamie vienne rouspéter ! Elle va encore me gronder sinon, regardez-moi ce bazar ! Chez maman, les tâches ménagères étaient loin d'être une priorité, c'était pas trop son truc le repassage et le récurage des chiottards. Des femmes de milieux défavorisés, souvent des émigrées, accomplissaient ces rites hygiéniques à sa place. Maman devenait très vite copine avec elles, elle n'aurait jamais pu dire ma bonne comme le faisait papa, lui qui avait grandi avec des domestiques. Maman les invitait à déjeuner, à papoter, à fumer des clopes dans le salon, à refaire le monde. Elle les appelait toutes ma chérie, et mamie disait que c'était n'importe quoi de faire des mamours à n'importe qui comme ça, et papa trouvait totalement déplacé que son ex-femme tape dans le dos du petit personnel et embrasse la bonne comme du bon pain, mais maman disait : Je vous emmerde tous autant que vous êtes avec vos manières de bourgeois à la con ! Le foyer de maman était un âtre, elle y faisait feu de tout bois pourvu qu'y règnent l'ardeur des sentiments, la chaleur brûlante de sa foi en l'âme humaine.

L'oisiveté est mère de tous les vices, disait papa pour expliquer ou condamner les déboires de maman, ses coups de mou comme ses emportements. Maman devrait faire quelque chose de sa vie, maman devrait s'occuper. S'occuper ! Il faut m'occuper ! Moi qui ai commencé à travailler à dix-sept ans, moi qui ai monté une école de danse toute seule à Marseille, sans l'aide de personne, moi qui ai obtenu des articles de deux pages dans tous les journaux de la ville avec les spectacles que j'ai produits, seule, toute seule, en bossant comme une chienne, en trimant comme une dingue sans jamais me faire aider, sans jamais recevoir le moindre soutien de qui que ce soit, et surtout pas ma mère, ma connasse de mère qui tirait encore la couverture à elle, qui s'arrangeait toujours pour prendre mes succès à son compte cette salope, moi qui aurais pu monter ma propre compagnie, moi qui aurais pu devenir une grande chorégraphe si je n'étais pas tombée sur cette ordure, maintenant ce connard a l'audace de me dire qu'il faut m'occuper ! Mais j'allais très bien avant de le rencontrer, tout allait bien avant que Monsieur décide de transformer l'existence de la pauvre petite danseuse de Marseille ! Et je m'occupe, figure-toi, connard, je m'occupe de tes filles par exemple au cas où tu serais pas au courant, bien que je n'aie pas leur garde, bien qu'on m'accorde l'aumône de les garder sous mon toit ! Tu veux savoir à quoi je passe mes journées, c'est ça ? Tu veux que je te fasse le déroulé minute par minute ? Mais même les prisonniers ont des plages de liberté où on leur fout la paix ! Je n'ai de comptes à rendre à personne, à aucun d'entre vous, vous m'entendez ? Je ne répondrai pas à vos questions abusives, je ne répondrai pas au harcèlement perpétuel. Je fais ce que je veux, c'est clair ? Je suis majeure et vaccinée et je vous dis merde, tous autant que vous êtes ! Je vais finir par me barrer si ça continue. Le jour où je me bousillerai, vous irez encore vous demander comment c'est possible, mais pourquoi donc ? Je suis humaine, vous pouvez vous mettre ça dans le crâne une bonne fois pour toutes ? Je suis un misérable être humain, comme tout le monde, j'ai des failles, des faiblesses, et oui, même des envies parfois, et là j'ai vraiment, mais vraiment envie que vous me foutiez la paix !

Maman ne cessait de dire que sa plus grave erreur avait été de quitter son premier mari, vraisemblablement un homme formidable, pour partir avec papa. Depuis, sa vie avait chaviré, et la perspective d'un avenir professionnel avait perdu son sens dans ce contexte où tout travail n'aurait été qu'un divertissement, un hobby de femme entretenue. Plutôt crever. Maman avait sa fierté, et elle préférait se flinguer la santé, passer ses journées à ressasser, se lamenter, désespérer, errer, plutôt que d'accepter de s'occuper. Plutôt crever.

Peu douée pour les études et très certainement pas du tout encouragée, maman n'était pas allée bien loin dans le cursus scolaire. Je ne suis pas certaine qu'elle ait obtenu le brevet des collèges. Je lui ai signalé que je le savais beaucoup plus tard, adulte alors, et voyant ses yeux s'embuer de larmes, de ces larmes inépuisables dont les plaies mal soignées suintent sans relâche, j'ai compris à quel point son échec scolaire était pour elle plus qu'inavouable, tragique. Elle avait été nulle à l'école, la belle affaire ! Ce n'était pas comme si maman se distinguait par sa capacité à rester dans les clous, à se fondre dans la masse. Je n'y voyais rien de si terrible, mais pour maman tout échec prenait des proportions épiques, le moindre raté lui renvoyait l'image de la foirade générale qu'était sa vie. Maman se prévalait d'autant plus de nos bonnes notes qu'elle avait été incapable d'en obtenir, et son sourire s'élargissait à mesure que nous déclamions des récitations de plus en plus complexes, que nous résolvions des équations à multiples inconnues, que nous traduisions du Virgile, l'imposant Budé ouvert sur notre bureau, que nous lisions des livres, parfois des livres de plusieurs tomes, dont le style et les références demandaient un niveau d'érudition qui n'était pas donné à tout le monde.

À l'inverse, papa était un intellectuel, et sur les livrets scolaires j'écrivais dans la case « profession du père » alternativement « philosophe », « écrivain » ou « PDG », un sigle dont je n'étais pas sûre de la signification, et je n'étais pas certaine non plus de savoir ce que faisait papa dans son bureau des Champs-Élysées – à une rue du Fouquet's, sa cantine pendant des années –, ce bureau où il passait sa vie pendu au téléphone, derrière un magnifique meuble Empire hérité de son grand-père maternel, devant un portrait de son père assis dans une position identique, comme en une mise en abyme, les dorures de la rue de Valois en moins. Sur son propre bureau, le père de papa, pendant les six années qui précédèrent l'invasion de la France par les nazis, signa de nombreuses lettres adressées aux plus grands artistes, écrivains, dramaturges, cinéastes et architectes de l'entre-deux-guerres. En tant que directeur général des Beaux-Arts, il avait également conçu le projet d'un festival international du film sur la Riviera française, pour concurrencer la Mostra de Venise. Le tout premier festival de Cannes allait être lancé en grande pompe sur la plage du Carlton avec les géants d'Hollywood, le 1er septembre 1939, avant-veille de la déclaration de guerre contre l'Allemagne. L'affiche de Jean-Gabriel Domergue, qui se vantait d'avoir inventé la pin-up, promettait du glamour à la mode parisienne. Les Américains en raffolaient déjà, et il ne fallut pas leur forcer la main pour qu'ils reviennent en 1946, quand le festival fut inauguré pour de bon, et que le génie de l'action culturelle française permit au pays de redevenir une puissance mondiale et de s'ériger en parangon de la démocratie. Le père de papa était mort vingt-deux ans avant ma naissance ; papa avait dix-huit ans de plus que maman ; cinquante ans nous séparaient, papa et moi. Mon grand-père paternel, cet aïeul d'un autre siècle, né l'année de l'Exposition universelle sous le signe de l'érection de la tour Eiffel, je me le représentais à travers ses portraits, celui à son bureau, et puis un autre peint par un ami de la famille, grandeur nature, sur lequel il se tenait debout dans une galerie d'art, vêtu d'un élégant costume trois pièces anthracite à rayures blanches, la médaille de commandeur de la Légion d'honneur à sa boutonnière, le regard lointain et pensif, une Gitanes maïs entre les lèvres sous une moustache grisonnante bien peignée, les cheveux plaqués en arrière avec l'évidente coquetterie d'un séducteur invétéré. Papa, à l'instar de son père, avait lu tous les livres et s'indignait du manque de culture de ses filles quand nous ne reconnaissions pas immédiatement un vers de Corneille qu'il citait à l'improviste. Allô, *Le Cid* ? Tulut tulut ! Vous en avez entendu parler ? Mais elles vont à l'école, ces filles ?

Maman nous demandait de relire ses courriers administratifs pour en corriger les nombreuses fautes d'orthographe. Sa syntaxe était d'autant plus bancale qu'elle alliait à l'incertitude grammaticale un étrange mimétisme avec l'éloquence de papa. Elle se hissait sur les épaules de son (ex-)mari pour être à la hauteur de son monde, pour parler dans une langue digne de ses pairs, une langue soutenue, un français respectable, or cette diction sophistiquée elle l'agrémentait de références populaires, de dictons, d'un argot de pouilleuse, de gros mots dont elle ne pouvait s'empêcher de truffer ses phrases, comme d'autres ajoutent systématiquement du sel dans leur assiette. Elle avait appris des formules toutes faites qu'elle répétait à la perfection. Elle recopiait les « je vous prie de croire » en bas de ses lettres avec le scrupule et la minutie de la bonne élève qu'elle n'avait pas été. Parce que avec papa – ou plutôt pour papa – maman avait voulu apprendre : elle était fascinée par ses interminables récits de voyage dans les humanités, de la Grèce antique à l'Allemagne romantique, de la France rabelaisienne à l'Angleterre shakespearienne. Elle était émerveillée par les rayonnages de sa bibliothèque. Qu'il ait lu tout ça

– elle faisait partie de ces gens qui posent cette question absurde sans réaliser combien elle trahit leur ignorance – elle en était baba, ça lui semblait inconcevable de connaître tant de choses, d'avoir accès à tant de savoir. Papa ne rangeait ses livres ni par ordre alphabétique, ni selon une classification thématique, ni même par auteur ou par genre, mais par taille et par couleur. Il fallait que les livres fassent joli alignés le long des étagères, et il les collectionnait avidement, il en achetait des caisses entières au prix de gros parce qu'ils allaient bien ensemble, parce qu'ils s'harmonisaient élégamment, comme l'ensemble de la collection « Soleil », ces ravissants volumes à la couverture cartonnée et entoilée d'une couleur unie, différente selon l'initiale de l'auteur, dont Gallimard dans son argumentaire de vente affirmait qu'à l'instar du soleil, l'orgueil des planètes (Fontenelle), les livres de cette collection, tous au format in-8° soleil, feraient l'orgueil de votre bibliothèque. Papa avait été pote en khâgne avec Michel Foucault, il avait passé (et raté !) l'agrégation avec Michel Tournier, il avait étudié sous l'égide du fondateur de la première chaire d'esthétique en France, Étienne Souriau, et de Gaston Bachelard, mais aucun de ces noms ne disait quoi que ce soit à maman. Quand elle se retrouvait à table avec ces personnalités de l'intelligentsia parisienne, elle répétait les noms qu'elle avait entendu papa prononcer sans discrimination de grandeur ou de célébrité. Elle n'aurait pu dire qui de Kojève ou Hegel était le plus grand philosophe, la portée intellectuelle des œuvres des écrivains français lui était parfaitement obscure, il s'agissait pour elle d'un univers aussi hermétiquement clos que les boîtes de beluga Petrossian qu'elle découvrait pour la première fois. Maman était née au Carreau du Temple à l'époque où le quartier était loin du boboland qu'il est devenu depuis. Papa était né à Auteuil, un quartier qui n'a pas changé en cent ans parce qu'il existe un chic atemporel. Papa était la gauche caviar incarnée. Il roulait en Jaguar avec chauffeur, et nous avons connu le téléphone dans la voiture, vissé au tableau de bord, l'énorme combiné à quatre centimètres du pare-brise, si bien que papa hurlait systématiquement en répondant parce qu'il s'explosait la main contre la vitre en décrochant. Il n'était pas inscrit au Parti socialiste parce que l'ambiance des réunions syndicales lui donnait de l'urticaire mais il n'a jamais voté autrement. Il croyait en la démocratie, en Diderot, au rayonnement de la pensée, il admirait chez maman sa volonté de s'élever au-dessus de sa condition, il l'admirait avec condescendance mais il l'admirait néanmoins. Il était fier, racontait-elle, de ses progrès, quand après l'avoir corrigée une énième fois elle ne disait plus au coiffeur mais chez le coiffeur, et pas des fois mais parfois ou quelquefois, et pas en vélo mais à vélo. Cependant il lui arrivait de dire qu'il pouvait aller se faire foutre avec ses leçons de merde, à pied, à cheval et en voiture. Elle ne faisait alors pas de faute. Elle surveillait sa syntaxe quand elle l'injuriait.

Vous ferez ce que vous voulez, mes chéries, absolument ce que vous voulez, ce que je refuse c'est que vous suiviez la masse comme des moutons. Si vos petits copains se jetaient d'un pont, vous sauteriez aussi ? J'espère bien que non. Alors décidez par vous-mêmes, vos choix vous appartiennent. Je me fous de ce qu'on vous dit : on est un con ! Maman considérait l'intelligence livresque comme la forme de compétence intellectuelle la plus ras des pâquerettes. N'importe qui pouvait lire des livres et répéter des citations comme un abruti à tout bout de champ. Ce qui comptait ce n'était pas d'accumuler du savoir, c'était d'en faire quelque chose, de s'en nourrir pour mieux comprendre le monde, d'en retirer de l'empathie pour l'espèce humaine, une vue d'ensemble, d'élargir l'horizon de sa conscience. Maman nous laissait sécher les classes quand nous étions adolescentes. C'est-à-dire qu'elle me laissait sécher, moi, parce que ma sœur, elle, ne séchait pas les cours, et elle trouvait aberrant qu'une gamine de quinze ans se balade dans les rues de Paris ou traîne dans des cafés avec ses copines communistes, des espèces de hippies qui passaient leurs journées à fumer du shit. Non mais maman, tu crois pas que tu devrais un peu surveiller ta fille ? Ma sœur était archi-contre, et elle le faisait savoir à notre mère, elle lui demandait si elle trouvait normal que je rentre à des heures impossibles, des plombes après la fin des cours, sans qu'on sache où j'étais encore fourrée. Maman disait à ma sœur de s'occuper de ses miches, de ses oignons, de ses devoirs, de ses fréquentations à elle : Est-ce que tu vas t'arrêter un jour de faire la police à la maison ? Tu crois pas que tu m'as déjà assez fliquée comme ça pour t'en prendre à ta petite sœur maintenant ? Tu nous les brises, à la fin ! Mais c'est pas possible – occupe-toi de ton cul, bordel ! Va donc jouer avec tes copains pétés de thune qui se prennent pour je ne sais qui, et fous la paix à ta sœur, veux-tu ? Les amis de ma sœur deviendraient banquiers ou avocats pour la plupart. Mes amies ne se destinaient à rien de précis et le flou artistique avec lequel elles envisageaient l'avenir ne se dissiperait pas à l'âge adulte : qui sait exactement ce que font les gens qui travaillent dans la culture ? L'abstraction définit leur fonction, qu'ils œuvrent à soutenir la création, à la promouvoir ou à la vendre. Maman appréciait l'idéalisme de mes camarades. Mes plus proches amies passaient des heures dans la cuisine à fumer des clopes et écouter les interminables analyses de maman sur la crise du chômage ou les problèmes d'immigration ou la dissolution du bloc soviétique ou la guerre en Irak ou le conflit israélo-palestinien – elle qui se revendiquait juive était plus antisioniste qu'une veuve palestinienne et pensait que la politique du pousse-toi de là que je m'y mette était de toute évidence vouée à la guerre ouverte. Un jour elle coupa les cheveux de ma grande copine, comme ça, parce qu'elle avait dit vouloir changer de tête, une coupe garçonne à un centimètre du crâne que mon amie trouvait trop canon ! Maman me laissait faire l'école buissonnière car en contrepartie je lui ramenais des excentriques à son image, des gamines qui n'avaient peur de rien, qui la trouvaient géniale, qui l'auraient écoutée des nuits entières, elle était leur idole, leur mère adoptive. Maman répondait aux questions que les autres mères esquivaient, elle nous donnait des cours d'éducation sexuelle avec autant de détails qu'un manuel d'anatomie, c'est-à-dire qu'elle les donnait à mes copines tandis que j'essayais de me boucher les oreilles ou que je changeais de pièce. Je comprenais la curiosité de mes camarades mais franchement j'aurais préféré qu'elles s'abstiennent, je ne tenais pas à entendre ma mère parler de fellation, de sodomie, de cunnilingus et de zones érogènes, d'orgasme ou du goût du sperme. Je n'en savais déjà que trop sur ses préférences sexuelles, sans parler de celles de mon père.

À la puberté, maman insista beaucoup auprès de nous, ses filles, pour que nous prenions garde à ne pas nous faire dépuceler par le premier connard venu. Elle nous encourageait à préserver notre virginité non pas par principe mais au contraire pour encourager le plaisir que nous pourrions éventuellement prendre à l'acte sexuel, et mettre toutes les chances de notre côté pour que notre première expérience ne se termine pas en séance de torture qui nous traumatiserait pour de longues années. Elle nous conseillait fortement de choisir un garçon un peu plus âgé – plus il aurait d'expérience mieux ce serait – et nous déconseillait fortement de faire ça avec un puceau : il ne saura pas s'y prendre et risque de te charcuter, ma pauvre chérie ! Ça fera nécessairement un peu mal, mais les sentiments ça fait passer la douleur et si le garçon sait quoi faire de sa queue ça peut aider aussi. Je ne me précipitais pas pour trouver ce gentil garçon à l'expérience certaine qui ne me charcuterait qu'à moitié. Si je tardais c'était peut-être aussi parce que la libido parfois débordante de maman m'avait quelque peu échaudée ou refroidie, l'un ou l'autre. Quoi qu'il en soit, ma sœur et moi nous tenions circonspectes devant les éclaboussures de sa sexualité omniprésente, ostentatoire. Et puis il y avait eu le grand-père, son père.

Ma sœur et moi, adolescentes, ne parlions jamais de maman, ou pas de ce qui n'allait pas. Ce serait seulement plus tard, beaucoup plus tard, que nous nous rappellerions les incidents les plus marquants de notre enfance commune. Et parmi les souvenirs les plus sordides qui hantaient notre mémoire, nous étions d'accord quant au fait que le père de maman, son père biologique, remportait de très loin la palme de l'horreur dans la catégorie cauchemardesque. Au jeu des sept familles, je demande le père ! Ben tiens, carte maîtresse celui-là, pas la moitié d'un joker. Maman nous avait caché son existence jusqu'au moment de son divorce avec

Ducon, c'est-à-dire quand notre quotidien était devenu un tel désastre que c'en était grotesque, aussi nous n'étions plus à ça près. À vrai dire, nous n'avions jamais remarqué que maman portait un nom différent de celui de mamie et papi, et le mystère de son nom de jeune fille ne nous était jamais apparu comme tel jusqu'à ce qu'elle le dévoile. Elle avait promis à papi, disait-elle, à notre naissance, qu'il serait notre seul grand-père, et de fait elle ne nous avait jamais expliqué que papi était le deuxième mari de mamie, et en quelque sorte son père adoptif bien qu'il ne l'ait jamais officiellement adoptée, sujet qui la fâchait souvent dans la litanie des reproches. Elle nous révéla l'existence de son «vrai» père par le récit de sa mort en déportation : son père n'était pas papi, son père à elle était juif, et il avait été victime de l'Holocauste. Son père à elle n'était pas n'importe quel bouc émissaire, il représentait à lui seul l'arbitraire de la haine.

Maman était née en 1947, après la guerre, dans son irrespirable sillage. Elle avait certainement subi les séquelles de cette abominable époque et son père était effectivement juif, mais il n'était pas mort en camp s'il l'avait conçue deux ans après la Libération. Il n'avait même pas été déporté… Lorsque maman nous avait raconté sa petite histoire, nous n'avions pas en tête les dates de la grande, et l'invraisemblance de son récit ne nous avait pas effleuré l'esprit. Le père de maman s'était caché pendant la guerre comme mon père et ses frères, et il avait vécu tant bien que mal comme tout le monde en faisant du trafic en tout genre, peut-être un peu plus que tout le monde. Maman revendiquait sa judéité comme un guerrier brandit un étendard pour montrer son appartenance à un clan, afin de ne pas se retrouver seul sur le champ de bataille. Maman retissait son passé dans la trame de l'Histoire pour lui donner du sens, pour que son auditoire en saisisse la portée.

Son père, dont nous apprîmes à la fois l'existence et la mort en chambre à gaz juste avant l'internement de maman, fit sa première apparition sur notre paillasson après le séjour à Sainte-Anne, sans l'ombre d'une explication. Les filles, je vous présente mon père. Son père ? Un fantôme, un revenant ? Rien ne tenait debout, ça n'avait ni queue ni tête la présence de cet homme dans sa vie, dans nos vies. Elle l'appelait papa et il fallait se rendre à l'évidence qu'il portait son nom. Mais qu'est-ce que c'était que ce type ? Aucune incursion masculine dans notre gynécée ne nous transpercerait autant que celle de ce mâle incarné.

Son père pénétra dans notre domicile alors que, à l'âge de la pré-puberté, nous esquissions nos premiers pas de danse au bal de la sexualité. Son père n'arrivait pas avec des gros sabots, il arrivait au volant d'un bulldozer pour raser la place avant que la fête ait commencé. Sa présence même, ses regards, ses gestes, sa façon de s'adresser à sa fille, de la prendre par la taille, laissaient trop peu de doutes sur ses intentions. Libidineux ne suffisait pas pour décrire la perversité de cet homme : tout en lui nous semblait menaçant. Pendant plusieurs mois ou peut-être une année entière, maman l'invita à dîner chez nous le lundi soir. À cette époque, je sentais distinctement la fin du week-end approcher, l'angoisse de la semaine recommencer – la semaine pendant laquelle nous ne saurions pas, pendant les longues heures que nous passions en classe, si nous retrouverions maman en rentrant –, et à cette inquiétude constante venait s'ajouter la venue de son père. Je ne sais plus s'il travaillait ou s'il vivait de ses rentes. Il n'était pas riche, ça se voyait, mais il ne semblait pas non plus dans le besoin, il n'était pas indigent. Non, le père de maman n'avait pas été déporté, mais il avait fait de la prison, oui – pas un cheveu de nos têtes n'aurait pensé l'interroger sur son incarcération, nous ne voulions pas savoir, surtout ne rien savoir. Il aimait presque plus que maman – ce qui n'est pas peu dire – parler de son passé. Sa voix graveleuse, son jargon populaire, son langage de vieux Parigot juraient avec notre conception de ce qu'était un père, ou simplement un type bien. Il n'avait rien de décent, et si maman avait peut-être hérité de lui de s'asseoir sur les conventions, sa vulgarité était sans commune mesure. Au bout d'un certain temps, il disparut comme il était venu, et ni ma sœur ni moi ne nous rappelions quel incident avait précipité son expulsion soudaine mais le sentiment que quelque chose de grave s'était produit, quelque chose qui aurait dépassé les bornes, déjà pourtant largement franchies, flottait dans les limbes du souvenir. Ce même sentiment diffus d'avant la chute de maman qui semblait indiquer que certains détails nous auraient échappé par autoprotection, que notre inconscient nous aurait offert ce répit en procédant à un tri sélectif dans l'inventaire de la mémoire. Et là encore, il ne restait qu'une anecdote suffisamment glauque pour m'autoriser à envisager le pire. Cette histoire je ne cherchai pas à la vérifier auprès de ma sœur, dans l'espoir qu'elle l'ait oubliée : si moi je n'avais pas pu, qu'elle au moins ait réussi à s'épargner le souvenir du récit que le père de maman nous fit un soir, à table, de son retour de prison. Il lui fallait de la chatte, n'importe laquelle pourvu qu'il puisse se vider les couilles, et il avait prévenu son pote de faire le nécessaire, de lui trouver une gonzesse parce que l'envie de baiser après la zonzon c'était pire qu'une envie de pisser, ça te prend là – nous montrait-il avec ses mains – et ça te lâche pas, et son copain lui avait dégoté une pute au pied levé, mais je te raconte pas l'engin, un truc pareil c'était pas une nana, c'était une morue pleine de morpions, un truc pas possible, et noire avec ça, une grosse Noire qui chlinguait la poiscaille, et là, quand je faisais tout pour pas la sentir, gardant la tête bien haut, le plus loin possible, là au milieu de la baise, soudain je pouvais plus bander. Alors elle a pris ma gueule entre ses grosses paluches, et elle me l'a fourrée entre ses cuisses. J'ai cru que j'allais y passer, j'ai failli tourner de l'œil tellement ça puait, et j'ai dégobillé tout ce que j'avais dans le bide sur sa bidoche.

Je me souviens d'un autre détail, une remarque qu'il avait faite à ma sœur après nous avoir offert à toutes les deux une glace sur une aire d'autoroute l'été de son apparition, à propos de sa façon de lécher sa glace. Maman lui avait demandé de nous emmener en voiture depuis l'appartement de mamie dans le Midi jusqu'à l'hôtel où elle nous attendait en Haute-Savoie. Je ne sais plus ce que maman faisait à Megève. Mamie venait d'acheter dans la résidence plouc à souhait où elle passait ses vacances. Elle n'avait pas revu cet homme depuis leur séparation, quarante ans plus tôt. Elle disait que ce n'était pas raisonnable de nous laisser partir avec lui, elle le disait à maman au téléphone, et nous ne comprenions pas pourquoi mamie pleurait et se fâchait autant à l'idée que ce monsieur nous accompagne. Nous ne l'avions vu qu'une ou deux fois alors, il devait s'être tenu plutôt correctement. Nous avons vite compris sur les routes de montagne, dans les virages en épingle, que mamie la virago avait simplement fait preuve de bon sens en recommandant à sa fille de ne pas laisser partir ses petites-filles avec cet énergumène. Maman disait que sa mère lui avait interdit de le voir, et qu'elle l'avait retrouvé en cachette à l'adolescence. Maman disait que c'était son père la victime, que sa mère était une harpie, qu'elle s'était fait foutre en cloque pour le coincer, pour l'obliger à l'épouser parce qu'elle était folle de lui, parce qu'il était beau comme un dieu et sa mère une traînée. Son père était un homme d'un certain âge quand nous l'avons rencontré pour la première fois, mais il avait de toute évidence été un très bel homme. Mamie était non moins sublime, ses yeux couleur lagon, ses lèvres ourlées comme dessinées au crayon, sa silhouette de danseuse. Maman avait hérité le physique de ses parents. Elle avait aussi hérité une histoire putride dont il était difficile de démêler le vrai du faux dans le magma de mensonges que chacun avait inventés pour couvrir l'infamie.

À force de ramasser les miettes de récits qu'égrenaient tour à tour mamie et maman, j'ai fini par reconstruire cahin-caha les circonstances de sa naissance : en recoupant les dates du mariage et de la grossesse, il ne pouvait s'agir que d'un accident ; en entendant malgré moi les histoires du père de maman, j'ai compris qu'il avait été malfrat – proxénète, entre autres. J'imaginais le père de mamie le menacer s'il n'épousait pas sa fille, mieux valait être mariée à un Juif – la famille de mamie était sans doute encore plus antisémite qu'anti-maquereaux – que de se faire voir grosse sans mari. Mamie m'avait toujours semblé plutôt prude, et certainement pas du genre à baiser avec le premier venu. Non, clle n'aurait pas volontairement donné sa virginité sous une porte cochère à un inconnu : il n'y a que dans les films que les vierges jouissent en six secondes en pleine rue.

Maman passait sa vie à se raconter. Elle écrivait aussi compulsivement, des bribes de phrases, des bouts de pensées, des poèmes avortés sur des blocs-notes, des feuilles volantes, ou même des serviettes en papier déchirées. Avec *Saxifrage*, elle avait voulu faire le récit de son parcours, de sa naissance jusqu'à la chute, Sainte-Anne, mon poème, pour servir d'exemple. En exergue, elle citait Stefan Zweig : Une fois qu'un homme s'est trouvé lui-même, il ne peut plus rien perdre dans le monde. Une fois qu'un être s'est compris lui-même, il peut comprendre tous les humains.

Maman, qui croyait tant à l'exhaustion dans ses performances orales, à l'écrit s'était essayée à la brièveté. Cette concision ne lui ressemblait pas, elle ne rendait pas compte de la complexité de son récit, de sa multiplicité. En relisant son livre, je ne la retrouve pas, ses phrases – ou ses vers – me paraissent trop studieuses. Elle ne se serait jamais autorisée à écrire comme elle parlait, avec emphase, avec délice. À mon avis elle avait tort. Sa voix était tellement plus belle dans son outrance. Ça ne lui allait pas d'être bridée, l'ardeur de sa logorrhée se devait d'être entièrement libérée de toute contrainte, stylistique ou syntaxique. En retournant mon exemplaire de

Saxifrage, je la reconnais enfin sur la quatrième de couverture, et je ne peux me retenir de sourire en l'entendant mettre l'accent sur les mots-clés : «Saxifrage» est une fleur dont la vitalité est telle qu'elle peut aller jusqu'à *éclater la roche* pour voir le jour… À lui seul ce titre, choisi à dessein par l'auteur, décrit de façon *hautement symbolique* le parcours difficile d'une femme dont la force de vivre a été *telle* qu'aucun obstacle n'a pu l'arrêter.

Catherine CREMNITZ née le 1er avril 1947, d'un père juif et d'une mère catholique, a subi les conséquences de la déportation de son père et s'est retrouvée confrontée aux problèmes que pose cette double identité.

C'est un cri. (L'ellipse n'est pas de moi. Cette phrase intervient juste après l'indication biographique, sans transition, et ça c'est tout à fait elle.) Toute la puissance de ce texte autobiographique réside dans la recherche d'une écriture représentative d'un vécu paradoxal. (J'admire son ambition, sa volonté de manier l'oxymore pour arriver au plus près des contradictions de son être ; ça aussi, c'est juste.) Il est impossible de rester insensible à ce souffle, à ce déferlement de révoltes souvent violentes et crues (rien à voir, cependant, avec les déferlements dont j'ai fait l'expérience en personne), qui une fois mises à nu transportent le lecteur dans un univers d'extrême pudeur et d'infinie poésie.

Souvent, je la suppliais d'arrêter de mijoter. Ce que je voulais dire, c'était qu'elle arrête de ressasser, de gamberger, de se mettre la rate au court-bouillon. Elle se repassait en boucle le déroulé de ses mésaventures, et le vélo tournait, tournait, tournait, un vélo qui déraillait, un vélo sans freins, comme celui dans les rayons duquel elle s'était pris le pied enfant, pendant sa première balade avec papi, le nouveau mari de mamie, à califourchon sur le porte-bagages, elle s'était pris le pied de sa patte folle dans la roue arrière, et toute la peau avait été arrachée jusqu'à l'os de la cambrure. La peau de son cou-de-pied gauche était douce et fine comme du papier de soie, une peau de grande brûlée. Maman était une écorchée vive. Tout au long de sa vie elle avait tenté de recouvrir son corps dépouillé à travers l'étreinte et la parole. Or s'il y a deux choses au monde dont on peut affirmer avec certitude qu'elles sont imparfaites, qu'elles ne répondent au désir qu'en démontrant son martyre, c'est bien l'amour et le langage. Les mots souillés par des siècles d'usage impropre, lessivés de clichés, arbitraires, se posent toujours en traîtres. Et que dire de l'amour, éternel inconstant, qui s'acharnait à la duper? Maman se répétait par aveu d'échec, parce qu'il était impossible d'aboutir à une version définitive. Il fallait qu'elle nous raconte encore parce que nous n'avions pas compris, et pas seulement parce que nous étions des petites connes incapables de l'écouter, mais parce que c'était incompréhensible, parce que tous les mots de tous les dictionnaires n'auraient jamais suffi à expliquer ce qu'elle avait sur le cœur. Alors elle multipliait les brouillons, elle s'auréolait de griffonnages frénétiques, elle se fabriquait une nouvelle peau de ses mélopées obsédantes, une cuirasse d'extrême impudeur, mais aussi, oui, d'infinie poésie, de fable, de fantaisie.

Maman, Maman,
Toi qui m'aimes tant
Pourquoi partir sans me prévenir ?

Je lui ai écrit ce poème, qu'importe à quelle date. Les éléments biographiques qui lui tenaient lieu d'histoire, voire de mythologie, n'avaient pas besoin d'être vrais pour avoir existé. Ils avaient réellement eu lieu dans son passé tel qu'elle s'en ressouvenait. La vérité d'une vie n'est jamais que la fiction au gré de laquelle on la construit.

En fin de compte, maman n'avait pas tort de nous reprocher sans arrêt de ne pas la traiter en être humain. Ses invectives dans leur hyperbole perdaient de leur crédibilité, mais quand maman hurlait que nous passions notre temps à nier son humanité – Je suis un être humain, bordel ! – ce n'était pas faux. Elle était notre mère, autrement dit une fonction biologique, une responsabilité civique, un mammifère. Le fait d'être douée de conscience et de parole permettait à maman de se plaindre et de se rebeller sans pour autant s'affranchir de sa condition. Dans l'entre-soi du foyer familial, nous étions des liens de parenté plutôt que des individus. Catherine ne pouvait être pour moi qu'une idée, une notion abstraite, au mieux une inconnue. La femme qui avait existé avant de m'enfanter, je n'y avais pas accès. À mes yeux, Catherine ne serait jamais qu'un personnage. Aussi je lui attribuais mon fantasme de ce qu'avaient pu être son histoire, ses pensées, ses choix. Certes, sa vie elle me l'avait racontée par le menu, mais pour l'incarner il fallait l'imaginer, l'interpréter. Il fallait que j'en devienne la narratrice à mon tour pour lui rendre son humanité.

II

Catherine est née le 1er avril 1947 – un premier avril, tu parles d'une plaisanterie si elle est bonne, c'était pas mal barré déjà comme programme ! Pour ses anniversaires, elle commande à la boulangère un feuilleté aux pommes en forme de poisson. Catherine Jacqueline Pierrette : Catherine parce que c'est à la mode, Jacqueline comme sa mère, et Pierrette comme son oncle Pierre. Des trois prénoms dont elle a hérité, elle trouve que Catherine est quand même le moins tarte, elle l'a échappé belle.

Catherine dit que son père est d'origine juive polonaise. S'il n'est pas mort à Auschwitz, sa famille peut bien avoir émigré de Varsovie. Cremnitz cependant est le nom d'un village en Hongrie rebaptisé ainsi sous le règne des Habsbourg. Cremnitz donne ensuite son nom à une teinte de blanc fabriqué là-bas – le blanc cremnitz –, une peinture à l'huile à base de plomb, particulièrement appréciée des portraitistes pour sa texture filandreuse et la profondeur avec laquelle y transpire la crudité de la chair. Ce blanc de céruse a l'inconvénient d'être éminemment toxique, comme toutes les peintures au plomb bannies des habitations ces dernières décennies pour des raisons de santé publique.

La question du nom pour Catherine revient à intervalles réguliers lui compliquer l'existence, voire la mettre en péril – sa précarité psychologique faisant d'un accident de parcours un danger de mort –, c'est-à-dire que sa volonté de vivre peut d'un coup s'étioler, elle ce saxifrage, cette plante qui perce la roche pour trouver la lumière, elle se laisserait crever là sur la pierre.

Pour commencer, le moins qu'on puisse dire, c'est que Catherine n'est pas une enfant désirée.

Sa mère, Jacqueline, rencontre un beau jeune homme, un samedi après-midi, au début de l'été, piscine Molitor, ce célèbre monument Art déco où elle va depuis toute petite l'hiver quand le bassin en plein air se transforme en patinoire. Cette année-là, la piscine devient une attraction internationale : on y présente le tout premier « Bikini », nom dont le créateur dit qu'il l'a choisi en référence à la forme de l'atoll aux îles Marshall sur lequel, quelques jours plus tôt, a eu lieu une explosion nucléaire. Jacqueline est une bombe atomique. Serge la remarque tout de suite au milieu des baigneuses. Lui, un grand brun ténébreux à l'œil vaguement torve, n'est pas mal non plus. Il l'invite à aller guincher un soir, si elle a la permission de son père. Fière, bravache, elle dit bien entendu, qu'elle fait ce qu'elle veut. Elle y va avec son frère qui lui sert de chaperon. Ils disent aux parents qu'ils vont manger une glace et faire une balade sur le canal. Au lieu de ça, Serge les embarque dans un bar qu'il connaît bien où ils pourront danser. Il tient Jacqueline fermement par la taille, elle se déhanche comme personne, c'est une adepte du swing, elle excelle dans toutes les danses – c'est sa passion, la danse. Les tubes de 1946 parlent de matins toujours bleus dans ses yeux à elle, de la vie toujours rose dans ses bras à lui, un mélange de couleurs dont on fabrique les ecchymoses. Elle perd de vue son frère. Brusquement, Serge lui dit qu'ils vont prendre l'air. Elle rechigne, elle aimerait retrouver son frère d'abord ; il lui dit t'occupe. Une bouteille de bière à moitié vide à la main, il la traîne hors du bar. Il l'attrape par le bras, et le geste la surprend, elle se débat un peu, il la tire par les cheveux. Quelques mètres plus loin, dans le renfoncement d'un immeuble, il la plaque face contre un mur. Elle crie, il lui dit ta gueule, fracassant la bouteille pour couvrir son appel au secours. De sa main déchargée il la muselle, son poing en guise de bâillon. Elle croit sentir le tesson lui sectionner l'entrejambe, elle se sent tranchée en deux. Elle a trop peur pour pleurer, mais ses larmes s'épanchent malgré elle. En la relâchant il lui dit de s'essuyer avec un mouchoir qu'il lui jette par terre, là où elle s'est effondrée, prostrée. Elle se nettoie comme elle peut ; ses bas déchirés sont couverts de sang. Son frère ne pose pas de questions quand enfin elle le retrouve. Il la ramène à la maison sans prononcer un mot.

Elle aurait pu ne pas tomber enceinte, mais il n'y aurait pas eu d'histoire. Évidemment, on n'avorte pas en ce temps-là. La famille de Jacqueline retrouve le type qui a foutu leur fille en cloque, et fait pression par des moyens aussi sûrs qu'agressifs pour que cette jeune ordure se démerde avec son rejeton et épouse la mère. Ce qui pour lui est une putain de plaie qu'il a bien l'intention de faire payer à cette grognasse. Jacqueline qui rêvait de devenir gymnaste à défaut d'avoir pu apprendre la danse classique sur interdiction formelle de son père – parce que les danseuses sont des filles faciles, des femmes entretenues… s'il avait su ! – se déteste dans ce corps difforme. Elle cache sa grossesse jusqu'à ce que son ventre finisse par rebondir même à travers la robe trapèze et la capeline que lui coud sa mère pour camoufler ses formes. Elle accouche dans la douleur, ce qui ne va pas l'aider à aimer ce nourrisson, qui vient au monde sous le signe de la déchirure. Il est difficile d'imaginer pire salopard que ce type : il est du genre féodal, qui viole et tabasse sa femme et ramasserait volontiers quelques kopecks sur la vente de son cul si elle était un poil moins hystérique. À défaut il se résout à marchander celui d'autres pétasses qu'il a mises au turbin. Le domicile conjugal se transforme en foyer infectieux. En cette période de pénurie où la pénicilline vient à peine d'être inventée, on se soigne mal.

Bambine chétive et souffreteuse, la petite Catherine tombe gravement malade à dix-huit mois. On ne sait pas exactement ce qu'elle a, certainement une méningite, et après plusieurs jours de fièvre sa mère pose une main sur son front brûlant, observe les yeux caves de son enfant, remarque avec effroi qu'elle ne pleure plus, ses cris se sont éteints, noyés dans trop de larmes, son regard est devenu hagard, elle semble proche du gouffre. Jacqueline hésite au-dessus du berceau qu'elle imagine glisser en terre. Voilà, le bébé pourrait disparaître comme il est venu, dans une immense douleur, et ce serait fini, et elle, elle pourrait quitter son bourreau, recommencer, porter cette blessure en silence, l'enfouir. Sa toute petite Catherine frissonne, fébrile, sa toute petite Catherine va mourir, et elle se souvient malgré elle de son premier sourire, de l'odeur de pelouse fraîchement tondue de son crâne chauve, de ses belles boucles blondes maintenant aplaties contre sa nuque en sueur, de ses minuscules dents de lait tout écartées derrière ses lèvres mauves, et elle la soulève dans la turbulette qu'elle lui a tricotée, elle la porte à son visage pour l'embrasser et elle lui promet de l'aider à vivre, mon bébé bleu, je t'aime, mon ange, ne t'en fais pas, maman va t'aider à guérir, maman ne te laissera pas partir. Elle l'emmène à Necker, l'hôpital des enfants malades, en urgence. Là sa fille est prise en charge. Les médecins ne promettent rien, ils ne savent pas, ils ne s'avancent pas.

De l'hiver 1948-1949 au printemps 1952, Catherine vit à Necker, oscillant entre agonie et rémission, rechute et convalescence. Elle grandit dans ce pensionnat pour tuberculeux, méningiteux, polioïtes, elle croît comme elle peut, de traviole, un côté en différé qui n'arrive pas à rattraper l'autre, elle prend l'habitude de souffrir, sanglée pour subir des ponctions lombaires, elle prend l'habitude de perdre des camarades de jeux, qu'ils guérissent ou qu'ils meurent, elle prend l'habitude de les voir disparaître, comme sa mère a disparu. Comment comprendre l'absence de sa maman dans cet univers institutionnel, froid comme son lit en métal ? Comment savoir que les visites sont interdites ? Comment se douter des soucis d'une femme maltraitée ? Peut-être que dans sa tête d'enfant elle se dit que sa mère lui en veut d'être malade et qu'il faut qu'elle aille vite mieux pour se faire pardonner. Elle se dit certainement des choses que les adultes ne comprennent pas, sa logique immature empreinte d'émotions qui ne portent pas de noms faute d'être conceptualisées. Elle sort de là miraculée, à cinq ans, en retard sur tout, émaciée, une survivante miniature qui a tout à apprendre y compris d'où elle vient, qui elle est, de quoi le monde est fait hors des murs gris sale et de l'odeur de Javel de l'hôpital.

Sa mère est retournée chez ses parents pendant que sa fille était à Necker. Elle a quitté le salopard, elle en a même officiellement divorcé. Et puis elle a trouvé un gentil garçon qui a bien voulu l'épouser malgré son premier mariage et sa fille. Elle a vingt-quatre ans, elle est magnifique, et quand sa petite rentre de l'hôpital, elle la laisse chez les grands-parents le temps d'installer son nouveau ménage.

On appelle Catherine la petite Machin, du nom de jeune fille de sa mère. Le grand-père est coiffeur, ils vivent dans l'arrière-salle, au Carreau du Temple. Catherine est anémique, il faut qu'elle accepte de bouffer sinon elle va crever, cette gamine. On la force à boire un verre à moutarde de sang de bœuf frais tous les midis, suivi d'une cuillerée d'huile de foie de morue. Il faut s'y mettre à deux pour la tenir sur sa chaise et lui pincer le nez en lui basculant la tête en arrière pour l'obliger à avaler. Elle fait gargouiller le tout dans sa glotte autant qu'elle peut pour ne pas sentir le liquide tiède et visqueux s'écouler dans l'œsophage, mais ça finit par passer; parfois ça ressort aussitôt : du dégueulis carmin se répand sur ses genoux cagneux. On ne tolère pas les chichiteuses qui font les difficiles. Le grand-père la frappe quand elle vomit. Mémé la console avec des caresses et des bonbons. Et puis sa mère la reprend sur ordre du grand-père dégoûté. Mémé pleure beaucoup et sa rainette aussi, les joues ruisselantes de larmes, les yeux bouffis, la morve jusqu'au menton. Entre deux sanglots, la grenouille tristoune promet d'être mignonne avec sa maman, bien qu'elle ne la reconnaisse pas. Elle se cache dans les jupons de mémé pour ne pas partir avec la dame.

Chez les Duchmol – ainsi s'appelle le nouveau mari de sa mère – on rigole encore moins avec les rechignages de petite fille mal élevée, voire pas élevée. Les grands-parents de l'autre côté ne sont pas exactement enchantés de marier leur jeune fils, à peine rentré de son service en Algérie, à une divorcée, affublée d'une petite à problèmes, et ils le font bien sentir à la petite Duchmol, comme on se met à l'appeler dans le quartier, à Montreuil – le Bas Montreuil, la Croix-de-Chavaux, avant l'érection des HLM dont les petits Beurs rappelleraient à Henri, le beau-père, les enfants des rues entre Alger et le désert. Henri est gentil, il est fou amoureux de Jacqueline, et pensant bien faire il passe son temps à essayer de dérider cette pauvre gamine aux yeux délavés de langueur. Henri, t'as pas un peu fini tes singeries ? crie Jacqueline, qui lui rappelle sa mère, plus revêche tu meurs.

Il est temps de l'envoyer à l'école, cette enfant, elle va entrer dans sa septième année et elle n'a toujours pas appris à lire, elle n'a jamais vu de craie au tableau noir, elle n'a jamais fait l'expérience de la discipline de groupe à moins de compter les bancs de la cantine de Necker, où même les plus vaillants n'étaient pas suffisamment bien portants pour être turbulents. Autant dire qu'elle s'apprête à se prendre une sérieuse claque. Et d'entrée de jeu, l'appel : Catherine Cremnitz, une fois. Catherine Cremnitz, deux fois. J'appelle Catherine Cremnitz, et de deux choses l'une, soit elle est absente sans excuse et sans prévenir et on peut dire qu'elle commence bien l'année celle-là, soit elle ne répond pas pour faire son intéressante et ça ne va pas nous aider à nous entendre, cette attitude. L'institutrice renonce et continue l'appel. Une fois que tout le monde a levé la main, Catherine timidement lève la sienne : Vous ne m'avez pas appelée, maîtresse, mais je suis là… Elle est envoyée chez le directeur d'office pour mauvaise conduite, faute d'avoir reconnu un nom dont elle ne savait pas qu'il était le sien. Grabuge à l'école, grabuge à la maison : sa mère furieuse qu'elle se fasse remarquer dès le premier jour est hors d'elle de devoir expliquer au directeur qu'effectivement elle est divorcée du père de la petite, et encore une fois cette gosse lui rappelle l'inéluctable honte, l'oblige à se confronter au stupre qui malgré elle lui colle à la peau.

C'est difficile l'école pour Catherine. Elle a pris beaucoup de retard par rapport à ses camarades. Elle trace péniblement ses lettres comme une enfant de quatre ans alors qu'elle en a sept. Elle n'est pas appréciée des maîtres parce qu'elle est à la fois dissipée et mauvaise élève ; elle a beaucoup de mal à rester assise sur sa chaise, elle s'agite, il faut sans arrêt l'envoyer au coin ou chez le directeur, mais les punitions ne semblent pas lui faire beaucoup d'effet, elle croise les bras et pince les lèvres avec fierté, ce qui oblige les représentants de l'autorité autour d'elle à sévir d'autant plus violemment, estimant que la seule solution est de hausser le ton, de prendre davantage d'élan pour fouetter cet incorrigible cancre.

Si Catherine n'est pas faite pour les études, elle peut encore se rattraper avec la danse classique. Sa mère transfère son rêve avorté sur sa jeune enfant éclopée. Tant pis si elle a une jambe plus courte que l'autre, tant mieux si elle est maigrichonne, les danseuses doivent avoir la taille fine, Catherine a la silhouette idéale. Pour ça, elle n'est pas épaisse la petite. Mais elle a du courage et de l'énergie à revendre, et elle veut tellement faire plaisir à sa maman, elle ferait n'importe quoi pour ne pas la décevoir. À huit ans on la met sur pointes, au bout de ses guiboles de squelette, l'une de trois centimètres et demi de moins que l'autre, elle compense on ne sait par quel miracle sans basculer son bassin, longiligne, souple, gracieuse, elle tient en équilibre, en arabesque, en passé, elle maîtrise à la perfection les pas de bourrée, les dégagés, les pas chassés, les glissades, les ballonnés, bientôt elle attaquera les tours – les piqués, les pirouettes, les tours enveloppés, plus tard les fouettés –, elle excelle en danse sous l'œil censeur de sa mère qui ne la félicite pas, qui trouve à redire sur tout parce que c'est comme ça qu'on progresse. Elle progresse, elle est très forte, elle est magnifique, son corps à peine remis calcifie ses douleurs et fabrique de la corne sur ses cicatrices.

Catherine se fait enfin une amie au cours de danse, Nini, sa Nini. Elle habite aussi Montreuil mais elle n'est pas dans la même école où Catherine a une réputation si déplorable qu'elle est bannie de tous les jeux, toujours seule au fond de la classe, un véritable paria. Elles grandissent ensemble, elles sont toutes les deux plates comme des planches à repasser à la puberté, et c'est parfait comme profil pour des ballerines, elles alternent les rôles de garçons et de filles dans les variations, elles adorent les pas de deux, elles se font des petits bisous sur les lèvres pour de vrai pendant les penchés arabesque, elles jouent vaguement à touche-pipi dans les toilettes. Les garçons avec lesquels Catherine s'est bagarrée pendant toute sa scolarité se mettent à lui courir après. Un plus dégourdi que les autres lui colle la main au cul en montant les escaliers du collège, elle se retourne, son bras sur ressort comme une manette de flipper, et elle lui décoche une claque qui l'envoie dévaler l'étage entier, l'arcade sourcilière ensanglantée. Ça jase dans les couloirs. Sa mère pour la première fois de toute sa vie prend sa défense. Et pour cause! Les prédateurs, elle en fait une affaire personnelle. Non, sa fille ne se laissera pas tripoter par des saligauds, c'est scandaleux qu'une gamine de quinze ans soit forcée d'en venir aux mains pour défendre son honneur!

Jacqueline ouvre un cours de danse dans une salle de sport que le propriétaire met à sa disposition aux heures creuses pour sa clientèle. Elle espère un jour ouvrir une école, mais en attendant c'est déjà ça. On n'est pas des paniers percés chez les Duchmol, on se contente de peu, on prend garde à ses dépenses, on n'a pas d'envies au-dessus de ses moyens. Catherine a envie de tout ce qui lui est interdit, de tout ce qui brille, de tout ce qu'elle n'a pas. Elle rêve de partir en vacances ailleurs que sur cette plage italienne qui pourrait être n'importe où si ce n'était pour les mélopées des jeunes Ritals surexcités auxquelles elle ne capiche rien. Chaque été, ils partent tous les trois, elle, sa mère et Henri, à Rimini, en train jusqu'à Turin, et après en autocar. Elle aimerait aller à Rome, on ne pourrait pas aller à Rome? Juste une journée? Et comment tu comptes y aller? À la nage? Ils ont des prix grâce au poste d'Henri pour des séjours en pension complète dans un des nouveaux hôtels construits face à la mer, cette mer d'un bleu qu'on a du mal à distinguer si on n'arrive pas assez tôt le matin pour être en première ligne et éviter que les parasols, les transats et les serviettes de plage n'inondent le paysage. Catherine déteste les parasols autant que les parapluies, ces objets contre nature qui séquestrent les hommes dans une autarcie misanthrope. Catherine a de drôles d'idées parfois. Dès son plus jeune âge, elle n'a jamais rien fait comme tout le monde.

Après Rimini, Jacqueline emmène Catherine au stage de danse de Royan, dirigé par un ancien danseur étoile de l'Opéra de Paris, pendant un mois l'été. Ces stages coûtent cher, et c'est un privilège pour sa fille d'y avoir accès, de pouvoir s'entraîner parmi des professionnels d'un si haut niveau. Elle y apprend non seulement la danse classique, mais aussi les danses de caractère, le fox-trot, le cha-cha, les claquettes, le mime. Catherine est une actrice-née, et elle se fait très vite remarquer par les professeurs pour son talent, sa discipline de fer, son entrain, sa persévérance. Malheureusement elle se fait aussi remarquer auprès des élèves pour être chaperonnée par sa mère qui ne la lâche pas d'une semelle. Elle est invitée les jours de relâche à Saint-Georges-de-Didonne, ce n'est pas loin, moins d'une heure en autobus. C'est non. Est-ce qu'elle peut au moins aller se promener au centre-ville avec ses camarades ? Certainement pas, est-ce qu'elle prend sa mère pour une imbécile, une bleue ? Elle n'ira nulle part, et est-ce que c'est une façon de la remercier de lui faire sentir qu'elle est de trop, de vouloir à tout prix s'éloigner d'elle comme ça ? Catherine ne bronche pas. Elle fulmine. Une nuit elle fugue avec des filles que des garçons viennent chercher en voiture tard le soir. Ils font un feu de camp sur la plage et fument des clopes. Les filles se laissent peloter, Catherine dit non merci mais elle fume un joint pour la première fois. Quand elles rentrent au petit jour, sa mère est réveillée par leurs gloussements dans le couloir. Elle n'a rien à dire à sa fille ; elle est abattue. Elle ne sait pas comment elle a fait pour fabriquer cette gosse. Elle ne lui adresse pas la parole jusqu'à leur retour à Montreuil, malgré les pleurs et les supplications de Catherine, qui tente désespérément de se faire pardonner. Elle ne voulait pas lui causer tant de peine, elle voulait juste rigoler.

Sa poitrine pousse d'un coup, elle est réglée très tard, à seize ans et demi, et si les garçons commencent à s'intéresser à elle, elle commence à s'intéresser à l'existence de son père, son vrai père. Elle insiste auprès de sa mère pour le rencontrer tant et si bien qu'elle finit par la mettre en contact avec un cousin avec qui elle a continué à correspondre de loin en loin. Catherine retrouve son père, Serge, tout ce temps il a vécu à Paris aussi, ou en banlieue parisienne, enfin pas loin. Elle le rencontre dans un café, ils prennent une bière. Il lui propose de l'emmener en vacances chez son vieux pote Jacky qui s'occupe de chevaux pour une troupe de cirque ambulant. Elle pourra les monter si elle veut. Elle veut. Elle ne se fait pas prier. Sa mère est archicontre, mais elle y va quand même. Elle a dix-sept ans et toutes ses dents. Sa mère la menace de la jeter dehors. Elle la traite de tous les noms, lui dit qu'elle est une petite traînée, qu'elle n'a pas intérêt à remettre les pieds chez elle. Catherine dit qu'elle peut compter sur elle. Elle s'en va le soir même, un baluchon à l'épaule, chez Nini. La semaine suivante son père n'est pas au rendez-vous qu'il lui a fixé, elle attend au troquet où ils devaient se retrouver. Elle attend. Elle commande un café quand la serveuse revient lui demander pour la troisième fois si elle a l'intention de consommer. Elle attend le regard dans le vide, elle pense qu'il ne viendra plus, elle pense qu'il viendra, elle compte sur sa bonne étoile, elle se dit que ce n'est pas possible d'avoir autant la poisse. Finalement elle voit son père arriver, une nana en talons aiguilles à son bras. Elle hésite, elle n'est pas sûre de savoir comment l'appeler dans ce contexte. Elle se décide : Papa ? Il ne la reconnaît pas tout de suite, la nana pouffe de rire, Ça c'est ta fille, mon salaud ? Laisse-moi rigoler ! Catherine lui rappelle leur rendez-vous, il explique qu'il a eu des empêchements, qu'il ne partira que le lendemain. Elle dit qu'elle a fui de chez sa mère, qu'elle n'a pas de logement. Il dit : Ben reste. Elle passe la nuit chez lui, dans un deux-pièces au troisième étage d'un immeuble noir de crasse bien qu'il semble récent, sur un coin de canapé. Ils font beaucoup de bruit, lui et la nana qui s'est moquée. Le lendemain en fin de journée ils quittent la ville en direction du Midi, il dit qu'il aime rouler de nuit. Il conduit une espèce de caravane, dans laquelle il lui explique qu'il a longtemps vécu. Elle est soulagée de voir que la nana n'est pas du voyage. Ils s'arrêtent à mi-chemin à trois heures du matin pour casser la croûte dans un relais routier qu'il connaît bien parce que c'est le seul en France ouvert toute la nuit. Il lui dit qu'il suppose qu'elle n'a pas un rond. Elle répond qu'elle a pris toutes ses économies. Il lui fait payer le dîner. En sortant, il demande si elle ne saurait pas conduire, il est vanné. Non, malheureusement. Pas grave, il lui apprendra. Pendant leur séjour il la fera pratiquer sur des petites routes, il lui expliquera comment tourner le volant par à-coups pour ne pas perdre de vitesse dans les virages. Elle apprendra la conduite de rallye, le pied enfoncé sur la pédale d'accélérateur. Une fois sur place, elle monte à cheval pour la première fois et se découvre une passion pour l'équitation, elle est très forte au trot enlevé avec sa posture de danseuse. Le pote Jacky est épaté. Et elle n'a pas peur, pas du tout, elle saute des obstacles d'emblée. Elle dort dans le même lit que son père, un lit qui se déplie, dans son mobile home. Il se couche après elle, il boit beaucoup, ils sortent tard avec Jacky et la troupe du cirque. Il y a un dancing au camping pas loin du chapiteau. Elle y rencontre un jeune homme qui lui fait les yeux doux, il est parisien comme elle, il est joli garçon, il ne l'intéresse pas plus que ça. Une nuit son père se glisse sous les draps et se rapproche d'elle. Il l'enserre de tout son corps, la ceint, la fige. Un membre dur se frotte contre ses fesses, quelque chose qu'elle n'identifie pas mais dont elle soupçonne qu'il ne s'agit pas d'un coude. Elle n'a jamais vu de sexe d'homme, encore moins en érection. Les mains de son père se plaquent contre ses seins fermes et s'enfoncent dans son ventre, ses doigts, elle croit que ce sont ses doigts, elle n'est pas sûre, glissent sous sa culotte, il lui fait mal mais elle reste muette. Un liquide chaud se répand dans le bas de son dos, elle entend un râle. Elle se tait. Immobile, elle attend que le jour se lève. Elle va trouver le garçon du camping et lui demande de lui faire l'amour. Elle préfère se débarrasser de sa virginité, que ce soit avec un autre que son père. C'est fait. Quand vient l'heure de rentrer à Montreuil, elle dit qu'elle ne veut pas. Elle s'évanouit. Impossible de la réanimer, il faut l'emmener à l'hôpital, inconsciente. Depuis l'hôpital d'Antibes, Serge appelle Jacqueline pour lui demander de venir chercher sa fille. Elle arrive avec Henri, qui n'en mène pas large. Les médecins parlent de maladie mentale en usant d'euphémismes, ils recommandent au minimum un séjour en maison de repos. Sa mère la ramène en région parisienne, à Épinay-sur-Seine. Catherine y passe un mois sous lithium à dormir. Le jour de sa sortie elle apprend que mémé est très malade. La rainette n'a ni le cœur ni la force d'être à son chevet. Elle ne lui rend pas visite. Mémé meurt dans la foulée. Catherine ne va pas non plus à son enterrement, sa mère la honnit, ce n'est pas possible d'être une telle égoïste, de ne penser qu'à soi à ce point. Catherine a le projet de la rejoindre : elle ne peut pas assister aux obsèques de sa grand-mère parce qu'elle choisit ce moment pour tenter de s'éclipser à jamais. Fugitive comme un astre derrière un nuage, elle reparaît moins vive, éteinte mais pas tout à fait perdue. Ce n'est pas son heure. Il faut encore lutter. Cette fois s'ensuit un plus long séjour en maison de repos, à Nogent-sur-Marne, où l'ambiance est loin de celle des guinguettes. Elle traîne sa vie sans désir. À dix-sept ans elle se sent esquintée. Sans poser de diagnostic, on parle de troubles de l'humeur, de troubles psychotiques, de syndromes alarmants, qui nécessiteraient un traitement psychiatrique à long terme. On parle, mais on ne fait pas grand-chose à part la gaver de médicaments. Elle sort de là abrutie, sans aucune volonté.

Catherine abandonne l'école. À force de redoubler, elle n'est même pas allée jusqu'au lycée. Cependant elle passe son certificat d'aptitude à l'enseignement de la danse classique, en adaptant la variation du concours à sa bonne jambe. Elle réussit, contre toute attente, brillamment. Sa mère ne lui dit pas sa fierté mais ses yeux luisent. Pendant les longues semaines de préparation, elle parvient à se sortir de son désespoir en violentant son corps avec acharnement, jusqu'à ce que ses muscles tremblent d'épuisement. Elle suit les cours du conservatoire que l'un des professeurs de Royan l'a invitée à prendre. Elle ne ménage pas son infirmité, elle fait tout comme les autres, elle s'anéantit de douleur, et un soir où elle rentre à Montreuil en métro, les pieds en sang, fourbue, brisée, elle entend deux garçons qui passent sur le quai murmurer : Elle est drôlement jolie dis donc cette fille, dommage qu'elle boite. Depuis ce jour elle ne porte plus que des talons hauts sur lesquels elle parvient mieux à compenser son handicap. Tant pis si elle a mal. Il faut souffrir pour être belle, les danseuses le savent mieux que quiconque, et la torture physique elle connaît ça depuis qu'elle est bébé. Elle est retournée vivre chez Jacqueline et Henri. Catherine aide sa mère pour les cours de danse ; Jacqueline n'a ni les bases ni les compétences, alors Catherine la seconde et la légitime. Cet été-là, Nini obtient son bac avec mention et pour fêter ça elles empruntent la 4L de sa tante et partent à l'aventure chez des cousins à Saint-Étienne. Elles n'ont pas un rond, elles fument des P4 – des cigarettes de pauvres, des Parisiennes qui se vendent en paquet de quatre, tellement infâmes qu'elles les font tousser encore plus que leur bagnole déglinguée – et pour tout pique-nique elles s'achètent un gros pot de confiture et des baguettes de pain dans les villages où elles font escale. À peine arrivée, Catherine rencontre un jeune homme de quelques années de plus qu'elle, qui vient de Marseille mais n'en a pas l'accent. On dirait un acteur de cinéma, il ressemble à James Dean, à Rimbaud, à une icône : il a ce visage d'ange dont on fait des posters que les jeunes filles épinglent au mur de leur chambre. Il a un travail et une voiture et des attentions qui ne trompent pas sur ses intentions. Catherine tombe éperdument amoureuse, lui aussi. Il est trop timide pour aller plus loin qu'un bisou dans le cou. Ils se tiennent par la main, à dix-neuf et vingt-quatre ans, il lui promet de venir la voir à Paris, de lui écrire tous les jours. Elle rentre désespérée, guettant le courrier fébrilement, comme un moribond attend un miracle. Il lui écrit des lettres d'amour magnifiques dans lesquelles il lui parle de ses yeux couleur du désert où il a vu s'écouler le reste de ses jours comme dans un sablier. Elle les garde contre elle toutes les nuits, elle les relit les unes après les autres, dans l'ordre chronologique, elle se les lit lentement en suivant du doigt chaque ligne. Sa mère en intercepte une et la confond : elle craint le pire pour sa fille. Qu'est-ce que c'est que cette histoire, encore ? C'est qui ce type ? Et moi qui commençais à croire en toi ! Qu'est-ce que j'ai fait au bon Dieu ? Catherine se dit que le garçon qui l'aimera vraiment l'aimera comme elle est, déshonorée, déchue. Oui, il l'aimera comme elle est, il l'aimera même à la folie. Catherine se languit tant et tant qu'elle lui écrit, avec l'aide de Nini pour corriger ses fautes d'orthographe, qu'elle ne peut plus attendre, qu'elle veut le rejoindre. Nini lui demande si elle est bien sûre, elles vivront loin l'une de l'autre si elle part à Marseille. Catherine lui dit qu'elle viendra la voir. Le garçon répond avec une demande en mariage en bonne et due forme. Il sait pour la tentative de suicide, Catherine lui a dit. Il sait aussi que sa future femme n'est plus vierge, il sait tout, il l'accepte. En juin 1967, ils se marient. Catherine a vingt ans.

Le garçon s'appelle Paul. Elle prend son nom de famille, peu importe lequel, elle change de nom comme elle l'a déjà fait trois fois dans le passé. Elle se fabrique une nouvelle identité, à Marseille elle devient quelqu'un d'autre, quelqu'un qui n'est plus ni une Machin ni une Duchmol ni une Cremnitz, elle devient une Trucmuche et elle s'en réjouit. Elle appartient enfin à un autre qui a voulu d'elle, a voulu lui donner un nom. Personne dans sa vie ne l'appellera jamais que Catherine. Jamais Catou, encore moins Cathy. Sa seule identité stable, immuable, sera son prénom, ce que les hommes en société ont d'intime et que les femmes gardent pour elles en construisant un foyer. Catherine et Paul sont sublimes en jeunes mariés, leur séance photo au bois de Vincennes ressemble aux pages d'un magazine. Ils se sont prêté serment devant l'autel de l'église de Montreuil, et puis à la mairie du 6e arrondissement de Marseille – derrière la basilique Notre-Dame-de-la-Garde qui veille sur eux – et elle s'entend demander Catheurineuh, Jacqueulineuh, Piérrêteuh, voulez-vous prendre pour époux… ? Oui, elle le veut. Elle a plié bagage au plus vite, trop heureuse de quitter enfin la grisaille parisienne, le macadam, les gueules de raie des banlieusards, le racisme rampant, le teint blafard des bistrotiers. À Marseille les limonadiers ont la mine burinée des comptoirs en cuivre. Le soleil brille si aveuglément qu'il donne des rides au coin des yeux, des pattes-d'oie riantes, il rend même la vieillesse séduisante. La lumière de cette ville a toujours un angle de rue à signaler, un bac de bégonias ou une rose trémière, un bougainvillier ou une haie de lauriers-roses, un chatoiement dans un rétroviseur, un feu de Bengale dans une vitrine. Tout lui semble beau à pleurer, et elle pleure beaucoup les premiers temps. Paul lui demande si elle est triste, il est inquiet, concerné, empressé, mais elle promet qu'elle n'est pas triste, juste terriblement émue. Elle pleure la première fois qu'ils font l'amour – il veut attendre d'être marié, et elle trouve ça d'un romantique étourdissant. Elle sanglote de plaisir ou de désir assouvi, elle ne sait pas bien si c'est ça un orgasme, mais elle sent en bas de sa poitrine une chape de plomb brûler jusqu'entre ses cuisses et couler le long de ses jambes. Le feu dissout son corps entier comme de la cire, elle se consume. Et puis elle mange. Elle découvre qu'elle aime manger, la cuisine méridionale est délicieuse, Catherine adore la rascasse que son beau-père va pêcher à l'aube le dimanche à la pointe d'Endoume pour la bourride hebdomadaire, et l'aïoli, et la bouillabaisse bien sûr, et les panisses et la tapenade, et les navettes à la fleur d'oranger, et le pastis les soirs de fête. L'accent de sa belle-mère lui réchaufferait le cœur s'il n'était pas déjà si enflammé :

elle l'accueille à bras ouverts avec une affection spontanée qui lui rappelle mémé, sa mémé qui lui manque tant. Elle adore cette nouvelle vie, oui, elle est heureuse.

Fauché comme les blés, le jeune ménage plein de l'audace que leur confère l'amour naissant ne s'inquiète pas pour l'avenir. Ils habitent chez les parents de Paul qui se réjouissent de les héberger aussi longtemps qu'ils le souhaiteront. Catheurineuh est une merveilleuse aide, elle seconde sa belle-mère aux courses, à la cuisine, à la vaisselle, à la lessive, au repassage, à la couture – un vrai grillon du foyer sous ses airs de cigale. Et puis elle trouve un poste de monitrice de danse dans une école du quartier. Les élèves l'idolâtrent, et les mères admirent derrière son accent pointu de Parisienne le chic de la jeune fille qui a appris la danse à la capitale. Assez vite, elle commence à parler à Paul de son projet d'ouvrir son propre lieu, un centre, pour les enfants et les dames, elle pourrait donner des cours de gym pour les femmes au foyer aux heures où leurs bambins sont à l'école. Il l'encourage, il trouve son ambition formidable, même s'il n'a pas la moindre idée de la façon de s'y prendre pour réunir l'argent, il n'a pas les moyens, ses parents non plus, et ses parents à elle ne risquent pas de lui avancer les frais d'un pas-de-porte, mais elle ne se décourage pas. Paul travaille dans une agence immobilière, il a un poste de débutant, du secrétariat surtout. Il n'a pas poursuivi ses études, il avait une grande sensibilité littéraire à l'école, mais personne n'aurait su lui dire quoi en faire, alors il en a fait de belles lettres d'amour pour conquérir la femme de sa vie – c'est déjà ça. Un jour qu'elle s'égare sur la corniche – elle connaît encore peu la ville, elle se perd souvent – elle repère un local délabré, en friche, en contrebas dans une impasse qui donne sur une rue commerçante, et elle se dit que ça y est, elle a trouvé son école de danse. Paul l'aide à joindre les propriétaires qui acceptent de louer pour trois francs six sous, ils ne comprennent pas ce que cette jeune femme veut faire de cette cave dégueulasse mais bon, elle est à elle. Dire qu'il faudra beaucoup de travaux serait un euphémisme. Elle obtient un crédit énorme du directeur de la Caisse d'épargne de la place Estrangin-Pastré, juste là-derrière, sans y connaître personne, en débarquant comme une fleur, sur la foi de son ambition, de son talent, de sa beauté renversante, au gré d'un battement de cils appuyé et d'une nouvelle robe cintrée d'un ravissant gris perle volée dans une boutique du centre-ville. Elle a pris l'habitude de piquer dans les magasins pour faire des cadeaux à sa mère, à Nini. Au début elle avouait, elle confessait volontiers son larcin qu'elle considérait comme une prouesse. Le fait qu'elle ait commis un crime ne lui traverse pas l'esprit, elle a juste pris ce que d'autres ont les moyens de se payer et elle non. Cette réalité lui semble aussi arbitraire que le prix attribué aux choses, que le passage des anciens aux nouveaux francs, que la croissance du PIB pendant les Trente Glorieuses. Mais sa mère l'a tant engueulée que maintenant elle chaparde en cachette. C'est une période faste de 1967 à 1973, les banques prêtent facilement, et encore plus aux délicieuses jeunes femmes en jolie robe. On lui accorde un crédit pour une somme considérable que ni elle ni Paul ne savent comment ils rembourseront, mais Catherine ne s'en tracasse guère, elle est sûre de réussir.

Son école ouvre à la rentrée, coïncidence, en même temps que celle de sa mère qui quelques années auparavant avait acheté sur plans un local dans le Bas Montreuil où monter sa propre affaire, avec un appartement au-dessus en rez-de-jardin, dans une copropriété dont les travaux n'en finissaient pas d'être retardés si bien qu'elle n'y croyait plus, mais si, justement, alors que Catherine s'installe à Marseille, tout se débloque, comme par enchantement, tout ce qui coinçait se remet sur les rails, il fallait que Catherine décampe pour que les choses redémarrent. Le paysage de Montreuil, en mutation depuis que Jacqueline y a emménagé, se transforme radicalement après qu'elle ouvre l'école de danse Beauté-Santé – c'est sans rapport, juste un fait dont il lui faut s'accommoder. Elle doit réviser ses prix à la baisse pour appâter une clientèle plus vaste que les férus de ballet, lesquels s'avèrent peu nombreux dans ce quartier. Les logements sociaux et les barres d'immeubles qui ont commencé d'être érigés après la guerre gagnent du terrain. Le grand projet urbain de la Croix-de-Chavaux, au pied de Beauté-Santé, se met en branle à la fin des années 1960. Il introduit dans cette banlieue populaire une mixité raciale à laquelle personne n'est préparé. Jacqueline ne s'attendait pas à ce que sa clientèle soit aussi bariolée, mais quand on a un commerce à faire tourner, on ne fait pas la fine bouche.

Catherine et Paul déménagent de Malmousque, où il a grandi dans sa maison de famille de toujours, pour se rapprocher de l'école, vers la corniche. Au début elle garde son travail de monitrice pour ne pas perdre ses revenus, mais les inscriptions s'accumulent et la demande croît si vite qu'elle peut se consacrer à plein temps à son centre, elle donne des cours du matin jusque tard le soir, y compris le week-end, elle travaille d'arrache-pied, elle en veut. Elle aimerait tant que sa mère admire sa réussite. Elle lui raconte ses succès quand elle passe la voir à Montreuil. Jacqueline a pris un caniche pour se défendre des agresseurs potentiels maintenant qu'elle est propriétaire. C'est bizarre, répond-elle aux récits de sa fille, je ne comprends pas pourquoi mon chien aboie comme ça contre les Noirs, c'est très bizarre. De sa réussite elle ne dit rien. Elle ne la félicite pas, mais elle s'inspire de son modèle pour son école à elle. Elle en imite la structure et l'emploi du temps que Catherine lui a exposé en détail. Lors de sa deuxième rentrée, Catherine a l'impression de s'être créé une famille de fortune avec ses toutes petites ballerines dont la plupart sont douées pour la danse classique comme elle est boulangère, mais ça n'a pas d'importance, ce qui compte c'est d'apprendre, et son enseignement, sa patience mêlée de rigueur, sa fermeté pleine d'encouragement séduisent les mamans ébahies devant les progrès de leurs gamines et leur enthousiasme quand elles arrivent au cours de Madameuh Catheurineuh.

Catherine tombe enceinte un peu après avoir ouvert l'école. Elle est majeure, vingt et un ans, à peine quelques mois de plus que sa mère quand elle l'a conçue. Ce n'est pas possible. Ce n'est pas pensable. Elle ne peut pas reproduire cette histoire. Elle ne se sent pas les épaules pour endosser le rôle de maman. Elle trouve une faiseuse d'anges par une de ses amies qui est en dernière année de médecine et connaît pas mal d'infirmières qui pratiquent dans des dispensaires clandestins contre une somme rondelette. L'avortement se passe au mieux, c'est-à-dire qu'elle sort de là, après qu'on lui a introduit une aiguille à tricoter jusque dans l'utérus, en saignant un peu, et plus tard dans la nuit beaucoup. Elle a mal au ventre mais elle s'attendait à pire, et les caillots de sang que sa vulve crache au fil des jours ne l'inquiètent pas plus que ça. Le mois suivant ses règles ne reviennent pas mais elle ne s'en soucie pas. Le mois d'après elle ne s'inquiète pas tant de l'absence de sang que de son ventre enflé. Elle finit par se décider à aller voir un médecin sous la pression de Paul qui aurait bien aimé le garder, cet enfant. Mais il comprend sa femme, il sera patient, ils auront un enfant plus tard, quand elle sera prête, il la soutient. Bien sûr il était là pour lui tenir la main chez la sage-femme interlope. Le gynécologue est formel : elle est enceinte. De quatre mois et demi, peut-être cinq. C'est impossible, docteur. Elle lui dit pour l'avortement. Il lui rappelle l'illégalité de son acte. Il lui fait la morale, et lui explique ce qu'elle encourt. Elle risque gros, elle risque fort de se retrouver avec un enfant difforme et demeuré par-dessus le marché. Son sang se précipite puis se fige. Elle ne perd pas ses moyens. Elle dit merci, docteur, et tourne les talons. Pendant les trois jours suivants elle cherche une façon de se débarrasser de ce fœtus morbide. Personne n'accepte de l'aider, ce serait inconscient, ce serait criminel à ce stade. Elle contacte son père qu'elle continue de voir quand elle passe à Paris ou qu'il est en voyage dans le Midi. Il n'est pas venu au mariage parce que sa mère le lui a formellement interdit, mais elle le voit de temps à autre, c'est son père, elle l'aime. Lui trouvera une solution, elle en est certaine. Et elle a raison. Il lui dit qu'il en fait son affaire, ces sages-femmes sont des salopes de profiteuses, cette grognasse s'en foutait pas mal si ça ratait. Ce n'est pas sorcier, il s'en occupe. Elle monte à Paris avec Paul le samedi, en train. Ils arrivent près de Pantin au pied du même immeuble où elle avait passé la nuit quelques années plus tôt. À présent Serge y vit en couple avec une infirmière. Paul n'a vu Serge qu'une fois, dans un restaurant à Antibes où il avait été surpris de voir sa femme payer l'addition mais il n'avait rien dit. Serge a réaménagé la cuisine en salle d'opération. Il a l'habitude. Ils en ont fait un commerce, lui et sa compagne. Il installe Catherine sur la table, avec un tabouret de chaque côté en guise d'étriers. Paul lui tient la main cette fois encore mais il ne peut pas regarder. Serge introduit un spéculum dans le vagin de sa fille, et fait passer une sonde dans le col de l'utérus, une sonde liée à une seringue remplie d'un liquide trouble, une potion maison qui va régler tout ça en deux coups de cuiller à pot. Catherine serre les dents, mais la douleur est fulgurante, elle hurle et par un réflexe défensif elle serre les cuisses autant que ses mâchoires. Serge les lui écarte en gueulant qu'il faut qu'elle reste tranquille. De toute façon c'est déjà fini. C'était bien la peine de faire un tel cinoche. Il retire la sonde d'un coup sec, et jaillit avec elle un geyser écarlate qui ne laisse pas de doute sur les effets du remède miracle. Catherine pisse le sang, et en l'espace de quelques secondes le sol de la cuisine rutile, recouvert d'une épaisse flaque rouge vif. Catherine perd connaissance. Son visage pâlit encore à mesure que son corps se vide. Tout bascule, Paul brame, il jure, il implore le ciel, il se reprend et crie à Serge d'appeler une ambulance tout de suite, tout de suite ! Elle va mourir ! Putain qu'est-ce que c'est que ce merdier ? répète Serge en boucle. Il aide Paul à envelopper sa fille dans une couverture en laine pour absorber les litres d'humeurs qui en dégoulinent, et puis il le laisse la porter jusqu'en bas parce qu'il ne veut pas que des ambulanciers trifouillent chez lui. Paul sent sa Catherine rendre l'âme dans ses bras. Non pas ça, non, je t'en supplie, Catherine, mon amour, il se met à sangloter, il lui rappelle leur promesse, et toutes les choses qu'ils ont à vivre ensemble, et qu'elle est la femme de sa vie, qu'il l'aime, ses cheveux sont collés de sueur, elle est brûlante et glacée, mais il lui promet qu'elle ne mourra pas, il la sauvera. L'ambulance emmène Catherine aux urgences, où un curetage et une perfusion d'antibiotiques la sauvent d'une mort prématurée. On lui montre le fœtus pour qu'elle prenne conscience de ce qu'elle a fait, comme c'est monstrueux. Groggy, elle redresse la tête puis la repose. Elle a vu. Monstrueux, c'est le mot.

Elle se remet relativement vite et le sujet est clos. Elle insiste auprès de Paul pour que personne ne sache, même pas sa mère, surtout pas sa mère. Le médecin qui la soigne lui dit qu'il a dû lui faire une hystérectomie partielle, qu'elle ne pourra plus jamais avoir d'enfants. Elle le croit. Elle n'est pas triste, c'est sûrement mieux de ne pas transmettre ces gènes, de ne pas perpétuer cette histoire. Elle se dit que peut-être un jour elle adoptera un petit orphelin africain, elle se dit que oui, c'est mieux comme ça. Elle n'a plus ses règles, ce qui lui semble normal compte tenu de ce qu'on lui a dit. Elle oublie les avoir jamais eues, hormis quand elle étend les draps et qu'elle remarque alors les vieilles auréoles de sang cramoisi qui même après des dizaines de lessives ne disparaissent pas tout à fait. Paul et elle prennent un chien, un caniche nain comme celui de Jacqueline, que Catherine appelle Vauban comme le boulevard où ils se sont mariés. Vauban comme le maréchal sous Louis XIV, connu pour ses places fortes : Vauban le fortificateur. Vauban le chien devient la mascotte de Marseille-Danse, il obéit au doigt et à l'œil, sage, propre, bien élevé, il est parfait, ses maîtres l'adorent et les élèves aussi. Le spectacle de fin d'année se prépare. Catherine monte dix-sept chorégraphies pour les petites de quatre ans jusqu'aux vieilles dames qui viennent à la gym à qui elle fait faire des ports de bras sur les *Danses de travers* d'Erik Satie. Son spectacle est un tel triomphe qu'elle se promet de recommencer, dans une salle beaucoup plus grande la prochaine fois ! Deux ans plus tard, Catherine loue le Théâtre du Gymnase, avec éclairagiste, ingénieur du son, directrice de plateau et billetterie. Elle encourage Jacqueline à louer un grand théâtre elle aussi, mais sa mère fait plus sobre, elle se contente d'un gymnase. Les deux spectacles se donnent à deux mois d'intervalle, ce qui permet à Catherine d'intervenir sur les deux plateaux. Son nom n'apparaît dans le programme de sa mère qu'en tant qu'interprète, et sous le nom de jeune fille de sa mère et son nom de femme mariée : Catherine Machin-Trucmuche. Le nom de Cremnitz a disparu des registres. Jacqueline figure à la direction artistique, seule. Catherine se dit que sa mère doit quand même admirer son travail pour avoir voulu se l'attribuer. Et puis c'est une telle merde ce spectacle à côté du sien, mieux vaut ne pas être citée.

Paul a beaucoup stagné professionnellement pendant la grande ascension de sa femme, il n'en prend pas ombrage, au contraire, il s'en réjouit. La représentation au Théâtre du Gymnase fait l'objet d'un article dans *Le Provençal* où Catherine est décrite comme une bête de scène. Paul a beaucoup aidé à la communication du spectacle, grâce à l'école où Catherine l'a inscrit à la rentrée précédente, une école d'attachés de presse à Paris. Il paraît que tout le monde en sort avec des relations longues comme le bras, et l'assurance d'un travail aussi prestigieux que lucratif. Les finances de Catherine permettent de payer les cours qu'il suit selon un emploi du temps aménagé pour qu'il puisse continuer à travailler sur Marseille à mi-temps.

Catherine aimerait pouvoir vivre sans compter, non qu'elle ne soit pas capable d'établir des tableaux de dépenses et de s'y tenir à peu près, mais elle préférerait ne pas avoir à le faire ; elle préférerait se concentrer sur sa chorégraphie, peut-être même monter une compagnie. Elle aimerait que Paul fasse carrière, qu'il puisse la soutenir financièrement plutôt que l'inverse, elle voudrait parfois pouvoir le regarder avec l'admiration qu'elle sent dans ses yeux à lui. Elle est mariée depuis sept ans, elle est devenue femme, elle a gagné confiance en elle, elle s'est formée, elle a appris à découvrir ses qualités, ses compétences, ce pour quoi elle est douée et ce pour quoi elle l'est moins sans se sentir menacée d'abandon. Si elle demande à Paul s'il l'aimera toute la vie, si elle lui demande de jurer qu'ils resteront ensemble, ce n'est pas tant pour l'entendre lui promettre ce dont elle est maintenant à peu près convaincue mais pour se convaincre que c'est bien ce qu'elle souhaite elle, et qu'il ne la laissera pas partir, qu'il ne la laissera pas succomber à ses désirs de fugue, de folie, de fadaises. Elle s'est découvert un orgueil qu'elle ne se connaissait pas, elle apprécie l'ardeur dans les regards furtifs des hommes qu'elle croise. Par pudeur, par respect, jamais Paul ne la regarderait comme ça, avec une telle concupiscence. Catherine ne sait pas de quoi elle a envie mais quelque chose la démange. Elle n'a jamais fait l'amour qu'avec lui – la première fois ne comptait pas – et elle se demande comment ce serait avec un autre. Elle ne se sent ni la légèreté ni l'aplomb d'une femme adultère, elle n'a aucune envie de coucher avec n'importe qui juste par goût du risque. Elle aime son mari, et elle se convainc ainsi qu'elle restera avec lui, que leur amour continuera de grandir pourvu que Dieu lui prête vie.

Paul et Catherine montent à Paris ensemble pour la remise de diplôme de l'école d'attachés de presse. La cérémonie a lieu dans un théâtre du 8e arrondissement, près des Champs-Élysées. Catherine se met sur son trente et un, elle achète un nouveau costume à son mari pour l'occasion – ou plutôt elle le vole, mais passons. La salle est comble, il leur semble qu'il y a là tout le gratin parisien ; Paul ne s'est pas fait beaucoup d'amis, ils ne connaissent personne. Ils traversent le hall et Catherine, d'abord intimidée, se redresse et prend son port de scène. Sa beauté stupéfiante devance ses pas, et on leur fait presque une haie d'honneur, on ne peut pas ne pas les remarquer, elle du moins, elle est proprement éblouissante. Un des directeurs de l'école à qui ils tournent le dos alpague Paul pour lui serrer la main et le féliciter. Il tient à lui témoigner toute son admiration, et surtout le président – qu'il se souvient vaguement avoir croisé dans les couloirs – veut à tout prix le féliciter lui aussi. Le président ? Oui, il est là, bien sûr. Monsieur le président, quel honneur, merci. Mais pas du tout monsieur, répond le président, c'est moi, c'est moi, votre présence et celle de Madame votre femme nous honorent. Je m'incline devant vous, madame. Permettez-moi, dit-il en lui baisant la main. Elle la retire avec modestie, gênée. Je vous invite après la cérémonie ce soir, j'organise un cocktail dînatoire dans un salon du Fouquet's, rien de solennel, juste un petit souper entre amis, soyez chic, venez donc ! Étourdis, grisés par cette attention aussi soudaine qu'inattendue, ils hochent la tête un peu niaisement, oui-oui, nous viendrons, merci beaucoup, c'est gentil. Catherine se sent observée pendant toute la cérémonie, comme une jeune provinciale qui fait son entrée dans le monde et découvre avec étonnement que les Parisiens ne vont pas tant au théâtre pour voir ce qui se joue sur scène que pour être vu là où se jouent les destins de la haute société. Le directeur qui a fait les présentations les mène au Fouquet's à pied avec les autres convives, une coterie très *smart* qui déambule le long des Champs-Élysées et dans laquelle Catherine a l'impression d'être une brebis galeuse, elle en pleurerait. À peine arrivée au Fouquet's, Catherine prétexte un malaise, Paul la croit. Il s'excuse platement, merci encore, et remerciez Monsieur le président pour nous. De retour à Marseille, Catherine n'a pas le temps de se remettre de l'impression que lui a faite le baisemain du président. Deux jours plus tard, quarante-sept roses rouges lui sont livrées à l'école de danse, accompagnées d'un mot : Des roses de la tendresse venez semer mes jours. Je vous attends. Antoine. Elle hésite une nuit entière qu'elle passe à scruter le plafond comme on lit l'avenir dans le marc de café. Il a laissé son numéro de téléphone. Si elle l'appelle, non, ce ne serait pas raisonnable de l'appeler. Alors quoi ? Ne pas appeler. L'ignorer. Oublier. Faire comme si rien ne s'était passé. Impossible. Elle regarde l'opacité du plafond au-dessus d'elle, tandis que des ombres ou des spectres y dansent avec insouciance. Et si sa vie n'était encore qu'une page blanche ? Le lendemain elle invente une excuse pour retourner à Paris, seule.

Antoine l'invite à déjeuner chez Maxim's. Catherine en connaît l'existence, mais elle ne sait pas qu'il y a vraiment des gens qui vont déjeuner chez Maxim's et se fréquentent, se toisent, et secrètement comparent la longueur de leur notice biographique dans le Who's Who et publiquement se saluent d'un signe de tête entendu. Ce jour-là c'est avec une certaine connivence flatteuse que les hommes accueillent Antoine et sa présumée conquête, parce que qui dit déjeuner dit évidemment plus si affinités. Antoine sort le grand jeu, la main sur le cœur, les citations de poètes dont elle ignore tout, le Dom Pérignon, le chassagne-montrachet, le romanée-conti – elle lui dit qu'elle aime bien le bourgogne, ne sachant quoi répondre quand il lui demande quel genre de vin lui ferait plaisir après la coupe de champ' –, Rome, Venise. Vous n'êtes jamais allée en Italie ? Si, à Rimini, répond-elle, un peu mal à l'aise. Ah, je ne connais pas, mais ça doit être magnifique ! Je vous en supplie, beauté céleste, ne faites pas de Rome l'objet de mon ressentiment en refusant mon invitation. J'y suis appelé le mois prochain pour participer à un colloque. Je déteste voyager seul, j'ai peur en avion et à vrai dire je déteste les voyages. Si vous ne venez pas c'est bien simple j'annulerai tout, je n'irai pas. Qu'en dites-vous ? Oui, je sais, vous êtes mariée. Écoutez, donnons-nous cette chance, nous n'avons qu'une vie ! Juste trois jours à Rome et à Venise. Qu'est-ce que vous risquez ? Personne ne le saura. Si vous me détestez au terme du voyage je vous jure de vous laisser tranquille. Je peux réfléchir une journée, monsieur ? Monsieur ! Voyons, vous me donnez l'impression d'être un vieillard cacochyme ! Appelez-moi Antoine. Bien sûr, réfléchissez, écrivez-moi votre réponse. Catherine va chez Nini pour réfléchir. Nini est mariée elle aussi, avec un petit garçon de trois ans, comme le garçon que Catherine n'a pas gardé. L'enfant qu'elle n'aura jamais, pense-t-elle. Nini trouve que cette histoire sent le coup fourré à plein nez. Catherine a-t-elle conscience qu'elle va devoir passer à la casserole à peine le pied posé à Rome ? Oui, elle en a conscience. Ça la fait rigoler, elle est nigaude mais quand même pas à ce point-là. Nini pense qu'elle risque de tout foutre en l'air pour un type qui lui de toute évidence n'a rien à perdre, qui a tout l'air d'un prédateur. En plus il est marié ? Séparé, répond Catherine, optimiste. Qu'il te dit ! Moi je te dis coup fourré, grand danger.

De retour à Marseille-Danse l'attendent soixante-treize roses rouges, soixante-douze pour les heures qu'ils partageront si elle accepte son invitation, et une de plus pour lui porter chance. Elle repense au déjeuner chez Maxim's, au service empressé du maître d'hôtel, au goût du champagne, au son de sa voix prononçant des phrases qu'elle n'imaginait jamais entendre ailleurs que dans les films ou sur une scène de théâtre, elle revoit la Jaguar vert bouteille dans laquelle il lui propose de monter – son chauffeur l'accompagnera où elle veut –, elle se repasse en boucle la sensation de ses doigts caressant son poignet, elle se sent suivie partout où elle va, elle croit le voir apparaître vingt fois par jour, chaque silhouette brune en tenue de ville ne peut être que lui venu la chercher en personne. Elle fait semblant d'hésiter mais elle sait qu'elle va y aller. Comment résister à la perspective de monter dans un avion pour la première fois, à l'idée de retrouver cette odeur de vétiver qu'elle recherche désespérément dans le creux de son coude, là où il a pris son bras en sortant du restaurant et déposé cette empreinte éphémère de parfum boisé ? Elle est subjuguée. Elle n'est pas amoureuse, c'est autre chose : elle est prise de court, elle a le souffle coupé. Dépossédée ou déjà possédée, sa main sur la sienne lui a fait l'effet d'une coupe au-dessous de laquelle elle s'est sentie se recroqueviller. Trois semaines et douze lettres plus tard, elle le retrouve à Orly Sud au restaurant Horizons, direction Venise.

Elle arrive en avance, la peur au ventre. Elle passe par toutes les phases de l'attente : la tristesse, la colère, le renoncement, l'espoir. Elle se fout du faste du lieu, de cette aérogare à l'architecture métallique remarquablement innovante pour l'époque, rien ne lui semble remarquable, à cet instant précis elle ne fait qu'attendre. Antoine débarque enfin avec son chauffeur lequel pousse un chariot où tient en équilibre une montagne de bagages monogrammés Louis Vuitton. Il gesticule, les cheveux hirsutes, suant, injuriant le pauvre Sancho qui répète avec un accent portugais que ce n'était pas sa faute, et il explique à Catherine sur un ton qui pourrait lui faire croire qu'elle aussi s'est rendue coupable d'un crime impardonnable qu'un connard leur est rentré dedans sur l'autoroute, qu'il a fallu faire un constat, il fallait que ça arrive justement ce jour-là, c'est invraisemblable qu'on ait donné son permis à un connard pareil, qui faisait exprès de prendre des plombes pour remplir sa fi-fiche, un Français moyen dans toute sa splendeur, dans sa Citroën de cul-terreux ! Plus le temps de déjeuner avec ça, il faut foncer. Catherine est stupéfiée par la quantité de bagages, mais elle suit le mouvement frénétique avec lequel il la mène à l'enregistrement, toujours gesticulant.

Dans l'avion, il sort une bouteille de Schoum – une potion vert phosphorescent – et en prend une grande lampée avec laquelle il avale quelques pilules sorties d'une trousse à pharmacie qu'il a vidée à ses pieds. Le contenu de sa sacoche éparpillé par terre forme un tas d'objets aussi disparates qu'insolites : une vieille bible reliée, un carnet d'adresses en croco, un portefeuille en cuir épais, une brosse à cheveux, des Kleenex au menthol, quatre paquets de Stimorol, plusieurs jeux de clés. Vous êtes malade ? demande-t-elle timidement. Non, c'est préventif ! Elle éclate de rire, d'un rire nerveux et franc à la fois. Vous me trouvez drôle ? Il est très sérieux, les sourcils froncés, il semble affligé. Je sais pas, je vous trouve incroyable ! Vous êtes un sacré numéro quand même. Ah oui, il sourit. Il faut que je vous explique, les voyages m'angoissent terriblement, je suis d'un naturel très angoissé, et les déplacements me perturbent beaucoup, c'est le souvenir de l'exode, la guerre, vous comprenez, quand on a comme moi dû partir, tout quitter à onze ans, ça marque toute une vie, on ne s'en débarrasse jamais de cette angoisse. C'est la distinction de Freud entre l'angoisse névrotique et l'angoisse réelle, vous voyez, l'angoisse phobique c'est l'angoisse infantile qui a remplacé une libido frustrée, sans objet pour concentrer son amour si vous préférez, donc elle se déplace sur une situation, elle se déplace. C'est un problème de déplacement, et ensuite quand vient s'y rattacher l'angoisse réelle c'est foutu. C'était foutu d'avance, ça fait un moment que c'est foutu, mais foutu pour foutu, bref. Je suis heureux que vous soyez venue. Merci d'être venue. C'est un mauvais moment à passer pour moi, cette séparation, c'est très compliqué, tout est très confus, vous allez pouvoir m'aider à réfléchir, il faut que je trouve des solutions, ce n'est pas vivable cette situation. Catherine ne saisit pas bien de quoi il parle, elle écoute d'une oreille distraite, elle fait le calcul dans sa tête, s'il avait onze ans pendant la Seconde Guerre mondiale – elle se doute que la guerre ne peut être que celle-là, et l'exode elle n'est pas sûre, mais entre 39 et 45, disons 1941 –, elle essaie de calculer par rapport à son année de naissance à elle, étant née en 47, elle a vingt-sept ans, ça voudrait dire que lui, non, elle s'y prend mal, c'est trop compliqué comme opération, mais s'il avait onze ans en 41, 41 moins 11 ça fait 30, ça c'est facile, donc il aurait en 1974 quarante-quatre ans. Oui ça lui semble plausible, quarante-quatre ans, ça fait qu'il aurait, à peu de chose près, l'âge de sa mère. Oui, ça se tient. Elle s'apercevra plus tard, en passant le contrôle d'immigration et jetant un regard sur son passeport, qu'il est né en 1929, elle n'était pas loin du compte. Dans l'avion il lui serre la main comme un fou, et puis il s'endort pendant le décollage. Elle a un haut-le-cœur au moment de quitter le sol, elle adore la sensation, elle est ébahie. Il ronfle tout le long du vol, presque aussi fort que les réacteurs. Elle n'ose pas toucher le plateau qu'on lui apporte, elle n'est pas sûre d'y avoir droit, elle a peur de se trahir, elle n'ose pas le réveiller non plus. Il se réveille finalement en sursaut sous le coup des secousses des amortisseurs sur la piste d'atterrissage, et regrette d'avoir raté le repas.

Au Danieli, Catherine s'étonne de tout, des dorures dans les escaliers, des tapis, des tentures, des hauteurs sous plafond, de la vue, de la tête de lit, des draps immaculés, du marbre de la salle de bains, des peignoirs, des miroirs, du fait qu'on puisse décrocher le téléphone et demander n'importe quoi, on vous l'apporte. *Pronto! No, non parlo l'italiano, francese*, oui, français, très bien, alors nous souhaiterions le plus vite possible deux minestrones, vos fameuses tagliatelles à la truffe blanche, et un poisson, ce que vous avez, et une viande, un filet mignon, oui, parfait, et du *zabaione*, et une bouteille de champagne et un vin français, vous avez du bordeaux, un grand bordeaux, ce que vous avez de mieux dans la limite du raisonnable, on s'entend, je fais confiance au sommelier, oui, *grazie mille*! Voilà une chose de faite. Bon. Catherine est bouche bée. Vous avez faim j'espère? Elle n'en sait rien, elle ne sait plus rien. C'est ça de s'en faire mettre plein la vue, se dit-elle, mais elle serait bien incapable de poser des mots sur tant de féerie. Elle le regarde raccrocher et décrocher à nouveau le téléphone de la chambre, qu'il couvre de sa main pour lui expliquer qu'il doit appeler sa mère. Elle hoche la tête en faisant mine de comprendre, mais tout ça lui semble fou. Il parle très fort; elle fume une cigarette à la fenêtre. Elle l'entend dire qu'il ne peut pas parler, qu'elle est là, oui, elle s'appelle Catherine, non maman je t'expliquerai, je te dis qu'elle est là, juste à côté de moi! Elle aimerait disparaître. Il ne la regarde pas, le corps courbé au-dessus du combiné, il parle longtemps, si longtemps qu'après un moment Catherine se demande ce qu'elle fout là. Elle entend des noms qu'elle ne connaît pas, elle comprend qu'il a beaucoup de soucis mais elle ne sait pas de quel ordre, des problèmes en tout genre, des problèmes d'argent, de travail, de cœur, de santé, des problèmes psychologiques de toute évidence, des problèmes à n'en plus finir. Le coup discret frappé à la porte de la chambre la sauve de sa torpeur. Il se retourne enfin vers elle, apparemment il ne l'a pas oubliée. Il lui fait signe d'ouvrir avec des grands gestes. Elle s'apprête à refermer la porte sur le serveur, lequel a disposé sur une nappe scintillante déployée avec l'agilité d'un magicien une pléiade de globes argentés, lorsqu'il interrompt brusquement sa conversation : Attendez ! Il crie à Catherine de lui trouver sa sacoche, ce qu'elle s'empresse de faire sans savoir où elle est, elle cherche, elle tourne, mais où ? Là voyons ! Là ? Mais non là-bas ! Elle le voit sortir de son portefeuille une liasse de lires, de laquelle il dégage un billet dont le montant lui paraît improbable. Il le tend au serveur, et raccroche enfin abruptement, expliquant à sa mère que le déjeuner est servi, qu'il la rappellera. Crac. Il a très faim ! Allez, à table ! Elle ne pose pas de questions, elle fait comme il lui dit. Il ne faut pas manger pour vivre mais bien au contraire vivre pour manger ! N'est-ce pas ? Il doit avoir raison, elle ne le contredit pas. Il lui parle de Montesquieu – mort dans les bras de sa maîtresse alors qu'il rédigeait un essai sur le goût –, il lui parle d'esthétique, de ses livres, de sa carrière, de son frère historien de l'art, suicidé. Atroce, une histoire terrible, il s'est suicidé avec le tuyau de gaz, et sa fille qui a trouvé le corps – atroce ! Elle est trop décontenancée pour manger, hésitant devant le choix des couverts à chaque lever de couvre-plat. Elle est interloquée par son récit, ses digressions, par le rythme de sa mastication, et puis elle est surprise qu'il ne l'embrasse pas, qu'il ne s'empresse pas de lui faire l'amour. Et elle est effarée par sa façon de manger. Il en fout partout, il parle la bouche pleine. Il la sert et la ressert en vin, en viande, en *pasta*, en poisson, dans le désordre, il insiste pour qu'elle mange du dessert. Puis soudain il a besoin d'un café, il a des appels à passer. Est-ce qu'il préfère qu'elle sorte ? Oui, ce serait bien. Allez donc visiter la piazza San Marco, elle est en bas de l'hôtel, et prenez une gondole pour vous emmener au pont des Soupirs. Il lui tend des billets. Elle essaie de refuser mais il insiste. Ne soyez pas idiote ! On ne fait rien sans argent dans la vie.

Elle est trop déboussolée pour s'offusquer de se faire traiter d'idiote et se retrouver seule dans une ville inconnue. Elle demande le chemin de la place Saint-Marc, qu'elle n'ose pas prononcer à l'italienne, trop indécise sur l'accent, c'est assez clair, elle trouve. Elle veut s'émerveiller, mais l'esplanade l'aplatit, elle se sent écrasée par les colonnes, les arcades immenses sur lesquelles elle aperçoit des figures qui la fixent de très haut, elle se sent oppressée par le survol des pigeons dont elle craint à tout instant qu'ils ne l'attaquent, des centaines de pigeons. Elle retourne vers le Grand Canal où elle monte dans une gondole. Un signe circulaire de la main suffit à indiquer qu'elle souhaite faire un tour, ça et les billets. Elle essaie d'admirer les palais mais elle ne voit que des couples s'enlacer sur les bateaux qu'elle croise. Qu'est-ce qu'il lui veut ? Que fait-elle dans cette ville de carte postale ? Pourquoi elle ? Elle se sent perdre pied. L'onde lui donne le mal de mer. Elle veut retourner sur la terre ferme. *Scusi ma non capisco, signora, mi dispiace.* De la splendeur et de la poésie des canaux de Venise elle ne retient que des odeurs d'égouts, la sensation d'être engloutie dans un dédale d'impasses. Elle rentre enfin à l'hôtel, exsangue. Elle va vomir dans les toilettes du restaurant. Elle se passe de l'eau sur le visage au-dessus d'une vasque dorée en forme de coquillage. Face à son reflet dans le miroir elle se dit : Catherine, fais gaffe, ça sent le coup fourré cette histoire. Elle remonte dans la chambre décidée à demander des explications.

Antoine est attablé à écrire. Elle passe la tête par la porte. Il la foudroie du regard. Qu'y a-t-il ? Il est fâché ? Mon Dieu jamais de ma vie je n'ai vu une femme aussi belle ! Il s'empresse de l'accueillir comme s'ils ne s'étaient pas vus depuis des mois. Il lui baise les mains, se prosterne à ses pieds, il lui embrasse les chevilles, les mollets, les genoux. Arrêtez, arrêtez, relevez-vous voyons ! Elle ne peut se retenir de sourire. Il pose son front contre son ventre, il caresse ses cuisses de sa tête dodelinante. Lentement, langoureusement elle plonge ses doigts dans l'épaisseur de sa chevelure sombre. Il soulève sa robe, elle le laisse faire. Il la mord doucement et elle crie un peu plus fort qu'elle n'aurait voulu. Elle le redresse en l'attrapant par-dessous les bras, elle le met debout, mais il manque de trébucher. Elle rit. Elle le guide vers le lit, d'un pas de bourrée branlant, leur équilibre précaire. Ils font l'amour vite et mal. Elle n'est ni heureuse ni déçue. Son cœur bat vite. Il lui effleure les seins distraitement. Quand ses doigts glissent entre ses cuisses, elle les retient. Tu ne veux plus jouir? Sa question l'ébranle à la manière du tonnerre. Je ne sais pas. Elle découvre avec lui qu'on peut parler de sexe comme ça, que c'est une question qui se pose. L'avantage que vous avez sur nous vous les femmes, c'est que votre orgasme est sans limite. Vous pouvez jouir à l'infini. Elle ne savait pas.

Dès le lendemain, leur séjour en Italie doit être écourté. Alors qu'ils se préparent à partir à Rome pour ce fameux colloque auquel Antoine est invité, tout bascule, revirement de situation : son ex-femme, enfin sa femme, va le rejoindre contre toute attente. Catherine doit comprendre, il l'aime encore, ils ont une petite fille de trois ans, elle les a plaqués tous les deux du jour au lendemain pour l'homme du couple avec qui ils couchaient. Et lui s'est retrouvé avec la femme de l'autre, Claude, et leur petite fille maintenant partage ses nuits entre sa maman et Claude, c'est très compliqué, c'est très mauvais pour la gamine qui est très perturbée par cette situation. Il voudrait surtout que sa femme revienne vivre avec eux, et là il semblerait qu'elle soit disposée à le faire, elle a accepté de le retrouver à Rome. Tu comprends, c'est pour le bien de l'enfant aussi. Catherine sous le choc dit qu'elle n'a jamais demandé d'aller à Rome ou à Venise, elle n'a rien demandé. Il a fait changer son vol par le concierge de l'hôtel, il lui remet son billet d'avion. Elle repart pour Paris dans quelques heures. Sans plus de cérémonie, elle remballe ses affaires dans sa vieille valise, prenant garde de laisser le baise-en-ville assorti à sa panoplie à lui, ainsi que le presse-papier en verre de Murano qu'il lui a offerts. Allez *ciao*. Et surtout qu'il n'essaie pas de la revoir. *Basta cosí*. Elle claque la porte de la chambre violemment au son de ses récriminations – mais voyons, elle a le temps, son avion ne part que dans plusieurs heures ! Elle chiale tout le long du voyage, depuis les escaliers du Danieli jusqu'au tarmac d'Orly. Elle rentre à Marseille en vrac.

Des mois passent pendant lesquels Antoine envoie des fleurs, des lettres d'excuses, des mots d'amour, des bouquets de plus en plus faramineux. Il la supplie, il la menace, il l'adore, il l'implore. Elle a peur. Elle se sent perdue, elle ne sait pas comment ne pas plonger, elle a déjà chaviré. Il lui promet que la situation avec sa femme est réglée une bonne fois pour toutes, il jure ses grands dieux, sur la tête de ses six enfants – quatre d'un premier lit, une adultérine, et la petite dernière de son deuxième mariage –, il n'y a plus qu'elle pour triompher de son cœur, il ne peut plus vivre sans elle, elle doit lui donner une dernière chance. Paul ne voit rien venir. Il sent sa femme distante, agitée, irritable, il met tout sur le compte de son travail si prenant, elle a tant à faire, elle est si brillante, il faut lui laisser la liberté d'exprimer sa créativité, elle n'a jamais assez de temps pour monter ses ballets entre ses cours et l'administration de l'école. Elle finit par accepter de revoir Antoine à Paris, sept mois plus tard. Il lui propose de le retrouver au Crillon, parce que avec l'enfant c'est quand même compliqué à la maison. Elle fait exprès d'arriver en retard mais il est encore plus en retard qu'elle. Elle s'indigne, des larmes de colère lui montent aux yeux. Quand il apparaît à peine quelques secondes plus tard, elle est devant la porte tambour, en apnée ; elle se dit qu'elle doit avoir une mine de rouget asphyxié.

Toute femme sent que, plus son pouvoir sur un homme est grand, le seul moyen de s'en aller, c'est de fuir... Catherine ne sait pas comment elle va se tirer de cette affaire mais elle sait depuis le début que cette aventure est loin d'être anodine. Elle l'a vu entre les cils d'Antoine, au tout premier baisemain, elle a vu dans le reflet de sa pupille son image se multiplier à l'infini, elle a vu son avenir se dessiner dans cette multiplicité d'elle, c'est-à-dire elle-même telle qu'elle se connaît déjà et toutes les autres. Tant pis pour l'école de danse, tant pis pour Vauban, tant pis pour cet amour équilibrant que Paul et ses parents lui apportent, tant pis pour le soleil du Midi, tant pis, elle rentre à Paris et pas dans sa banlieue de merde, pas au Carreau du Temple, elle rentre s'installer dans un deux cent cinquante mètres carrés au troisième étage d'un sublime immeuble haussmannien, 18, avenue de Friedland, au-dessus d'une statue de Balzac qu'elle remarque un jour, des mois plus tard, en sortant promener son nouveau chien. Avec Antoine la vie va devenir ce grand n'importe quoi dont elle a toujours rêvé, parce qu'ils peuvent se payer le luxe de faire du quotidien un bordel permanent, un foutoir pas possible qu'une bonne est payée pour nettoyer, ils peuvent bien retourner toute la maison, les pots cassés ça se rachète, pas la peine de se fatiguer à recoller les morceaux. Catherine fait ses bagages un matin après que Paul est parti travailler – elle prend trois fois rien, Antoine a déjà commencé à lui acheter une nouvelle garde-robe à Paris. Elle laisse un mot sur la table de nuit.

Que peut bien dire une lettre qui tient sur une feuille de bloc-notes, de la taille d'un pense-bête ? Peut-être merci ? Pardon ? Je t'aime ? Je t'ai aimé ? J'en aime un autre ? Ne cherche pas à me faire revenir ? Les meilleures choses ont une fin ? Paul apprend qu'elle a déjà cédé l'école à une amie. Il appelle Jacqueline qui fait celle qui ne sait rien. Il appelle Nini, il appelle même Serge. Serge ! Serge n'a pas été mis au parfum mais il lui signale qu'il lui doit encore du fric pour la putain d'ambulance, sans compter les problèmes qu'il a eus avec le voisinage à cause des taches de sang dans les parties communes. Paul, désespéré, rappelle Nini et la supplie de dire à Catherine qu'il doit la voir. Sa femme lui donne rendez-vous dans un café, près de la place de la République : Le Baromètre.

Elle est sur un nuage. Jamais personne ne lui a tant fait tourner la tête. Antoine lui dit cent fois par jour qu'elle est la plus belle femme du monde, qu'il l'aime plus que tout, il ne l'appelle Catherine qu'en public ou parlant d'elle à la troisième personne : il l'appelle mon amour que j'aime, ma chérie adorée, mon ange exquis, mon trésor. Paul ne lui a jamais dit qu'il l'aimait que si elle le lui demandait. Paul était pudique, Antoine est extravagant. Elle devient Vénus anadyomène chaque fois qu'elle sort du bain, Aphrodite marine, nymphe blonde, Galatée. Que fait-elle donc avec cet atroce Polyphème, ce mammouth qu'il est à côté d'elle ? Pour se rattraper, pour se faire pardonner son physique si disgracieux sur lequel il n'a de cesse d'ironiser, autodérision qu'elle n'a de cesse de récuser – elle le trouve magnifique, magnifique à tous égards –, il la couvre de présents, il la gâte démesurément, croyant acheter des sentiments qu'elle lui voue déjà. Régulièrement il l'emmène faire des emplettes avec la Jag, avenue Montaigne, place Vendôme, boulevard Saint-Germain, il lui achète des parures Van Cleef, des ensembles Saint

Laurent, un vison chez Rebecca, des escarpins chez Lanvin, des lunettes de soleil Emmanuelle Khanh, un sac à main Hermès, des stylos Montblanc. Il l'encourage à décorer l'appartement qu'elle hérite de son ex-femme dont il est à présent vraiment séparé, pas officiellement divorcé mais séparé, oui. Il lui donne carte blanche et un budget illimité. Il lui tend des liasses de billets et lui en promet d'autres si elle venait à manquer. Elle s'amuse à chiner aux puces, elle achète des tapis persans et une grande table en marbre pour recevoir dans la salle à manger. Ils sortent beaucoup. Il est très sollicité, il y a toujours quelque chose, des cocktails mondains, des dîners, des premières de spectacle, des conférences, des cours à donner. Elle s'amuse à se déguiser en grande dame, elle sait s'apprêter comme peu de femmes : elle a l'expérience de la scène, et elle peut se concocter des coiffures aussi alambiquées que Sissi impératrice, des couronnes de tresses, des chignons Empire, des boucles, des anglaises. Avec sa grâce de danseuse, elle n'a pas de mal à faire bonne impression. C'est-à-dire avant d'ouvrir la bouche. Elle devine sans les entendre les commentaires des pimbêches, des teignes, des vieilles peaux moches comme trente-six cochons, la rassure Antoine quand Catherine pleure dans son giron parce qu'elle se fait humilier à longueur de temps, parce qu'elle n'est pas à sa place, parce qu'elle ne connaît personne, parce qu'elle n'a pas les codes, les références, les bonnes lectures ou les relations. Il corrige ses fautes de français, déjà quand elle arrêtera de dire des fois au lieu de parfois ou quelquefois, ça ira mieux. Et puis elle pourrait lire un peu ? S'éduquer ? Elle ne demande que ça. Elle étudie les rayonnages de sa bibliothèque avec l'attention scrupuleuse d'une femme jalouse qui fait les poches de son mari. Elle s'applique comme elle ne s'est jamais appliquée à l'école, elle assiste à ses conférences à la Sorbonne, elle lui pose mille questions, à lui elle n'a pas honte de dire que de sa vie elle n'a jamais entendu prononcer le nom d'Emmanuel Kant. Il lui explique l'idéalisme transcendantal, il lui raconte l'épisode du morceau de cire de Descartes, il lui apprend ce que veut dire ontologique, il lui parle de métaphysique, d'empirisme, de scepticisme. Et puis il lui présente sa mère, qu'il l'encourage à appeler bonne-maman comme ses petits-enfants, terme hypocoristique dont elle se passerait volontiers pour cette femme à qui il a parlé des plombes au téléphone à Venise, scène dont elle garde un souvenir aussi amer que le coup d'œil écrasant de mépris avec lequel cette pédante l'enterre à leur première rencontre.

Comme sous l'effet d'un mouvement de balancier, la vie de Catherine oscille entre tout bien et tout mal, un univers manichéen qui par vice ou par bêtise ignore la complexité des sentiments, les nuances de la psychologie. Ainsi la famille d'Antoine l'accueille avec autant de froideur et de dédain que la famille de Paul l'avait choyée et chérie. Les enfants du premier lit, dont l'aîné a à peine sept ans de moins qu'elle, la prennent pour une aguicheuse et crient à l'imposture. Ils ont déjà eu assez de mal à accepter la deuxième femme de leur père pour en voir débarquer une nouvelle, encore plus jeune, encore plus belle. Sans parler de bonne-maman, qui jure que son fils est tombé sur la tête, une danseuse de Marseille ! A-t-on idée de se ridiculiser de la sorte ? Cette jeune femme ne peut même pas aligner deux phrases sans faire une faute de grammaire ou déblatérer des énormités plus grosses qu'elle. Enfin voyons, il est temps que son fils reprenne ses esprits, ça n'a pas de sens ! Elle veut bien qu'il ait des goûts éclectiques voire hétéroclites, mais à ce point c'est hérétique. Bonne-maman ne prend pas garde à préserver Catherine de ses discours injurieux, au contraire. Plus Antoine tente de la faire taire, plus elle se sent encouragée à hausser le ton. Elle se moque de ce que pensera cette gourgandine ! Si Antoine refuse de suivre ses conseils, il l'écoute néanmoins patiemment. Catherine constate avec effarement qu'il faut passer voir cette belle-mère acariâtre tous les jours que Dieu fait, une heure au moins, et l'écouter incriminer son plus jeune fils, toujours plein de sollicitude à l'égard de sa vieille mère, sa pauvre mère, et se laisser placidement insulter en prime.

Catherine vivait avec Paul une vie rangée. Leur sexualité se déroulait sans surprise, sans tralalas bizarres, sans demandes gênantes, sans paroles.

Catherine pourrait écrire des romans avec les discours qu'Antoine lui tient au lit. Des romans salaces, certes, mais poétiques aussi, de même que Sade ou Bataille brodent la vulgarité en dentelle fine. Antoine commence par lui acheter des sous-vêtements, elle qui n'a jamais porté de soutien-gorge ! Ces dessous affriolants l'affolent un peu, mais elle aime se mettre en scène, endosser un rôle, alors oui, elle se prend au jeu. Il fait ça par étapes, d'abord les jarretelles, ensuite le cuir, les bandeaux, les fouets, les liens. Elle accepte tout sans réserve, soumise et complice, tour à tour docile ou dominatrice, prête à n'importe quoi pour lui, toute à lui. Elle découvre l'orgasme sous une forme qui seulement quelques mois plus tôt lui aurait paru au minimum improbable. Elle découvre la jouissance et les plaisirs de la chair à travers des repas pantagruéliques, des orgies culinaires après lesquelles les débordements licencieux s'accélèrent.

Antoine est un habitué du Deux plus Deux, un des premiers clubs libertins de Paris, où ses pourboires et sa clientèle fidèle ont scellé son excellente réputation. Catherine débarque avec la candeur d'une vierge. Antoine l'encourage à boire pour se détendre, et au bout de quatre ou cinq cocktails qu'elle avale d'un trait elle se sent plus à l'aise, elle est ivre et désinhibée. Elle va danser, et il serait difficile de ne pas remarquer son corps souple et svelte, son déhanchement cadencé, les mouvements de ses bras graciles comme des ailes de cygne. Elle happe l'attention de la salle – les noceurs se transforment subitement en spectateurs –, un faisceau de lumière se fige sur la moiteur de ses épaules nues dans sa robe bustier. Antoine lui a dit de choisir la fille qui lui plaira, et celle qui s'approche à ce moment-là a de très grands yeux verts, ou vert-de-gris, c'est difficile à dire dans cet éclairage de boîte de nuit. Elle a de longues boucles rousses – à moins que ce ne soit l'effet des filtres orangés sur les spots au-dessus de la piste de danse. Elle l'embrasse à pleine bouche. Le cliquetis de ses incisives tinte jusque dans sa nuque, ses mains contre son dos, entre ses fesses, elle remonte sa cuisse gauche sur sa hanche, elle remonte sa propre robe pour dégager sa jambe, elle glisse son genou contre son sexe. La fille s'emballe, elle déballe les seins de Catherine hors de son bustier pour les lécher, l'un après l'autre. Un attroupement se crée autour d'elles, Catherine sent des mains la toucher par-derrière, elle ne sait pas à qui elles appartiennent, elle a fermé les yeux sous l'effet des palpitations, elle n'a pas senti venir l'orgasme, c'est trop rapide, elle est dépassée, elle est soulevée de terre par la taille, son cœur bat trop vite, le sang ou l'alcool, ou son sang trop plein d'alcool lui monte à la tête, elle jouit encore, elle ne comprend pas d'où, par qui, comment, elle voudrait partir, elle voudrait que ça s'arrête et que ça continue aussi, mais autrement, ailleurs, pas comme ça, pas là. Soudain le parfum d'Antoine contre elle, lui, c'est lui, ouf c'est lui. Elle le tire par la chemise, par le col, elle lui crie dans un soupir qui ressemble à un râle de jouissance qu'elle veut y aller, je t'en supplie, emmène-moi, on s'en va. Antoine accepte sans trop essayer de la faire changer d'avis. Ils en parlent cette nuit-là. Il faut qu'ils se mettent d'accord sur des signaux pour pouvoir communiquer dans ce type de situations. Il va falloir établir des règles.

Au Baromètre, Paul propose à Catherine de partager la garde de Vauban, il pourrait le lui amener à Paris et elle le ramener à Marseille, disons une semaine sur deux ou tous les mois si elle préfère. Mais elle préfère couper les ponts. Et puis elle a assez de la garde partagée de la petite dernière d'Antoine, qui vit avec eux maintenant une semaine sur deux, c'est-à-dire quand sa mère accepte de la reprendre, ce qui n'est pas toujours le cas. Antoine insiste pour que Claude reste habiter avec eux un moment, dans la chambre d'amis, juste temporairement, le temps que la petite s'habitue. Il promet à Catherine qu'il n'y a jamais vraiment rien eu entre eux, il n'a jamais été amoureux d'elle, ça s'est trouvé comme ça, elle était là, et il lui fallait bien une femme pour l'aider à gérer le quotidien et l'enfant, et cætera. Antoine n'a jamais vécu seul. Il s'est marié à dix-neuf ans – lui aussi ! – et a fait quatre enfants dans la foulée. Sa première femme avait à peine un an de plus que lui, ni l'un ni l'autre n'étaient majeurs, et ils ont fondé une famille en étant eux-mêmes encore des mômes. Ils ont tout de suite été infidèles, c'est-à-dire qu'ils n'y connaissaient rien en matière de sexe, alors il fallait bien qu'ils apprennent, et comme ils n'avaient rien à s'apprendre l'un l'autre, il a bien fallu qu'ils aillent voir ailleurs. D'où la relation extraconjugale de laquelle est née une autre enfant. Et puis après les enfants étaient grands, et Antoine est tombé fou amoureux d'une de ses étudiantes. Il a divorcé, il s'est remarié, la petite est née, et voilà, elle sait tout. Tout, façon de parler, le récit ne tient pas exactement en trois phrases ni en une conversation, et sa technique narrative repose principalement sur la digression, mais en résumé ça donne à peu près ça. Pendant ce temps, Antoine fonde une école d'attachés de presse, après avoir étudié la philosophie plus ou moins en dilettante si bien qu'il rate l'agrégation – au grand dam de la matriarche outrée que son fils se lance dans les affaires, un travail de Juifs, enfin de Juifs du Sentier, pas de Juifs comme eux, des intellectuels, des ambassadeurs de la culture française – et après avoir perdu son père, haut fonctionnaire, célèbre historien, décoré de la Légion d'honneur, secrétaire général à la présidence de la République sous Paul Doumer, directeur général des Beaux-Arts avant la guerre, membre du Sénat après la guerre, grand homme à la cheville duquel le pauvre Antoine n'arrivera jamais, bonne-maman est formelle, Antoine est un branquignol à côté de la figure tutélaire qu'est son père. Tant pis. Au moins il a l'argent pour se payer des femmes. Et des femmes il en a, à droite et à gauche, y compris à l'étage de son bureau, y compris sous ses ordres, à sa botte, sous sa coupe, du haut de sa présidence dans son école de filles à papa, ce qui est bien pratique. Catherine n'est pas jalouse tant qu'elle n'a pas de raisons de l'être, c'est-à-dire qu'elle n'est pas phobique de la tromperie, elle n'est pas obsédée par l'idée de se faire cocufier à longueur de journée mais elle aimerait néanmoins qu'ils se mettent d'accord sur deux trois petits points de détail, comme par exemple ce qu'il fait de sa queue quand ils partagent leur couche avec une autre femme. Elle trouve que la moindre des choses est de porter le titre d'officielle, qu'elle ne soit pas la seule et unique, soit, qu'il tire un coup de temps en temps, grand bien lui fasse, mais dans son lit à elle, elle aimerait pouvoir se sentir maîtresse des lieux, et le voir enfiler une autre sous ses yeux, ça non, ça c'est trop. Il s'accommode tant bien que mal de cette règle bancale, qui explose la première nuit que Claude passe hors de la chambre d'amis. Après avoir fait jouir Catherine deux ou trois fois, elle s'assied confortablement sur le sexe d'Antoine qui la reçoit avec enthousiasme avant de se prendre deux mandales, vlan-vlan, et Claude pareil. Vous me refaites jamais ce coup-là, compris ? Ils retiennent la leçon.

Malgré cette altercation, Claude et Catherine deviennent très proches, elles apprennent à se connaître, à s'apprécier, autour de la petite au début. Claude ne veut pas d'enfants, elle n'en a jamais voulu – elle trouve avilissant pour les femmes de se soumettre à la condition d'épouse et de mère, elle préfère être amante, amie, elle-même avant tout. Elle n'a aucune envie de s'occuper de cette mioche, et si elle accepte de rester quelque temps, c'est d'abord par compassion pour Antoine qu'elle voit désespéré par le départ de sa femme, et ensuite pour Catherine qu'elle aime autrement qu'en bonne copine. Bah, se dit Catherine à propos de l'enfant, elle peut bien lui donner cette affection maternelle dont elle déborde sans effort, puisque cet élan est voué à rester en friche, autant lui en faire profiter. Elle a l'expérience des enfants de cet âge grâce à son école de danse où elle a dû faire pas mal de gardiennage en plus de leur apprendre les pas chassés. Et à la vérité elle adore les enfants. Elle adore leur gaieté que l'usure du réel n'a pas encore érodée, leur excentricité spontanée, la fantaisie qu'appellent leurs jeux, plus loufoques, plus abracadabrants, plus rocambolesques ils sont, mieux c'est. Catherine adore inventer des histoires, amuser la gamine en faisant des grimaces, en se déguisant en clown, en jouant les funambules. Guignol, danseuse, saltimbanque, ses jeux font beaucoup rire Antoine aussi dont la jeunesse ne se prêtait pas plus aux pitreries que celle de Catherine, pour des raisons bien différentes mais qui le poursuivent néanmoins tout autant. À défaut de trouver une famille accueillante, elle se reconstitue un noyau dur.

Claude rappelle à Catherine sa Nini. Peut-être si Nini n'avait pas été si raisonnable ou si Nini avait aimé les femmes et Catherine avait admis son attirance, elles auraient été amantes. Mais il lui fallait un homme pour déclarer sa passion envers son propre sexe, il lui fallait un médiateur, à travers lequel elle pouvait se convaincre qu'elle n'était pas lesbienne. Non vraiment elle n'aime les femmes que par le biais d'un mâle, pour son plaisir à lui, pour le séduire. Antoine lui permet de découvrir un penchant qui altère son identité. Elle aime les femmes – c'est-à-dire les partenaires qu'ils dégotent au débotté au Deux plus Deux ou chez Castel – et puis elle aime Claude. Claude n'est pas juste une de ces filles avec qui ils passent la nuit, Claude vit là une partie du temps, Claude a des soubresauts de jalousie, Claude écoute Catherine lui raconter son enfance, son passé, Claude l'aide à appréhender posément ce qu'Antoine lui enseigne dans un embrouillamini d'anecdotes, de références obscures, de façon toute heuristique au gré de ses associations d'idées, des caprices de sa docte pensée. Claude devient non seulement sa maîtresse, mais sa meilleure amie, sa confidente, sa fidèle.

C'est mieux que tu aies perdu ta virginité avec un quidam. C'est toujours moche la première fois. Je préfère savoir que de moi tu n'auras jamais connu la souffrance, que la volupté. Claude ne demande pas à Catherine de choisir, pas tout de suite, elle est patiente, elle attend le bon moment. Elle reconnaît en Catherine l'âme d'une artiste, elle encourage son ambition, sa fougue, sa créativité débordante. Elle lui fait promettre de ne jamais suivre les conseils de personne, pas même les siens. Vis ta vie comme tu l'entends, fais-toi confiance. Claude la pousse à lire, des femmes surtout, mais aussi les grands auteurs juifs, pressentant à travers les récits désordonnés de son amante combien la religion de son père compte pour elle, parce que son père n'existe plus que dans le portrait de sa judéité. Catherine ne raconte jamais ce qui est arrivé entre eux. À personne. Jamais. Claude joue avec elle des scènes de théâtre, elle lui récite des poèmes, lui lit des passages de Nathalie Sarraute ; elle lui explique la pensée d'Hannah Arendt, de Simone Veil. Elle lui offre une jolie édition reliée de *Vingt-quatre heures de la vie d'une femme* qu'elle a trouvée sur les quais. À sa manière discrète et pudique, elle en fait une occasion pour l'encourager à sauter le pas. Sur la page de garde, en guise de dédicace, elle écrit : À ma Catherine. Méfie-toi de la modération comme d'autres se méfient de l'excès. La prudence et les conventions sont les plus dangereux adversaires de ton succès et de ton bonheur. Claude ne va pas se satisfaire toute la vie que la femme qu'elle aime en aime un autre, qui se fout de sa gueule par-dessus le marché. Toutefois à chaque jour suffit sa peine et elle commence par tisser entre elles un lien indissoluble. Elle tâche de son mieux de la conquérir, absolument, éperdument. Elle lui promet qu'elle ne lui imposera jamais le joug de la domination masculine, qu'entre elles les brides n'existeront pas. L'avidité avec laquelle leurs corps se possèdent confond Catherine, conforte Claude. Comment éconduire la seule personne qui la prend enfin au sérieux, la seule qui s'intéresse à son intelligence, reconnaît ses talents ? Ne crains rien, aime-moi, lui chuchote Claude en la tirant vers elle par la ceinture de son jean. Aime-moi, ma douce, aime-moi, lui répète-t-elle, les ongles le long de ses côtes, ouvrant d'une main la braguette du vieux Lee Cooper des après-midi sans contraintes. Elle retrousse son jean sous ses fesses comme on dépèce un animal, d'un coup sec. L'espace entre ses jambes s'écarte et se dilate, une fente humide comme l'intérieur d'une plaie, qui s'empourpre, se boursoufle, qui fait gémir quand on y met les doigts. La moiteur de son sexe, son arôme sur et sucré se mélangent sur sa langue au goût des longs cheveux de Claude. Sa bouche assoiffée de ses baisers se remplit de mèches brunes et rebelles, épaisses comme du crin. Catherine égarée dans la pâmoison du plaisir se contorsionne, la couleur du jour dissoute derrière les convulsions de ses cils. Le rut du mâle dont Claude ne cesse de faire le procès ne l'assujettit pas davantage, mais autrement. Non, oui, peut-être, plus tard, on verra, non, oui, je ne sais pas, oui, bien sûr, je t'aime. Que d'atermoiements lui accorde Claude. Elle lui passe tout. Elle l'adore. Elle n'a d'autre choix que d'attendre.

Antoine et Catherine ne vivent à Paris qu'une partie du temps, quand ils ne sont pas en voyage ou en vacances ou en week-end à la campagne. À chaque départ, Catherine se souvient de la scène de leur rencontre à Orly en préparant les bagages – toujours des quantités invraisemblables de sacs et de valises, remplis de vêtements qu'ils ne mettront pas, de livres qu'ils ne liront jamais, de vivres au cas où on manquerait, de magazines obsolètes. Elle se fait sans arrêt reprocher de ne pas ranger assez vite ou assez bien, de ne pas savoir fermer une valise correctement, d'avoir oublié quelque chose, de ne pas être assez efficace. Catherine n'est pas du genre à se laisser longtemps piétiner, et à ce jeu-là, s'il continue à la courir comme ça, il va se démerder tout seul avec ses valises, et d'ailleurs, tiens, entonne-t-elle en commençant à bordéliser elle-même ce qu'elle s'était fatiguée à plier proprement, déballant le contenu des bagages à bras raccourcis, tiens, tu n'as qu'à t'en occuper de tes valises ! Sur ces entrefaites, ils partent passer le week-end dans la maison de campagne de bonne-maman, c'est-à-dire la maison de feu son brave père, ancien maire du village, personnalité légendaire, maison dans laquelle les grands enfants et leurs compagnes et les vieux amis de la famille se retrouvent autour d'une table que dresse Catherine avec prévenance et empressement. Catherine aime jouer les maîtresses de maison, bien que personne ne lui en donne le titre, elle se retrouve à faire la popote et mettre le couvert et desservir et personne ne s'en plaint mais personne ne la remercie non plus, on se contente de l'ignorer. Catherine se dit qu'elle finira par les conquérir à la longue, elle les aura à l'usure. Ou pas. Parce que la situation dure. En été, le scénario se décline à peu près de la même manière sur les côtes bretonnes où Antoine a passé toutes ses vacances depuis son plus jeune âge, un lieu de villégiature si bien fréquenté – entre autres par des chercheurs, dont plusieurs Prix Nobel, des peintres, des romanciers, des musiciens, des philosophes – qu'un article publié avant-guerre dans *Match* rebaptisait la région Sorbonne-Plage. Le reste du temps ils prennent des avions pour des destinations prisées où Antoine est invité à participer à des colloques ou donner des conférences ou monter des affaires. À Londres, ils descendent au Park Lane, à Athènes au Grande-Bretagne, à New York au Pierre, à Séville à l'Alfonso XIII, à Francfort au Hessischer Hof, à Bologne au Baglioni, à Cannes au Majestic, à Saint-Paul-de-Vence au Mas d'Artigny… Les hôtels finissent par tous se ressembler un peu, ils n'en sortent que pour faire du shopping ou se rendre là où Antoine est attendu. Le tourisme l'emmerde, et s'il encourage Catherine à aller au musée, c'est toujours de mauvaise grâce, elle sent bien qu'il préfère qu'elle l'attende, qu'elle soit à sa disposition, alors elle fume des cigarettes à la fenêtre pendant qu'il parle au téléphone. Ils collectionnent les peignoirs, les cendriers, le papier à en-tête, et autres babioles qu'Antoine ne peut s'empêcher de piquer au passage. Catherine le regarde éberluée la première fois qu'elle découvre ce tic qui lui ressemble tant qu'elle ne peut pas le croire : On a le droit de prendre tout ça ? Bof, on peut s'arroger certains droits. De même Catherine constate l'habitude surprenante qu'Antoine a de faucher des blocs d'ordonnances lors de visites de routine ou d'appels en urgence à SOS Médecins car il s'inquiète souvent d'être au bord de l'infarctus, qu'un mal de tête ne cache une attaque d'anévrisme. Son hypocondrie est à la hauteur de ses crises d'hystérie. Aussi, que Catherine ait un grain n'est pas pour lui déplaire : ils sont faits pour s'entendre tant que leur folie douce s'en tient à un erg, un paysage changeant au gré des vents contraires, où les dunes forment une variété inlassable. Mais Catherine a un terrain fragile et leur rencontre est marquée par une série de tragédies dignes des héros de l'Antiquité.

Il y a eu le suicide du frère aîné, un suicide dont les raisons semblent aussi troubles que les problèmes psychologiques qu'on imagine précéder un tel geste. Suicidé au gaz et aux barbituriques, les deux, pour être sûr de ne pas se louper. À peine entrée dans la vie d'Antoine depuis quelques semaines, les drames s'accumulent : le fils aîné a un grave accident de voiture, il s'est fait percuter par un poids lourd sur l'autoroute, sa voiture ratatinée et lui écrabouillé.

Catherine est chargée de le retrouver à l'arrivée de l'ambulance, elle est la seule à le voir dans l'état où il a été trouvé, c'est-à-dire en bouillie. Il survit quelques jours dans un coma aveugle et muet; on ne sait pas s'il entend ses parents lui dire qu'ils l'aiment, l'implorer de lutter. Il a vingt-cinq ans. Il meurt sans avoir rouvert les yeux. Catherine ne sait pas comment consoler un père de cette douleur impensable; elle lui pardonne d'autant plus ses écarts qu'elle imagine Antoine en deuil longtemps, elle imagine la mort de son fils continuer de le hanter. Quelques mois plus tard la fille de son frère suicidé se jette de la tour Eiffel. Cette fois Antoine est chargé de reconnaître le corps à la morgue. Bonne-maman n'avait pas voulu que sa petite-fille soit internée, ce n'était pas pensable de la mettre chez les fous. Catherine ne peut pas ne pas se rappeler ses propres tentatives de suicide, son séjour à Épinay, à Nogent, le lithium, les traitements barbares auxquels elle a été soumise enfant, jeune fille, jeune femme. Elle confond les séjours à l'hôpital, elle confond les souvenirs de sa petite enfance avec ceux en maison de repos. Le cauchemar qu'elle ne faisait plus depuis des années la rattrape sans crier gare. Des hommes en blouse blanche l'attachent à un établi en métal, une table de chirurgie peut-être; ils l'attachent avec des sangles, ils lui font mal, elle ne voit pas leur visage, elle ne sait pas qui ils sont, ils ne sont pas médecins après tout, ce sont des imposteurs, ils ne veulent que la torturer. Prise de panique, elle s'aperçoit qu'elle ne peut pas bouger, elle est paralysée, les médecins ou les hommes en blanc ont disparu, mais tout à coup apparaissent des tronçons de corps, des jambes sans torse, des têtes coupées, qui déambulent autour d'elle et l'encerclent en un manège sanglant, ils l'assiègent en une atroce danse macabre. Elle commence à se faire une idée de ce qui l'attend, elle entend des bruits de ferraille, des bruits de scie, elle hurle, elle essaie de se débattre mais elle est paralysée. Catherine se réveille un matin réellement paralysée. Elle doit être hospitalisée. C'est nerveux.

Antoine demande à Jacqueline – évidemment Catherine lui a présenté sa mère, qu'Antoine a hésité à draguer – s'il est déjà arrivé à sa fille de se retrouver dans un état pareil. Oui, non, un peu, pas vraiment, la paralysie non, ça elle ne nous l'avait jamais fait. Elle lui dit que sa première tentative de suicide à ses sept ans, enfin, c'est comme ça que les médecins en parlaient par la suite, c'était pas clair, elle cherchait toujours les histoires, c'était une petite à problèmes, toujours des problèmes. Sept ans ! répond Antoine horrifié, lui qui pensait son frère aîné en avance avec la sienne à treize. Sept ans ! Mais comment est-ce possible ? Catherine lui a raconté dans les grandes lignes son enfance martyre. Il l'a écoutée avec componction : il n'en a jamais saisi la gravité. Elle reste trois semaines en clinique, en cure de sommeil, sous anxiolytiques, antidépresseurs et somnifères. Claude passe des après-midi entiers à son chevet, à lui tenir la main. Nini vient aussi parfois. Elles se sont retrouvées quand Catherine est rentrée à Paris, mais Nini est loin du faste, elle mène une vie simple, avec un salaire d'institutrice, et un mari chef de chantier à Montreuil ; elle ne comprend pas bien les choix de Catherine, elle ne la reconnaît pas dans ces allures de grande bourgeoise, mais bon, elle l'aime comme elle est, elle ne cherche pas, elle lui a dit ce qu'elle en pensait dès le départ. Puis un jour, comme par miracle, Catherine est remise. Elle n'a qu'un souvenir très vague des semaines qui viennent de s'écouler. Elle rentre avenue de Friedland, où sa folle vie de luxe et de luxure reprend son cours.

Les extravagances de Catherine commencent à frapper Antoine qui jusque-là n'avait pas vraiment percuté. Certes il pique des bricoles dans les hôtels, parfois dans les restaurants, il y a les ordonnances de médecin, mais tout ça ce sont des choses auxquelles il a plus ou moins l'impression d'avoir droit, il ne vole pas vraiment. Un jour en virée sur la Côte d'Azur, comme ils s'arrêtent faire des courses chez Saint Laurent, Catherine ressort du magasin un sourire en coin. Qu'est-ce que tu as ? lui demande Antoine plusieurs rues plus loin, une fois qu'ils sont remontés dans leur décapotable de location. Regarde ! s'écrie Catherine en soulevant la robe qu'il vient de lui offrir : une, deux, trois, quatre ! Quatre épaisseurs de robes qu'elle a chapardées dans la cabine d'essayage. Mais t'es complètement cinglée ? Cette femme est folle à lier, j'aurais pu te les offrir ! Quelle humiliation, impossible de retourner dans ce magasin maintenant, quelle honte, se rend-elle compte ? Catherine ne voit pas le mal, lui ne voit pas le rapport avec ses propres petites lubies de kleptomane amateur, et puis c'est drôle, enfin ! Pense à la tête de la vendeuse, c'est drôle, non ? Antoine ne trouve pas ça drôle du tout. Quand il en va de sa réputation il perd le sens de l'humour. Mais il vit dans cette contradiction permanente d'avoir choisi une roturière pour l'aider à briguer les plus hauts offices, la gloire, le respect de ses pairs, or Catherine ne l'aide pas à se faire une place à la table des ministres, des universitaires ou des académiciens guindés dont il convoite la compagnie et le soutien pour peut-être un jour se faire élire à l'Institut ou se voir offrir une chaire au Collège de France. Il rêve de cette rosette rouge sur canapé or que son père arborait à sa boutonnière, son père, ancien combattant de la Première Guerre mondiale dans l'aéronautique, croix de guerre, élevé à la dignité de grand off' de la Légion d'honneur évidemment, le *must*, le summum, le reste, soyons clairs, à part le mérite qui se respecte et les décorations militaires qui ne comptent pas, c'est de la merde. Antoine a écrit des livres, dont des manuels scolaires qui se sont vendus à des centaines de milliers d'exemplaires – ce qui nuit gravement à sa réputation, le succès populaire est très mal vu chez les intellectuels français –, il a fait des études correctes, il est, après tout, le fils de son père, il aurait pu devenir haut fonctionnaire, mais il a choisi les affaires, il a choisi l'argent, il n'a pas eu l'agrégation, il n'a pas fait de grande école, il a brûlé les étapes nécessaires à ce type de consécration. Et pour couronner le tout, Antoine n'a jamais aimé que des filles tirées du ruisseau ! s'indigne bonne-maman. Catherine a pour elle cette beauté qui surpasse la fortune, l'éducation ou même la bienséance, cette beauté aveuglante qui fait fermer les yeux sur bien des incartades, cette beauté qui sert d'excuse, une beauté si hors du commun qu'on lui pardonnerait presque son inconvenance. Presque. Mais Catherine va trop loin. À un de ces dîners importants où Antoine lui fait promettre de bien se tenir, de ne pas trop boire – elle prend vite l'habitude du champagne et des grands vins –, elle répond à un connard qui lui fait remarquer que quand on a la chance comme elle de ne pas paraître juive, on s'en flatte en silence, et on ne le dit pas à voix haute, elle répond : Ah bon, quand ça ne se voit pas on ne le dit pas ? Et celui-là, tu l'as vu ? et elle lui balance son verre de vin rouge à travers la table ronde, un geste accueilli par le charivari des convives et le regard tétanisé d'Antoine qui ne sait plus où se mettre, qui espérait qu'on ait oublié qu'ils sont ensemble avant qu'elle ne lui hurle, le fixant droit dans les yeux, qu'elle ne restera pas une seconde de plus, que si lui accepte de jouer les Juifs honteux pour décrocher des hochets, grand bien lui fasse, elle, elle se taille.

Leurs engueulades commencent à prendre des proportions épiques au bout d'à peine deux ans de vie commune. La rivalité s'est installée entre Claude et Antoine, et s'il ne l'a pas exactement chassée, elle a compris qu'elle n'était plus la bienvenue. Claude essaie de convaincre Catherine de venir s'installer avec elle. Catherine pourrait recommencer à enseigner la danse – elle avait pris un poste au conservatoire de Sèvres en s'installant à Paris, mais Antoine s'énervait que son emploi du temps la rendait trop indisponible alors elle y a renoncé après quelques mois –, elle pourrait enfin monter une compagnie, reprendre la chorégraphie. Claude est journaliste, et si son travail n'est pas terriblement lucratif, elle vit de sa plume, elles vivront correctement. Catherine ne s'identifie pas en lesbienne, mais faut-il qu'aimer une femme porte un nom ? Elle est rassurée avec Claude, un peu comme avec Paul. Catherine se retrouve à nouveau prise en étau entre ces deux amours : aimée, elle se sent briller comme une coupole au soleil, scintillante sous les phares d'une tendresse aveuglante qui rend l'autre invisible ; aimante, elle se pâme sous la voûte de sa passion, sa flamme un pinceau d'or avec lequel elle n'a de cesse de repeindre sa chapelle. Elle hésite, son cœur balance, elle vacille. Et puis Noël arrive, leur deuxième Noël, et Catherine qui adore les cadeaux, Catherine qui garde un souvenir détestable du lèche-vitrines que sa mère l'emmenait faire au moment des fêtes, dehors dans le froid, au milieu de la cohue, avec tous ces gens qui les bousculaient leurs sacs remplis de jouets, de vêtements dernier cri, alors qu'elles devaient se contenter de regarder le spectacle devant les vitres embuées du Printemps ou des Galeries Lafayette, où elles allaient en métro depuis Montreuil, Catherine fait des courses de Noël pour la petite, elle dévalise les boutiques avec la Jaguar dont elle remplit le coffre et la banquette arrière. Elle passe une semaine entière à décorer le sapin dans le salon de l'avenue de Friedland et à installer des guirlandes dans la chambre d'enfant, Catherine prépare le plus beau Noël de tous les temps. La petite a eu cinq ans, et elle chante à tue-tête à qui veut l'entendre que Catherine lui prépare le plus beau Noël des toucans, et des Catherine par-ci et des Catherine par-là. Et la mère en a sa claque de Catherine, on verra qui prépare le plus beau Noël ! C'est sa fille, qu'elle sache ! Et elle qui l'a laissée chez son père des mois entiers, maintenant qu'elle s'est confortablement installée avec son nouveau mec, et son nouveau couple peut assumer sa fille après tout, elle la reprend, à plein temps, et non elle ne verra pas son père pour Noël, elle l'emmène aux sports d'hiver ou chez sa grand-mère, bref Catherine et Antoine se passeront d'elle pour les fêtes. Catherine en fait une maladie. Antoine essaie de la calmer, de lui dire qu'ils partiront en voyage au lieu de ça, mais Catherine s'en fout de voyager, elle voulait vivre ce Noël en famille, ensemble, et elle se morfond sous la couette des jours entiers, elle ne sort plus de son lit, elle est abattue. Antoine commence à s'angoisser qu'elle lui refasse le coup de la paralysie mais non, c'est différent cette fois, elle dit qu'elle est à bout de forces, et elle pleure, elle pleure, elle ne peut plus s'arrêter de pleurer. Antoine ne supporte pas de la voir comme ça, il se met à pleurer aussi, il ne sait pas comment la distraire, il n'ira pas travailler si elle veut mais alors il passera ses journées pendu au téléphone, c'est pire ! Elle gémit dans son mouchoir dégoulinant de morve. Et puis elle qui a si bon appétit d'habitude ne veut plus rien manger, même pas les choucroutes qu'il lui fait livrer de la Brasserie Lipp, même pas la salade de crevettes de Lenôtre qu'elle aime tant, même pas les macarons citron de Dalloyau auxquels elle ne résiste jamais. Non ce n'est pas du tout normal de se sentir aussi patraque. Elle a la nausée en permanence, et Antoine lui dit qu'il faut faire un test de grossesse. Elle lui assure qu'elle ne peut pas être enceinte, mais il la convainc, ça ne coûte rien, il lui apporte un paquet de tests Predictor, vendus librement en pharmacie depuis peu. Et patatras ! Elle est enceinte. Non ! Mais si. C'est impossible, ces tests ne sont pas fiables. Elle force Antoine à en faire un aussi pour lui prouver combien c'est impossible. Non, Antoine n'est pas enceinte. Elle si. Et merde. On ne fait pas un enfant dans ces circonstances, lui dit Nini, la voix de la sagesse. Bien sûr elle a raison, ils ont déjà assez de mal comme ça à tenir la route, ce n'est pas un moutard qui va arranger les choses.

Antoine lui a offert un chien après qu'elle a emménagé, un autre caniche pour remplacer Vauban dont elle disait qu'il lui manquait ; il a disparu au bout de quelques mois, elle l'a oublié, attaché devant un magasin, elle ne s'est souvenue de lui que des heures plus tard et quelqu'un a dû le prendre, mais c'est dingue quand même de voler un chien ! Qu'adviendrait-il d'un bébé dans ce gigantesque bordel ? Catherine imagine l'enfant d'Antoine grandir en elle, elle s'imagine devenir maman, cette fois elle l'imagine, elle le conçoit. Comme si l'absence de la petite lui avait fait sentir la présence de cet élan en elle, elle ressent pour la première fois la possibilité d'accéder au graal de la maternité. Et elle croit à un signe du destin, à un signe improbable : oui, une force au-dessus d'elle en a décidé ainsi. Elle gardera l'enfant. Le bébé est prévu pour l'été 1977. Elle aura trente ans. Elle est prête.

Catherine annonce la nouvelle à Paul, qui espérait toujours que sa femme lui revienne. Il demande le divorce ; elle dit : Soit. Claude le prend aussi mal si ce n'est plus. Fais ton gosse sans moi ! C'est la pire connerie de ta vie, ma pauvre chérie ! Tu vas finir comme toutes ces femmes entretenues qui ne vivent que par procuration, en sursis. Tu peux dire adieu à tes rêves de création. Tu signes ton arrêt de mort, ton annihilation. À compter de la naissance de ton môme, écoute-moi bien, tu ne seras plus rien. Elle dit : Soit. Elle fait celle qui n'entend pas. La jalousie l'a rendue cruelle, sa douce Claude. Tant pis. Elle a fait son choix. Les grands enfants d'Antoine crient au scandale, tollé général, là c'est la cerise sur le gâteau, leur père va avoir quarante-huit ans, eux sont en âge de lui donner des petits-enfants, il devrait se préparer à devenir grand-père, il n'a plus l'âge d'être père. Ils le convoquent à un conseil de famille, avec leur mère qui bien entendu leur donne raison, et bonne-maman qui préside à la table et déclare, emphatique : Il faut la faire avorter. L'IVG est enfin légale, la loi Veil n'est pas pour les chiens, n'est-ce pas ? Antoine s'écrase ; les siens l'accusent de les couvrir d'opprobre, de les spolier, d'être irresponsable. Il ne moufte pas. Il dit : Bon, bon. Il n'en pense pas moins. Ses gamins se font monter le bourrichon par leur mère et leur grand-mère, qu'elle ne s'inquiète de rien, ça leur passera avant que ça ne le prenne. Le bon sens est la chose du monde la mieux partagée, lui dit-il, citant Descartes. Laisse donc. Je ne vais quand même pas leur demander la permission de baiser ? Les ex-femmes se liguent contre Catherine, la dernière en particulier, qui ne supporte pas d'avoir été remplacée. On croirait qu'elle a commis un crime à voir l'atmosphère de vendetta qui s'installe dans les rangs. Elle a cru nous coiffer au poteau celle-là, tiens ! L'ambiance à la campagne est pour le moins tendue. Les grands enfants voient bien que leur père les prend pour des cons : Catherine est toujours enceinte, Catherine s'arrondit. Si c'est comme ça, Antoine et Catherine resteront à Paris. L'obstétricien qu'elle consulte lui assure qu'elle n'avait aucune raison de croire qu'elle ne pouvait pas avoir d'enfant. C'est d'ailleurs surprenant que sans moyen de contraception elle ne soit pas tombée enceinte plus tôt ! Ce n'est pas tellement surprenant compte tenu de leurs pratiques sexuelles, mais elle se garde bien de raconter sa vie au médecin. Elle demande si elle est vraiment obligée d'arrêter de fumer. Elle est tellement accro à ses Rothmans Rouge, rien que l'idée de ne plus fumer l'oppresse terriblement, elle pense qu'elle aurait peut-être besoin d'un petit traitement pour s'arrêter, des anxiolytiques ou des calmants. Elle explique un peu ses antécédents. Mais n'arrêtez pas, madame ! la rassure le gentil docteur, complaisant. Réduisez seulement, pas plus de cinq cigarettes par jour et le bébé ne s'en portera pas plus mal. La seule chose c'est que les mères qui fument font de plus petits bébés ; et si vous accouchez par voie basse, vous ne vous en porterez pas plus mal non plus ! Et l'alcool ? Pareil, sans excès, un ou deux verres de vin n'ont jamais tué personne. Et les médicaments ? Faites comme d'habitude, profitez surtout, le plus important pour le bébé est que sa mère aille bien. Il faut que vous profitiez de votre grossesse. On n'est pas enceinte toute la vie, il faut que ce soit une joie ! Catherine dont la vie quand elle était petite a été placée entre les mains de la médecine écoute le docteur religieusement, et suit ses conseils à la lettre. Ou presque. Antoine continue de vouloir sortir beaucoup, et elle boit moins, mais elle boit pas mal. Et si elle arrive à s'en tenir à moins de deux paquets par jour, il est rare qu'elle fume beaucoup moins d'un paquet. Cependant elle profite. Alors que sa mère avait observé son corps se transformer avec horreur, Catherine admire le sien avec volupté, elle en est fière, elle s'en étonne, elle s'en délecte. Elle n'a jamais été si grosse. Arrivée au sixième mois, elle surprend le reflet de ses fesses dans le miroir en sortant de la salle de bains un matin, et pensant plaire à Antoine qui se plaignait parfois, pour la charrier surtout, de son tout petit cul de blondinette, lui qui rêvait d'une brune piquante au bassin méridional, elle se plante devant lui et lui demande si ça lui va comme bassin méridional. Rien à voir, mais ça lui va ! Il adore sa grossesse, sa rotonde silhouette, sa féconde matrice l'émeut chaque jour un peu plus. C'est scandaleux d'aimer autant le corps d'une femme enceinte, mais elle est scandaleusement belle, il ne peut s'empêcher de la mordre, de la dévorer. Je suis sûre que tu mens ! Tu ne m'aimes pas tant que ça, et Dieu sait si tu en as vu des femmes enceintes. Pas comme ça. Pas comme toi. Menteur ! Et même qui mentirait / Comme Ésope et comme Homère, / Un vrai menteur ne serait. / Le doux charme de maint songe / Par leur bel art inventé, / Sous les habits du mensonge / Nous offre la vérité. Salaud ! Non, La Fontaine ! Elle rit. Ils rient. Ils sont heureux. Tout le monde jure qu'ils sont fous. Cet enfant finalement attise ce brasier, tout feu tout flamme.

À l'échographie le médecin accoucheur leur annonce qu'ils attendent un garçon. Ils se réjouissent, Antoine s'en fout, mais c'est parfait un garçon. Pour Catherine c'est bien que ce ne soit pas une fille, pas comme sa mère, oui c'est mieux un garçon. Pour la première fois, pour son septième enfant, Antoine assiste aux cours de préparation à l'accouchement, il aide sa femme à s'entraîner aux techniques de Lamaze, il respire avec elle, il lui tient la main. Elle accouchera à la clinique du Belvédère, la plus chic de la région parisienne, à Boulogne-Billancourt. Le bébé est prévu fin juin. Ils passeront l'été d'abord à la campagne puis en Bretagne. La famille a été contrainte d'accepter la situation. Antoine photographie Catherine sous toutes les coutures, nue, habillée, debout, de profil, assise, allongée. Il achète presque autant de cartouches de Polaroid que de cigarettes au Drugstore des Champs-Élysées où il passe se ravitailler le dimanche soir. Il porte son SX-70 greffé au visage comme un cache-œil de pirate, et il en crache une quantité de clichés complètement démentielle, une explosion de postillons projetés de la bouche d'un corsaire furieux. Les séances photo ne datent pas de la grossesse, elles ont tout de suite fait partie de leurs jeux : les poses, les mises en scène de strip-tease, la pornographie. Par la médiation de l'objectif, il peut lui demander des choses qu'il n'oserait pas lui dire en face, et par le biais de l'image le fantasme se démultiplie, s'amplifie non seulement visuellement mais symboliquement, le fantasme en image se fait allégorie. Sous le regard exalté d'Antoine, Catherine se métamorphose en métaphore ; elle est la concupiscence faite femme. D'ailleurs son embonpoint n'en témoigne-t-il pas assez ? Sa gestation n'est-elle pas aussi la preuve de sa virilité ?

Catherine enceinte de neuf mois n'est pas du genre à geindre. Elle continue à courir les boîtes de nuit et enfiler ses chaussettes à son chéri qui ne peut rien faire tout seul, pauvre génie assisté qu'il est. Elle le coiffe, elle le rase, elle s'accroupit, son énorme ventre affaissé entre ses jambes fléchies, pour accéder à ses désirs qu'ils soient lubriques ou pratiques, peu importe ; elle est heureuse, non elle est fière d'être son esclave. Il s'inquiète beaucoup qu'elle ne mange pas assez, et elle a beau lui montrer la circonférence de ses cuisses pour le convaincre qu'elle n'est pas près de dépérir, il lui demande en pleine nuit si elle n'a pas une petite faim, une envie particulière, une envie de femme enceinte à laquelle il pourrait s'empresser de répondre. Bof, oui, pourquoi pas une choucroute ? Oui ! Une choucroute ! À quatre heures du matin, qu'à cela ne tienne ! Catherine ne redoute ni l'accouchement ni la venue de l'enfant, elle est bien, elle n'a aucune appréhension. La douleur physique ne lui a jamais fait peur, au contraire, elle la rassure. La douleur revêt un caractère nostalgique. La grâce et la souffrance sont pour elle inextricablement liées, cette sensation de meurtrissure de la chair lui semble inséparable du sentiment d'être pleinement en vie. Son corps ne lui appartient plus, il est à lui et leur enfant, l'afflux de sang qui le parcourt la rend incontinente, les dernières barrières qui se dressaient encore devant l'immodeste champ du fantasme dégringolent. Elle n'a peur de rien, elle peut tout pour lui, pour eux, elle est invincible.

Elle accouche finalement avec douze jours de retard. Elle ne veut pas de césarienne, non, ça non, elle ne peut pas imaginer qu'un médecin la coupe en deux et lui vole son enfant, elle ne se laissera pas faire. Alors elle attend, jusqu'au jour où le médecin lui dit qu'on n'attend plus, et là comme par miracle elle perd les eaux. Elle passe trente-six heures dans des contorsions de douleur si affolantes qu'Antoine en sanglote. Il n'a jamais assisté à aucun accouchement. Il ne veut pas quitter sa Catherine, il ne peut supporter l'idée de ne pas être auprès d'elle, alors il la couvre de petits pschitt intempestifs avec son brumisateur d'eau thermale, pour la rafraîchir. Ça te fait du bien ? lui demande-t-il avec sollicitude. Elle ne répond que par des râles incompréhensibles, mais elle secoue la tête, alors il persévère. Il lui fait boire de grandes lampées de whisky, il essaie de la masser mais il ne sait pas faire, il est si maladroit, finalement elle le supplie d'arrêter, tout, les caresses et le pschitt, je t'en supplie, ne me touche pas, elle est au supplice. Tout le monde attend jusqu'au moment où le médecin dit qu'on n'attend plus et le bébé s'engage, ça y est, elle va y arriver, je veux faire naître mon bébé, s'écrie-t-elle comme une damnée dont la rédemption en dépend. Son bébé traverse son corps et le cisaille tout du long, son bébé est une fille qu'on lui pose sur le sein, et si la surprise de ne pas avoir accouché d'un garçon la fait douter l'espace d'une fraction de seconde, elle devient mère l'instant d'après, absolument, elle s'abandonne à l'adoration de son enfant, et ses larmes et son lait s'écoulent du même aqueduc, le canal du don de soi. Ils se regardent tous les deux, les parents, ils se regardent et ils sont si fiers, ils ont fabriqué une petite fille magnifique. Comment elle va s'appeler ? demandent les infirmières. Alors ça ! Aucune idée. Catherine dit qu'elle a des yeux si profonds qu'elle en oublie qu'elle vient de naître, elle croirait la connaître depuis toujours, c'est comme si elle perdait la mémoire. Elsa, dit Antoine. Les yeux d'Elsa. C'est beau Elsa. Oui, Elsa. Jacqueline vient rencontrer sa petite-fille et Catherine est surprise de la voir s'attendrir autant devant sa création. Elle lui découvre une affection qu'elle ne soupçonnait pas, elle en pleurerait si l'orgueil ne la forçait à retenir ses larmes devant sa mère. Elle promet à Henri qu'il sera son seul grand-père. D'ailleurs elle n'a pas revu Serge depuis qu'elle est revenue à Paris. Comme si Antoine l'avait sevrée de la présence de son père dans sa vie. Au moment de sa séparation d'avec Paul, sa mère lui avait dit :

Bah ça valait bien la peine de te payer un si beau mariage ! Le bébé lui cloue le bec. Elle est émue, juste émue. Enfin quand même elle dit qu'Antoine ferait bien de l'épouser. Quand même.

Antoine n'est toujours pas légalement séparé : pour emmerder le monde, son ex-femme, très heureuse dans son nouveau ménage mais pas pressée pour autant de se remarier, refuse le divorce. Reconnaître un enfant hors mariage n'est pas mission impossible comme dans les années 1950 quand il en a fait pour la première fois l'expérience, mais ça reste coton. Catherine ne se préoccupe de rien, elle s'occupe de ses seins qui débordent, qui fuient dans son corsage, de son bébé qui tète, de manger et dormir et caresser le duvet blond sur le crâne de son petit ange. À la campagne pour le mois de juillet, bonne-maman les accueille avec répugnance, et s'adonne librement aux persiflages les plus abjects. Ah oui elle est magnifique cette petite, tellement belle on se demande de qui elle est la fille. Oui ça oui elle ressemble à Catherine, mais pas à toi, c'est curieux, non, qu'elle te ressemble si peu ? Bonne-maman tente par tous les moyens de le convaincre de ne pas la reconnaître, après tout qu'est-ce qui lui prouve qu'elle est bien de lui ? Mieux vaut entendre ça que d'être sourd ! Catherine n'écoute pas, elle se barricade dans sa chambre auprès de son bébé, prétextant la pluie ou trop de soleil pour rester enfermée. Pendant les longues heures de sieste, elle lit des livres de psychologie de l'enfance : Françoise Dolto, évidemment, et aussi Fitzhugh Dodson, le psychologue américain dont le best-seller mondial, *Tout se joue avant 6 ans*, est sorti quelques années plus tôt. Catherine lit distraitement, au milieu d'un paragraphe elle se penche au-dessus du berceau pour admirer sa fille, sa beauté la surprend chaque fois un peu plus. Le titre du livre l'a interpellée. Si tout se joue vraiment avant six ans, pour elle c'était foutu d'avance, se dit-elle. Elle se dit aussi qu'elle ne va pas reproduire le schéma de sa mère, qu'elle fera tout différemment, qu'elle prendra le contre-pied sur toute la ligne, et elle se dit déjà qu'il va falloir qu'elle ait un deuxième enfant, parce que fille unique elle sait ce que ça fait et elle n'en veut pas pour Elsa.

L'été se passe couci-couça. L'ambiance est pour le moins chaotique dans la famille, mais Catherine ne se laisse pas éclabousser, elle est dans le lait et les couches jusqu'au cou, et sa tête est ailleurs, dans les yeux d'Elsa. Et puis vient la rentrée et Antoine a prévu une tournée de conférences aux États-Unis où il n'est pas question qu'elle ne l'accompagne pas. Leur fille restera en garde chez ses grands-parents, avec une nounou pour les aider parce qu'ils travaillent, eux, et Jacqueline, contrairement à sa fille, n'a pas cédé son école de danse à une copine sur un coup de tête. Catherine pleure beaucoup le jour du départ, elle ne va pas voir sa fille pendant trois semaines, c'est trop horrible, et puis elle la dépose et c'est fini. Un poids se soulève de sa poitrine, elle est à nouveau seule, sans bébé ni au sein ni dans le ventre, elle est un être humain à part entière. Le sevrage a été abrupt. Elle en tombe malade, douleurs dans tout le corps, forte fièvre, elle passe les deux premiers jours du voyage clouée au lit dans une suite avec vue sur Central Park. À peine rétablie, elle sort dîner avec Antoine et son ami de New York University qui a aidé à organiser cette tournée et s'apprête à lui décerner un diplôme *honoris causa* qui fait effectivement beaucoup d'honneur à Antoine qui aime tant ça, les honneurs. À table, son épouse, une suffragette endurcie par les infidélités flagrantes de son mari, prône l'avantage certain qu'ont les femmes comme elle qui n'ont jamais eu d'enfants. L'indépendance, voyons ! On n'est plus jamais indépendante quand on a des enfants à charge ! Et puis regardez Catherine, dit-elle, se tournant vers son voisin de gauche, regardez Catherine qui était tellement belle, un corps de danseuse, regardez combien ça transforme une femme la maternité ! Catherine s'excuse, elle n'est pas tout à fait remise finalement. Elle ne fait pas d'esclandre, tu vois je n'ai pas fait d'esclandre, dit-elle tard dans la nuit quand Antoine rentre enfin. Cette connasse, tu te rends compte de ce qu'elle m'a dit ! Catherine doit exagérer, elle a dû mal comprendre. Non, j'ai très bien compris ! Elle voulait m'humilier devant tout le monde parce qu'elle est jalouse, parce qu'elle ne saura jamais ce que c'est d'être mère ! Catherine a pris vingt kilos pendant sa grossesse à force de s'enfiler des choucroutes. C'est sa faute, à la gaver comme ça, maintenant elle ne ressemble plus à rien, la preuve, elle est la risée du monde entier! Mais qu'est-ce que tu racontes, tu es magnifique, ma chérie adorée, elles sont toutes jalouses, laisse-la dire! Alors là, non, crois-moi, je ne la laisserai pas dire! Elle va voir celle-là, si ça te transforme une femme la maternité! Catherine passe les trois semaines suivantes à parcourir les campus américains pour dénicher les studios de répétition où elle s'installe avec son propre lecteur de cassettes. Elle qui n'avait pas enfilé de justaucorps depuis un an – elle continuait de danser avant de tomber enceinte, et d'enseigner un peu dans une école avenue George-V avec un grand nom de la danse qui lui avait été présenté par son ancien professeur – elle se rachète l'attirail complet : académique, guêtres, chaussons, cache-cœur, ceinture. Elle suit un régime draconien qu'elle complète avec des amphétamines que lui donne gentiment une copine d'Antoine dans un club branché. D'une efficacité redoutable! En dix-neuf jours précisément elle se déleste des treize kilos qui lui restaient à perdre. Antoine ne se fait pas prier pour aller chez Saks Fifth Avenue, où Catherine se dégote un pantalon en cuir ultra-moulant qu'elle porte avec un chemisier transparent pour revoir le couple d'amis de New York University lors d'un dîner. Catherine reçoit les éloges abasourdis de l'offenseuse, tandis qu'Antoine accepte son nouveau titre sur une petite estrade avec un long discours truffé d'aphorismes et de traits d'esprit. Ils rentrent à Paris ravis de retrouver leur fille, ou presque.

Le bébé allait très bien en leur absence, ce que les nouvelles dont Catherine s'enquérait régulièrement lui confirmaient. Le bébé va très bien, elle grossit, elle grandit, elle prend le biberon, mais Catherine ne comprend pas ce qui lui arrive depuis son retour. Elle ne reconnaît plus sa fille, elle est différente tout à coup, et elle ne sait plus comment faire. Elle avait pris l'habitude de lui donner le sein quand elle pleurait, et là, elle ne sait pas quoi faire pour l'apaiser, elle pleure sans arrêt, et seule la nounou semble capable de la calmer. Son corps à elle s'est transformé aussi, et puis il y a ce nouveau parfum, et elle se demande si elle a bien fait d'en changer. Au début Antoine lui avait offert Fidji de Guy Laroche, et elle y était attachée, c'était devenu son odeur, sa deuxième peau. Dans l'avion vers New York elle a accepté qu'il lui offre un flacon de First de Van Cleef & Arpels. Elle le porte depuis trois semaines, et sa fille peut-être ne retrouve plus sa mère, sa peau, son parfum. Elle est partie trop longtemps, elle n'aurait pas dû, il n'aurait pas fallu la laisser, elle se culpabilise et elle s'inquiète de ne plus savoir comment s'occuper de son bébé, de ne pas y arriver. Elle décide de remettre Fidji, mais cette odeur tout à coup la dégoûte. Elle se dégoûte, la seule vue du lait en poudre lui donne envie de vomir. Elle a arrêté de prendre les petites pilules dont elle faisait ses repas, et elle est abattue de fatigue. Elle se traîne toute la journée, et tout l'excède, elle est à vif, elle ne veut rien même pas s'occuper de sa fille. Elle réussit à reprendre des forces seulement le soir avec un verre de whisky. Elle doit retrouver Antoine à ses cocktails, et ses dîners et ses soirées, et ainsi de suite – ces sorties qui finissent presque toujours tard dans la nuit. La nounou dort dans une chambre de bonne au dernier étage de l'immeuble. Elle est censée rester avec Elsa dans l'appartement jusqu'au retour de ses parents mais cette nuit-là elle est occupée à autre chose, et le bébé hurle, hurle à la mort, au point d'alerter la concierge qui trouve l'enfant seule dans le grand appartement déserté. Paniquée, elle appelle frénétiquement tous les numéros de téléphone qu'on lui a donnés et elle tombe finalement sur Jacqueline qui réveille Henri, et ils débarquent avenue de Friedland pour récupérer l'enfant qui s'époumone depuis des heures. Ils la ramènent chez eux, consternés. Ce n'est que le lendemain matin que la nounou, la gueule enfarinée, débarque et s'aperçoit que le bébé a disparu. Catherine, encore ivre, essaie péniblement de décrypter le récit incohérent de la pauvre fille folle d'inquiétude, qui jure que ce n'est pas sa faute, qui, voyant Antoine gesticuler et hurler aussi fort que son enfant la veille au soir, jure de plus belle, nie son absence, nie tout en bloc. La concierge qu'il appelle en dernier recours explique enfin, les cris, l'arrivée des grands-parents… Catherine se retrouve face au regard de sa mère dont le jugement s'abat avec la froideur tranchante d'un couperet de guillotine. Catherine lui dit qu'elle sait ce qu'elle fait. Jacqueline lui répond bien entendu, ça se voit. Sa fille lui dit qu'elle ne lui a rien demandé. Ah, première nouvelle ! Elle veut parler des trois semaines qu'elle vient de passer à changer les couches de sa petite-fille ? Elle ne lui a rien demandé là non plus ? Ça se gâte. Catherine ne va pas bien. Elle n'est pas dans son état normal mais elle ne pourrait pas dire ce que c'est son état normal. Il faudrait pouvoir concilier sa vie de femme libérée et la maternité mais elle perd les pédales, elle se sent submergée. Les larmes d'avant le test de grossesse la reprennent mais elle n'est pas enceinte cette fois-ci, c'est le post-partum. Elle sombre dans un tourbillon d'idées noires, elle ne supporte pas les cris de sa fille, elle pourrait la jeter par la fenêtre, elle voudrait se jeter par la fenêtre, elle ne veut plus qu'Antoine la touche, elle ne veut plus sortir, elle ne veut plus rien que pleurer et dormir et si possible ne jamais se réveiller. Antoine appelle un médecin en urgence un matin où il n'arrive pas à la sortir de son coma éthylique. Elle a un peu forcé sur les somnifères, ceux que prend Antoine pour soigner ses problèmes chroniques d'endormissement. Petit baby blues, diagnostique le médecin ni psychiatre ni même psychologue, juste fin observateur. Essayez de prendre l'air, peut-être partez en voyage quelque part, une destination exotique ? Antoine a également appelé Claude à la rescousse. Claude qui n'a pas revu Catherine depuis l'annonce de sa grossesse. Bien sûr Claude l'aime toujours, elle est là, elle sera là. Antoine propose de leur payer un séjour dans le lieu de leur choix. Elles décident de partir à Dakar, au Méridien sur la pointe des Almadies, juste après les fêtes de fin d'année, trouver le soleil au milieu de l'hiver.

Claude a coupé sa belle chevelure que Catherine aimait tant la regarder brosser dans l'entrebâillement de la porte de la salle de bains, depuis le lit de son studio à Montparnasse. Elle porte une coupe garçonne, une raie sur le côté couvrant son front d'une épaisse frange de biais. Ça te va bien, lui dit Catherine timidement. Ça fait plus d'un an qu'elles ne se sont pas vues. Je ne supportais plus ces tifs, lui répond Claude, l'imitant avec une taquinerie pleine de complicité. Avant leur voyage, Catherine passe chez Alexandre, avenue Matignon – le coiffeur des stars. Loin des casques du salon du grand-père, de ses comptoirs en Formica et son carrelage moucheté, elle prend rendez-vous chez le sphinx de la coiffure, celui dont le logo a été dessiné par Jean Cocteau. Elle se métamorphose en blonde platine, avec la *pixie* de Jean Seberg. À compter de ce jour elle se débarrasse pour de bon de son chignon de bourgeoise serti de peignes en écaille de tortue. Sa coupe à elle est encore plus courte que celle de Claude, par rivalité ou pour prouver son engagement. Quoi qu'il en soit, elle se range définitivement dans le camp des femmes qui défient le fétichisme des hommes pour les cheveux longs, symbole de féminité archaïque et servile.

Au terme de la première semaine, elles rallongent leur séjour d'une autre, puis une troisième. Catherine refuse de rentrer. Antoine lui envoie lettre sur lettre, télégramme sur télégramme, il la supplie de revenir, lui et leur petite Elsa l'attendent, ils l'aiment plus que tout, tu nous manques, je t'en prie, reviens vite. Claude lui jure de ne plus la quitter, elles trouveront un arrangement, elle est prête à la partager. Elles rentrent. Ça va aller. Elle respire, une bouffée d'air à la fois, par le nez, profondément, elle se rappelle toutes les dix secondes qu'il faut respirer, elle prend une cigarette pour s'aider. Catherine consulte un psychiatre et accepte de suivre un traitement léger de thymorégulateurs. Le docteur lui dit de surveiller sa consommation d'alcool, le mélange est vraiment contre-indiqué. Elle dit oui-oui. Ça va bientôt mieux. Mais ça reste compliqué d'être maman. Rattrapée par ses souvenirs d'enfance, elle est obsédée par l'idée de ne pas faire comme sa mère sans savoir ce que ça implique au juste, ne pas reproduire le schéma. Et puis elle est harcelée par l'attention constante que demandent l'enfant et son père, des demandes contradictoires, elle vit cette dichotomie permanente dans sa chair et elle a peur de tout perdre, elle craint sans cesse d'avoir tout faux, de se planter sur toute la ligne. L'image de sa fille hurlante, abandonnée, revient la hanter : cette enfant c'était elle, c'est elle qui a été abandonnée, pas sa fille, non elle est là, elle a toujours été présente, elle est une mère présente, c'est sa mère à elle qui était démissionnaire, elle est bien là. Elle enfouit le souvenir de cet épisode réel sous des images hallucinées de son enfance. La culpabilité à laquelle la renvoie sa conduite – la légèreté avec laquelle elle s'autorise à vivre la nuit, sa sexualité licencieuse – est impossible à assumer. Elle la rejette, elle refuse de la voir. Elle ne constate que son dévouement aux désirs de son amant, son amour irrépressible pour son enfant, et l'acte de funambulisme par lequel elle tente de tout concilier.

Catherine commence à vouloir un engagement de la part d'Antoine. S'ils ne se marient pas, peut-être il pourrait leur acheter un appartement ? Antoine a toujours été contre posséder des biens immobiliers, il a vu sa mère empêtrée toute sa vie dans des problèmes de toiture ou de plomberie, à la campagne, dans son appartement parisien, dans sa baraque en Bretagne, et il s'est toujours dit qu'elle aurait vraiment mieux fait de louer, comme lui. Ils se marieront, qu'elle ne s'inquiète pas, ce n'est qu'une question de temps. Catherine pense au prochain enfant. Elle ne lui en parle pas, elle sait d'avance qu'il lui dira qu'il est trop vieux, et est-ce qu'elle ne pense pas que c'est assez le bordel comme ça ? Ils fêtent le premier anniversaire d'Elsa l'été 1978. Ils le passent chez bonne-maman en Bretagne qui peut critiquer à loisir le laxisme de Catherine, ses méthodes d'éducation inspirées des pires manuels de pseudo-psychologie. Catherine s'extasie à chaque progrès de son enfant. Elsa marche ! Elsa babille ! Elsa pointe du doigt ! Si seulement ils pouvaient vivre comme ça toute l'année, Antoine est là, auprès d'elle, il est détendu, il rit et chante, il n'est pas tourmenté par ses problèmes au bureau, par son agenda de ministre, par ses innombrables projets et ses désirs indomptables. Au moins ici il n'y a pas de jupons à courir et le marathon aux honneurs fait halte le temps des grandes vacances. La maison est si vétuste et les escaliers tellement casse-gueule qu'Antoine se soulage dans un pot de chambre pour ne pas avoir à descendre en pleine nuit. Il le vide par la fenêtre le matin et quand Catherine lui disait qu'un jour quelqu'un allait se prendre son contenu sur la tête, elle ne croyait pas si bien dire ! Tu crois que je me coltine pas assez de pipi-caca comme ça avec les couches de ta fille ? Il trouve ça hilarant, il manque de dégringoler par la fenêtre tant il se marre, et Catherine, dégoulinante et puante, s'esclaffe aussi. Mais comment c'est possible de tomber sur un type aussi givré ? Leurs excentricités les réunissent, ils peuvent compter l'un sur l'autre pour partager des tranches de franche rigolade dans l'immense foutoir qu'est leur amour. En août, Catherine décide de profiter de ce répit qu'offre leur villégiature pour lui dire qu'elle est enceinte, ce qui n'est pas encore vrai mais elle le veut, alors elle anticipe. Elle a besoin de son écoute, c'est le bon moment. Et puis ça finira bien par arriver et ce jour-là il sera toujours temps de broder. Ça arrive en septembre, il n'y a qu'un mois de décalage, mais il faudra jouer serré. Elle compte sur le retard qu'elle a eu pour la première, et Antoine n'a pas tellement la notion du temps. Ils se marient enfin, après Noël. Cette grossesse est peut-être encore plus merveilleuse que la précédente, elle confit dans les hormones, elle fait des pâtes de fruits sa nouvelle lubie. Et les marrons glacés, et les salades pleines de vinaigre, et les plateaux de fromage gargantuesques. Il n'y a que sa patte folle qui fait des siennes, elle a très mal au dos mais elle n'est toujours pas du genre à geindre. Sur les blocs d'ordonnances d'Antoine, elle s'autoprescrit des anti-inflammatoires, des opioïdes, des corticoïdes jusqu'à ce que le cocktail fonctionne et qu'elle n'ait vraiment plus mal nulle part. Pour ses noces, Catherine choisit un tailleur-pantalon Yves Saint Laurent en velours anthracite, qu'elle porte avec un chemisier à jabot et une petite voilette en tulle à pois noirs. Elle ne peut pas fermer le bas ; le haut est ample et évasé en forme de veste de marin. Elle est magnifique, avec son visage arrondi et rosi par la grossesse, on dirait une jeune fille, ou une jeune veuve, Jeanne Moreau dans le film de Truffaut. Les enfants d'Antoine sont de la fête et les plus grands font des discours dont le sarcasme les amuse beaucoup. Mais Catherine a gagné, il faudra qu'ils l'acceptent, elle, et ses enfants avec. Claude ne vient pas, faut pas pousser non plus. Elle en prend son parti. Elle n'est que sa maîtresse, elle a bien compris.

Habitué à être partout conduit par son chauffeur ou par Catherine sur qui il peut toujours compter quand il est vraiment très en retard – dans ces cas-là, il s'accroche au boîtier du téléphone sur le tableau de bord dans les virages, se cogne la tête contre le plafond de la Jaguar quand elle grimpe sur les trottoirs, et bien qu'il finisse toujours par lui dire : Catherine, non ! Non, non, non bordel, ne prends pas le sens interdit ! On va tuer quelqu'un avec tes conneries ! elle le fait taire et le mène toujours à destination sans mort d'homme et presque à l'heure –, lui qui a depuis longtemps perdu la main au volant, un jour où exceptionnellement Catherine, enceinte de huit mois, crevée, lui demande de les conduire à la campagne, il se prend un arbre sur la nationale, avec Elsa à l'arrière qui s'écrie : Papa boum ! Papa pas boum ! Catherine accouche dans la foulée, et leur deuxième enfant naît quasiment le jour du décès du deuxième frère d'Antoine, étrangement des suites d'un accident de voiture semblable, sauf que lui était seul au volant. Antoine a perdu ses deux frères, sa nièce, un fils, et presque une fille, paralysée après une violente chute de moto. Catherine assiste à l'hécatombe et se sent non seulement concernée, mais cernée. À qui le tour ? Faut-il croire à une malédiction ? Ils appellent leur deuxième fille – encore une fille – Violaine parce que Antoine rencontre à ce moment-là une très jolie femme qui porte ce nom. Ils tombent enfin d'accord, c'est distingué Violaine, c'est poétique, et ça sonne bien français. Catherine s'est vu refuser toutes ses propositions. Si c'est une fille – elle renonce à tenter de découvrir le sexe par avance, merci non merci – elle aurait aimé lui donner un prénom juif, Rebecca peut-être. Pourquoi pas Rachel tant qu'on y est ? Rachel quand du Seigneur ! Quel rapport ? Proust, ma chérie adorée, c'est Proust le rapport. Ah ! Le jour de sa naissance, le 8 mai, date anniversaire de la Libération, Antoine propose de l'appeler Victoire. Catherine qui n'est pas agrégée d'histoire – contrairement à feu son beau-père – demande de quoi la France réclame la victoire après Pétain, Vichy, les collabos et tutti quanti. Allez, va pour Violaine ! Oui, Violaine c'est joli.

Mariés, deux enfants, tout va rentrer dans l'ordre, se dit Catherine confiante. Nous avons une famille, nous sommes une famille, Antoine va calmer ses ardeurs, elle va enfin atteindre un équilibre. Si Catherine trouvait les départs en voyage compliqués du temps où ils étaient deux, à quatre c'est la Bérézina. Antoine se transforme en général menacé de perdre la bataille, ses ordres contradictoires fusent à travers l'appartement mis à sac, pillé par des armées ennemies : la mère et les enfants contre le père. Le tout petit bébé n'est pas tant à blâmer mais Elsa ne cesse de tout déranger. Catherine essaie péniblement de fermer les valises, tandis qu'Antoine les défait au fur et à mesure, convaincu que sa femme et ses filles font exprès de bordéliser ses affaires, des courriers très importants, des documents d'une valeur inestimable, elles ne se rendent pas compte de la gravité de leurs actes, si ces papiers étaient perdus, allez foutez-moi le camp, dégagez d'ici, j'ai besoin de mettre de l'ordre, je ne m'y retrouve plus ! Antoine travaille souvent tard, il passe des nuits entières soit à écrire soit à ranger les rayonnages de sa bibliothèque. La famille a interdiction absolue de toucher à quoi que ce soit. Jamais Catherine ne déplacerait le moindre stylo, mais il accumule tant de paperasse, des factures, une correspondance de ministre, des journaux, des prospectus, des magazines, des contrats d'édition, des notes de frais, depuis des papiers d'emballage de boucherie jusqu'à des documents qui mériteraient d'être archivés dans des collections nationales, que les piles basculent, et dans son énervement il brasse encore un peu plus son fatras pour finir dans un capharnaüm inextricable. Catherine l'attend dans la voiture, si c'est comme ça, elles l'attendront dans la voiture pour ne pas avoir à l'entendre pousser ses cris d'orfraie.

Était-il vraiment nécessaire de reprendre un chien ? se demande-t-elle dans ces moments.

C'est elle qui a choisi un énorme chien cette fois, peut-être s'imaginant qu'il tiendrait mieux la route, un briard noir de jais, qui lèche les pieds d'Elsa dans son Baby-Relax et surveille le bébé calé dans son couffin sur la banquette arrière. La priorité de Catherine à la naissance de sa deuxième fille est de s'assurer qu'Elsa n'en soit pas jalouse, de tout de suite créer un lien indestructible entre les deux sœurs. Elsa appelle sa petite sœur le bébé, et Catherine la laisse la toucher autant qu'elle veut, avec ses mains pleines de terre, de purée, de microbes, qu'importe, elle l'encourage, elle l'amadoue : Oui mon amour, le bébé c'est ton bébé aussi, ma chérie, c'est notre bébé à tous les trois, à toi, maman et papa. Elsa a vingt-deux mois, et elle ne cesse d'embrasser sa petite sœur, elle en est si fière, le bébé, son bébé. Catherine sent son cœur se fendre en deux. Sa grande fille chérie, la chair de sa chair, le fruit de ses entrailles, ne peut plus être sa seule raison de vivre. Elle s'était dit, dans ses moments d'angoisse et de tristesse trop terrassantes, que s'il arrivait quoi que ce soit à sa fille, ce serait tellement facile de mettre fin à ses jours. Et soudain elle est obnubilée par l'idée qu'il lui faudrait survivre à l'une ou l'autre. Elle pense aux drames dans la vie d'Antoine, et elle se demande comment elle y aurait fait face. Elle pense que sa survie dépend de celle de ses deux filles maintenant. C'est comme si elle devait renoncer au plus grand amour de sa vie, parce qu'il faut faire de la place pour un autre amour, dit-elle à Antoine un soir où elle pleure contre sa poitrine, et c'est tellement beau d'imaginer aimer autant deux fois, mais c'est difficile aussi, c'est si difficile. Elle sent son cœur se scinder et puis se dédoubler, en croches, en géminées, comme les branches d'un diapason dont la vibration donne un son d'une justesse fondamentale, le *la* de son sein. Pour le premier bain du bébé, elle demande à sa grande fille de l'aider, elles vont tout faire ensemble, hein mon amour, c'est ton bébé. Elsa manque de noyer sa petite sœur, et bonne-maman, qui rôde dans les couloirs de la maison de campagne où ils se sont installés pour l'été, sermonne sa belle-fille avec verve : Catherine ! Vous privilégiez la psychologie au détriment de la prophylaxie ! Les grands mots ne lui font plus peur, et ceux-là elle les connaît bien. Bonne-maman, avec tout le respect que je vous dois, sur ce coup-là je vous emmerde, lui répond-elle sans hésiter. Leurs rapports ne s'arrangent pas tellement avec les années.

Le défilé des nounous a commencé après l'épisode fatidique dont on ne reparle jamais, et le fait d'avoir deux enfants ne simplifie pas la tâche à Catherine qui, entre les nurses anglaises au rigorisme horripilant, les jeunes filles au pair dont son mari dit que s'il les trouvait dans son lit il n'irait pas coucher dans la baignoire, les gentilles mais mollasses, les impertinentes, les impatientes, les trop vieilles, celles qui ne parlent pas français, celles qui ne peuvent pas faire les nuits, ne sait pas comment elle va finir par trouver chaussure à son pied. Et de fait, elle ne trouve pas – la perfection n'est pas de ce monde, comme dirait ma concierge, lui répète Antoine à longueur de journée, et le mieux est l'ennemi du bien ! Mais Catherine affirme que la dernière en date est loin d'être bien, que c'est encore une catastrophe, et elle reprend la tournée des petites annonces et des entretiens dont elle sort épuisée, excédée, dégoûtée, découragée. En vérité, Catherine n'est pas certaine d'avoir envie de faire garder ses filles par une autre, et quand elle se compare aux nounous qu'elle rencontre, nécessairement aucune ne peut être à la hauteur. Comment remplacer une mère ? Elle se décide enfin à faire garder les petites les quelques heures de la journée où elle a besoin d'être secondée par la femme de ménage espagnole, qui est mignonne comme tout et pourrait faire office de grand-mère. La nuit elle prend des baby-sitters après avoir couché les filles elle-même. Le compromis c'est qu'elle abandonne les cocktails, et elle arrive souvent en retard aux dîners, ce qui agace profondément Antoine. Il s'en accommode à contrecœur. Elle ne veut plus tant voyager, maintenant qu'Elsa parle et se rend compte que maman s'en va, elle ne supporte pas de l'entendre la supplier de rester, ça lui déchire la poitrine, ça la culpabilise. Et puis elle aime l'heure du coucher. Elle aime lui raconter des histoires, qu'elle invente au fil des soirs, des épisodes qui se succèdent avec la logique des rêves, des aventures dont Elsa fournit les détails ou les éléments de départ. Elle allaite plus longtemps cette fois-ci, et le bébé refuse le biberon, alors elle continue de donner le sein, soulagée de trouver une raison de maintenir ce rapport charnel qui l'ancre dans la maternité. Elsa demande instamment à ce que le bébé partage sa chambre. Elle veut voir le bébé pour s'endormir. Elle veut voir le bébé au réveil. Elle veut voir le bébé en permanence auprès d'elle. Le bébé est aussi son bébé, elle prend son rôle très au sérieux, elle le surveille, elle ne le quitte jamais des yeux.

De quoi est fait le quotidien ? De travail, de contraintes. La majorité de l'humanité se trouve trop accablée par des obligations de toutes sortes pour remettre en cause son existence. Catherine n'est vraiment obligée à rien dans cette configuration domestique, mais elle se donne des missions, elle s'occupe de son mari, dont elle a même pris le nom, elle se fait appeler Madame X maintenant, elle s'occupe de ses enfants, et elle s'occupe du personnel qui s'occupe du reste. Elle prépare le repas des filles, et elle aimerait bien faire la cuisine pour eux aussi de temps en temps, mais Antoine déteste dîner à la maison, et il déteste encore plus l'idée d'un repas préparé d'avance, au menu figé. Un soir elle le convainc de manger à la maison – juste une fois ! une fois n'est pas coutume ! –, elle lui a mijoté un bœuf mode parce qu'elle sait qu'il adore ça, et plusieurs entrées variées pour lui donner l'impression d'avoir le choix, pour lui donner la possibilité de picorer dans différents plats comme il aime le faire au restaurant où il commande toujours à manger pour douze, juste pour pouvoir goûter à tout, pour ne pas regretter après coup de ne pas avoir commandé autre chose, mais ce soir-là il passe à table à contrecœur sur ordre de sa femme. À peine assis, il se relève comme si le siège avait pris feu, et il se met à ouvrir tous les placards qu'il vide de toutes les conserves qui s'y trouvent et frénétiquement, à l'aide d'un ouvre-boîte rouillé, risquant d'attraper le tétanos en se coupant le gras de la paume dans son emportement, il dépose le contenu de vieux bocaux de cassoulet et autres gourmandises reléguées au fond du garde-manger au hasard sur la table, et déclare, une fois sa démonstration achevée : Voilà, j'aime avoir le choix ! Catherine, dépitée, en pleurerait. Mais son orgueil prend le dessus et elle ne se laisse pas aller aux larmes. Et merde ! Elle balance le tout par terre, son bœuf mode, elle le vide aux chiottes, et elle tire la chasse avant qu'il n'ait eu le temps de la rattraper et de lui dire qu'elle est folle, qu'il l'aurait mangé son bœuf mode, voyons, t'es complètement cintrée ! C'est du gâchis ! Oui c'est du gâchis. Tu as tout gâché. La folle va se coucher.

Hormis pendant les vacances et les week-ends à la campagne, Antoine ne voit pas les enfants. C'est un homme qui travaille, un homme comme on en faisait dans le temps sans complexe, c'est-à-dire un homme que ça n'effleurerait pas de partager les tâches domestiques, un homme qui admire ses filles quand il a le temps. C'est un papa aimant cependant, il trouve terriblement émouvant de voir sa femme donner le sein à son enfant, et la deuxième fille de Catherine lui ressemble beaucoup, c'est le portrait craché de son papa alors plus personne ne l'ouvre dans la famille, on ne la ramène plus, de toute façon c'est trop tard : ils se sont mariés. Elle a réussi son coup. Ils ont eu ce qu'ils voulaient. Mais quoi exactement, qui sait ? Une union libre, une famille, un certain respect des conventions pour la forme, un décalage constant à tous les égards, un bordel permanent, le grand n'importe quoi sur toute la ligne. Les baby-sitters qui parfois dorment dans la chambre d'amis à côté de celle des enfants sont réveillées par les orgies dans la chambre des parents. Elles démissionnent les unes après les autres, scandalisées. Elsa un matin trouve une femme évanouie sur le siège des toilettes, et demande à sa maman qui est la dame qui dort toute nue sur le pot. Circonspecte, Claude est la seule à se tenir à l'écart. Elle ne veut pas voir les enfants, elle ne veut pas faire partie de leur vie, tant qu'elle ne partage pas celle de Catherine en exclusivité ou de manière plus au moins officielle, elle ne veut pas ajouter à la précarité de cette famille.

À défaut de dîner à la maison, à défaut de stabilité, à défaut de mener une vie rangée des voitures comme dit Antoine, Catherine aimerait qu'ils possèdent quelque chose ensemble, un appartement, une maison, elle aimerait sentir une forme de sécurité, et si elle ne peut être que financière, immobilière, ce serait déjà ça. Mais Antoine continue de lui dire qu'investir dans la pierre est une idée de petit-bourgeois, qu'ils ont les moyens de vivre même au-dessus de leurs moyens, qu'ils n'ont besoin de rien, qu'elle a tout ce qu'elle veut, de quoi se plaint-elle ? Elle aimerait juste un lieu sûr, savoir ses filles protégées, pas dans des gigoteuses en cashmere et des ensembles Baby Dior, mais sous un toit qui leur appartiendrait. Elle commence à le courir avec son obsession de maison. Elle va voir un agent immobilier, dans son dos, elle visite des dizaines d'appartements, persuadée qu'elle finira par le convaincre quand elle aura trouvé le bon. Elle s'emballe, elle tire des plans sur la comète, mais cette étoile ne file pas la soie dont les araignées tissent leurs toiles. Sa proie ne tombe pas dans le piège. Antoine ne suit pas. Catherine ingénue ne pense pas à établir un stratagème, et lui continue de dire non, sans méchanceté, mais non, ça le fait chier, d'ailleurs il n'a pas d'économies, pas suffisamment pour acheter une maison ou un appartement, juste assez pour en dépenser au jour le jour, et l'idée d'économiser le débecte plus encore que de dîner chez soi. Autant porter le béret et acheter sa baguette en rentrant le soir, après avoir pointé au travail à un poste de fonctionnaire, comme un bon petit Français moyen qui met ses petits sous de côté chaque mois pour s'acheter un petit appartement en banlieue, c'est ça ? Autant crever tout de suite. Catherine ne dit pas qu'elle veut vivre comme sa mère, évidemment qu'elle rejette le modèle de Jacqueline et Henri à Montreuil, avec leur pécule qu'ils gardent jalousement et font fructifier grâce à des placements judicieux conseillés par le gentil banquier de la BRED Croix-de-Chavaux, mais elle aimerait quand même que leurs filles aient chacune un livret de caisse d'épargne sur lequel ils pourraient mettre un peu d'argent chaque année, pour qu'elles aient quelque chose à leur majorité. Tu veux dire épargner ? Oui, exactement, épargner. Vivre précautionneusement, faire preuve de parcimonie, se restreindre, se priver, penser à l'avenir, prévenir, anticiper, ces concepts d'une médiocrité affligeante ne sont pas pour lui. Non, très peu pour lui. Lui voit sa vie se dérouler sur grand écran pas sur un petit poste de télé de beauf, pourquoi pas se mettre à la Kro tant qu'on y est ? Il n'y a pas de demi-mesure, pas de compromis : qui dit tout feu tout flamme dit aussi des flambeaux de billets de banque pour redorer la morosité du quotidien, que ça brille. Et ça pour briller, ça brille, il crève les yeux cet incendie.

Un hiver Catherine accompagne Claude chez ses parents en Corrèze, et elle tombe amoureuse de ce paysage vallonné, de ces étendues de nature brute, sans ornements, sans rien de superfétatoire, un lieu dont l'authenticité transpire dans les vieilles pierres franches des bâtisses costaudes, une terre robuste, une terre sur laquelle elle sent qu'elle pourrait se tenir debout. Elles se mettent à visiter des maisons à vendre dans la région jusqu'à ce qu'un jour elles s'arrêtent par hasard devant une gare désaffectée et décident de prendre un verre dans un troquet bizarrement encore ouvert, vestige incongru d'un temps révolu. La dame qui leur sert leur demi demande ce qu'elles font dans la région – ça se voit que vous n'êtes pas du coin, vous, ah oui, parisiennes, ça se voit au premier coup d'œil. Elle dit qu'il y a en haut de la colline, tout là-haut, au village, une maison à vendre qui appartient à sa vieille tante qui n'y vit plus depuis belle lurette, alors elle est tombée en ruine, ça fait tant d'années que personne n'y habite, il y a tout à refaire, c'est du boulot, personne n'a les moyens ici. Catherine se sent appelée, en montant la toute petite route en colimaçon en bas de laquelle un panneau rouillé indique Puypertus, elle sent sa poitrine se serrer, elle sent qu'elle y est, elle arrive enfin chez elle. Elle demande à Claude de la pincer, elle doit halluciner, ce n'est pas possible, elle voit se dresser devant elle la maison qu'elle imaginait en rêve, son palais de conte de fées. Claude la prend dans ses bras, elle n'essaie pas de l'interroger, elle partage avec simplicité sa joie, et elle l'embrasse doucement et follement, tout son saoul. Catherine négocie avec la tante de la dame du troquet, ou plutôt elle ne négocie pas, elle accepte le prix qu'on lui demande. Banco ! Je suis prête à signer. Elle rentre à Paris annoncer cette nouvelle extraordinaire à Antoine qui lui demande si elle blague. Elle est complètement siphonnée, jamais il ne foutra les pieds à Puits-perdu, dans un trou paumé en pleine cambrousse, et pour faire quoi ? Pour lui faire plaisir, pour qu'elle construise la maison de ses filles, leur maison de famille, pour qu'elle ait un lieu à elle. C'est une goutte d'eau, ça coûte trois fois rien, qu'est-ce que ça peut bien te foutre avec tout le fric que tu dépenses en conneries de toutes sortes ? Ça peut me foutre que c'est mon argent, et j'en fais ce que je veux et je n'achèterai pas une maison en *Corrèze* ! Et les travaux et la plomberie et des tas d'emmerdements comme tu n'as pas idée, mais tu ne te rends pas compte, tu es complètement inconsciente ! Et puis c'est loin, bordel ! On n'ira jamais ! Catherine plaide, gronde, injurie, sanglote, crie. Elle dit qu'il y a un train – un train Corail, avec un wagon-restaurant –, elle dit qu'ils y seront bien, elle dit qu'il faut qu'il voie. Il dit que c'est tout vu, c'est non, bordel de merde ! Alors elle pique en cachette de l'argent dans son coffre-fort, sur plusieurs mois, et quand elle a enfin réuni la somme, elle part gare d'Austerlitz prendre le train Corail jusqu'à Brive-la-Gaillarde. Elle dit à Antoine que Claude lui a acheté la maison, pour le faire chier. Claude ne dément pas. Finalement il consent à contrecœur à payer les travaux, mais pour autant il n'y foutra pas les pieds, alors ça, jamais.

Et puis. La suite on la connaît, dans des détails qui ont échappé à l'oubli. Qu'est-ce qu'on garde d'une vie ? Comment la raconter ? Qu'en dire ? Est-ce qu'une vie compte autrement que dans l'enfantement ou la création ? Quelle vie vaut la peine d'être retenue ? De qui se souvient-on ? De qui se souviendra-t-on ?

Catherine est restée avec Antoine encore quelques années, pendant lesquelles leurs filles ont grandi, elle a ouvert une école de danse à Boulogne, le briard est mort assassiné par les voisins à la campagne, bonne-maman a continué d'être une belle-mère acariâtre, ils ont pris un autre chien qui a disparu un beau jour personne n'a su comment, ils l'ont remplacé par un chat qui a sauté par la fenêtre et n'est pas retombé sur ses pattes, ils ont pris encore un autre chien, ils ont continué de sortir beaucoup, Catherine a continué d'aimer Claude en dilettante, et puis Antoine s'est entiché d'une très jeune femme, cocaïnomane, sublimement belle, face à qui Catherine s'est retrouvée un soir à un cocktail dans la même robe Saint Laurent qu'Antoine avait achetée en double. Bien sûr il a des aventures, bien sûr il fricote à droite à gauche avec des gamines, des poules de luxe, des filles de passage, soit. Un jour par inadvertance il drague sa propre femme qu'il n'a pas reconnue de dos dans une boutique. Bien sûr il est infidèle, mais elle est sa femme, putain ! Elle demande un minimum de respect, un minimum, juste qu'il ne se foute pas ouvertement de sa gueule, qu'il ne l'humilie pas en public ! Bah non apparemment ça n'est pas possible. Les filles ont quatre et six ans. Antoine passe la plupart des nuits chez sa pétasse. Il ne rentre plus chez lui, il a trop peur de se confronter aux crises de Catherine qui perd les pédales, qui perd le sens de la mesure. D'autres que lui auraient peut-être pensé qu'acheter un revolver, le charger et le garder à portée de main n'était pas une solution raisonnable pour se protéger d'une femme instable dans un appartement où vivaient deux jeunes enfants. Mais lui se dit qu'au cas où, pour lui faire peur, dans les moments où elle est vraiment trop dingue, ça pourrait être utile. Il prend conscience de son imprudence le jour où il voit Elsa pointer l'arme sur sa petite sœur, pour jouer, l'index sur la détente. Alors Catherine se laisse draguer par le premier connard venu, en l'occurrence un père d'élève de l'école des filles. Il est divorcé et lui promet monts et merveilles, et il est d'accord pour dîner à la maison le soir, et recomposer une famille avec elle.

Catherine a inscrit ses filles dans une école américaine, bilingue, parce qu'elle veut qu'elles aient accès à tout ce dont elle a été privée, entre autres une éducation progressiste, rigoureuse et souple à la fois, avec des enseignants qui prennent le temps, qui encouragent plutôt que de casser leurs élèves. Et puis elle veut à tout prix que ses filles parlent anglais, elle en fait une affaire personnelle, parce que sa mère lui avait interdit d'apprendre cette langue. C'est-à-dire que sa mère l'avait empêchée de partir en séjour linguistique en Angleterre, avec un prof d'anglais dont elle était folle amoureuse. Elle avait quinze ans, sa mère était résolument contre et, anticipant les astuces de sa fille quand elle avait une idée derrière la tête, elle avait exigé de voir l'enseignant. Leur entretien avait tant humilié l'adolescente éprise, fragilisée par sa passion de toute jeune fille, qu'elle n'était jamais retournée en classe. De cet épisode, Catherine avait retenu une interdiction irrévocable. Sa mère l'avait empêchée d'apprendre l'anglais par aigreur, par méchanceté, par bêtise, par malice. La priorité étant que l'éducation de ses filles s'oppose en tout point à celle qu'elle avait reçue de sa mère, l'apprentissage de l'anglais était passé au tout premier plan. Sa mère, néanmoins, est une grand-mère parfaite, qui s'occupe merveilleusement des petites filles qu'elle a en garde régulièrement. En déposant les enfants à Montreuil, dans l'appartement au-dessus de Beauté-Santé, elle voit les filles se jeter dans les bras de leur mamie chérie. Bonjour, maman, dit-elle du bout des lèvres, l'effleurant à peine d'une joue, l'air dédaigneux, avec une mesquinerie qui ne lui ressemble pas. Bon, je file. Elsa, Violaine, soyez gentilles avec mamie et papi. Ne les faites pas tourner en bourrique, hein ! En reprenant sa voiture garée devant, sa toute nouvelle Opel – Oui, j'en ai encore changé, répond-elle à sa mère qui s'étonne qu'elle ait acheté une voiture, neuve, oui, et non on ne s'ennuie pas, je ne vois pas pourquoi on se gênerait quand on a les moyens, et puis Paris est impraticable avec la Jag –, sous les fenêtres en rez-de-jardin, elle descend la vitre pour faire signe à ses filles qui lui soufflent des baisers derrière le rideau en macramé. Elle se souvient de l'odeur de laque des câlins de mémé, de ses vieux doigts tremblants qu'elle réchauffait en les frictionnant sous la doublure du manteau de feutre. D'un soupir excédé contre elle-même – quel sentimentalisme, quelle nostalgie pathétique ! – elle recrache la fumée de sa cigarette et essuie ses larmes. Elle est fière d'être parvenue à préserver le lien entre ses filles et leur grand-mère. Son ingrate de mère qui en échange lui reproche perpétuellement ses défaillances.

Catherine est devenue une grande bourgeoise, sa mère la regarde se pavaner dans ses visons et ses parures Van Cleef et se demande si elle croit la duper. Elle sait bien d'où vient sa fille. Jacqueline ne refuse pas ses cadeaux – elle lui fait beaucoup de très beaux cadeaux – mais elle trouve ça déraisonnable et absurde de dépenser tant de pognon dans des choses aussi idiotes, qui ne servent à rien, qui ne vont pas mettre un toit au-dessus de la tête de ses petites-filles. Catherine serait plutôt d'accord, mais comment peut-elle donner raison à sa mère ? C'est bien plus beau lorsque c'est inutile ! dit Antoine, citant Cyrano. Catherine devant sa mère prend le parti de son mari. Elle prend le parti de l'amour, elle part du principe qu'il faut aimer, aimer à s'en damner, et quand sa mère lui reproche de ne pas être assez sévère avec ses filles, de ne pas suffisamment leur apprendre les bonnes manières, de les laisser boire au biberon jusqu'à des âges honteux, de ne pas les punir assez, de les élever en dépit du bon sens, Catherine lui dit qu'elle aime ses filles, elle, que rien ne compte plus que ça, et si seulement elle l'avait su plus tôt, peut-être elle s'en serait mieux tirée. Ah et au passage, elle n'a pas de leçon à recevoir d'elle. Catherine a gagné en confiance avec son statut social, et devenir mère elle-même lui a donné l'aplomb de dire merde à la sienne quand bon lui semble. Son argent lui permet de faire figure d'autorité. C'est tellement plus facile de mettre tout le monde au pas quand on a du fric, dira plus tard Catherine, fréquemment. Les gens s'alignent toujours derrière les biffetons. Son mari lui aura au moins appris ça.

Antoine l'aime toujours, et elle est toujours dingue de lui, et c'est bien ce qui la rend folle. Son corps velu et disgracieux, ses mollets maigrichons, son ventre bedonnant, ses épaules chétives recouvertes de longs poils bouclés, ses pieds biscornus avec des ongles incarnés, ses mains malhabiles, sa pensée fulgurante, son érudition fabuleuse, ses mots d'amour, ses fleurs qu'elle lui jette à la figure, tout ce qu'il représente, son physique comme son esprit, tout en lui fait partie d'elle, vit en elle avec le feu d'une passion que les années n'ont pas éteinte, qui au contraire continue d'être attisée par ses incartades permanentes. Elle s'indigne avec lui de ses échecs, se félicite de ses succès, s'en targue, parce que ses réussites et ses déboires sont aussi les siens, elle est sa femme pour le meilleur et pour le pire, elle est son épouse légitime et il lui semble qu'elle est en droit d'imposer un minimum de règles à leur vie commune. Pourquoi on ne peut pas essayer de vivre normalement, bordel, pourquoi on ne peut pas essayer deux minutes de vivre comme des gens normaux? La normalité – vaste question! répond Antoine. Leur couple ne correspond à aucune norme : ils forment une paire d'hurluberlus, d'iconoclastes, ils ne peuvent rien faire comme tout le monde. Même chier, ça ne se passe pas normalement chez eux : il faut en parler des heures, ça pose problème tous les jours. On chie trop ou pas assez, on chie de travers, on se conchie, on se fait chier. On parle de son caca et on chie des pendules. Non il n'y a rien de normal dans cette famille, mais il y a de l'amour à revendre. Ils aiment leurs filles à la folie, ils embrassent leurs adorables petits petons, ils leur font des chatouillis, des chatouillis partout, même sur le zizi, leur petit abricot si joli sur lequel ils déposent d'innocents baisers de parents éperdus. Ils s'extasient devant leur beauté et rient à gorge déployée de leurs grimaces, de leurs facéties, ils les câlinent et les gâtent et leur disent combien ils les aiment plus que tout au monde.

Claude pense que peut-être son heure viendra, qu'elle aura sa chance. Elle attend parce qu'elle aime. A-t-on le choix d'aimer ? Catherine monte une nouvelle école de danse où elle espère retrouver la confiance en elle qu'elle avait gagnée à Marseille, elle essaie une dernière fois de faire acheter un appartement à Antoine, juste à côté de l'école. Elle y croit, sans raison, simplement par aveuglement forcené. Pourquoi y croirait-elle encore sinon pour se convaincre que c'est un salaud, et se résoudre enfin à partir avec ses gamines sous le bras ? Et où ? Claude lui tend les bras. Claude lui dit de s'installer avec elle, de ne pas être si frileuse, de se foutre du regard social. Toi, toi Catherine, tu as peur d'être vue en lesbienne ? Toi ? Non, ce n'est pas seulement le regard social, ce n'est pas qu'elle a peur ou qu'elle a honte, c'est qu'elle a besoin d'un homme, d'un mec, qui la remette à sa place, qui lui donne sa place. Elle se dit que peut-être oui, peut-être elle partira s'installer avec Claude, elle se dit peut-être mais elle sait bien qu'à un moment ou à un autre elle tombera sur un type qui viendra la cueillir comme une fleur. Cependant, Claude l'attend.

Le mec en question est un pied-noir, qui rappelle peut-être à Catherine les histoires d'Henri qui parle souvent de son service en Algérie. Il a deux enfants, son ex-femme est anglaise, d'où l'école bilingue. Catherine se laisse séduire, ils entament une aventure qu'elle n'a pas de mal à cacher à Antoine, à Claude c'est moins facile. Elle part avec lui en voyage sous un prétexte bidon qu'Antoine ne gobe probablement pas mais il ne la ramène pas trop, il en bave ces derniers temps avec sa pouffiasse. Elsa et Violaine passent de plus en plus de week-ends et de vacances chez mamie et papi. Ils sont toujours contents de les avoir, et ça permet à Jacqueline de faire valoir à sa fille qu'à ce rythme autant dire que c'est elle qui élève ses enfants. La rivalité professionnelle qui avait connu une trêve les années fastes de son couple revient à la charge sitôt que l'école de Catherine décolle. Les inscriptions s'accumulent, elle la fait tourner plutôt pas mal son école, bien qu'elle commence à beaucoup forcer sur les médicaments, les mélanges d'anxiolytiques, d'analgésiques, les somnifères pour dormir et les dopants pour se réveiller. Et puis elle boit, des quantités d'alcool parfois impressionnantes, de moins en moins dehors, mais seule, pour se calmer. C'est compliqué avec les filles, elle perd vite patience, et elle sent bien que ses absences les troublent. Elles voient tout, et leur regard la culpabilise tant, elle pourrait leur arracher les yeux pour ne plus les voir l'observer comme ça. Maman ! Maman ! Maaaaaaaaman ! Les filles l'appellent, encore et encore, elles lui coupent la parole, elles l'interrompent quand elle téléphone, elle ne peut même pas pisser tranquille, elles ont toujours besoin de quelque chose. Maman ? Maman, où es-tu ? chantonnent en chœur Elsa et Violaine à travers les longs couloirs de l'appartement. Je suis là, bordel ! Je suis là ! hurle-t-elle de tout son coffre comme la Reine de la Nuit : Je suis làààààààààààààà ! Est-ce que c'est possible de pisser tranquille dans cette baraque ? Je n'en peux plus ! Je ne vais pas y arriver si vous continuez à tous me harceler comme ça. Je ne vais pas y arriver, vous m'entendez ? Les filles se taisent, pétrifiées. Elles se mettent à pleurer : Pardon, maman, pardon, maman chérie ! Elle s'en veut d'avoir crié, ce n'est pas leur faute, ce n'est pas votre faute mes chéries, c'est moi qui vous demande pardon, pardonnez-moi, s'il vous plaît, je vous aime plus que tout, vous êtes mes chéries adorées, mais maman est fatiguée, tellement fatiguée. Le mec lui fait des appels du pied sans arrêt, lui est prêt à l'accueillir, avec les filles bien sûr, oui ils auront une grande famille, une famille nombreuse, tant mieux. Claude enchaîne les scènes de jalousie, elle voit bien qu'elle se fout de sa gueule, est-ce qu'elle a l'intention de la prendre pour une conne jusqu'au bout ? Ça fait dix ans, dix ans de vie commune avec Antoine, dix ans de dilettantisme avec Claude, tout de même une décennie, ce n'est pas rien. Ce que Catherine aimerait cependant c'est qu'Antoine se reprenne, qu'ils retrouvent une harmonie, une vie de couple, qu'ils arrivent à concilier leurs désirs. Elle lui écrit une lettre de vingt pages en guise d'ultimatum, une lettre truffée de fautes d'orthographe et de poésie et de gros mots et de grands mots. Il ne réagit pas.

L'a-t-il même lue ? Elle n'est pas sûre qu'il l'ait lue. Elle en mourra de douleur, mais elle doit prendre sur elle pour ses filles, il faut qu'elle avance, qu'elle se barre.

Antoine essaie de la retenir tout en continuant à lui mentir. Il promet de couper les ponts avec sa pétasse, mais il n'en fait rien, il joue sur tous les tableaux. Tu vas tout perdre à ce jeu de con, le prévient-elle. Et ta pute de luxe tu crois vraiment qu'elle ne va pas se lasser de toi ? Je te donne deux mois mon pauvre chéri, dans deux mois tu vas revenir pleurer dans mes jupons, la queue entre les jambes, et ce sera trop tard ! Elle lui tient ce genre de discours les jours où elle se sent forte, les jours où elle arrive à oublier combien elle l'aime, et elle se concentre sur le dégoût qu'il lui inspire. Ces jours-là elle le hait, elle voudrait pouvoir lui faire si mal qu'il ne s'en remettrait jamais, le voir crever d'une mort lente et douloureuse. Mais il n'y a pas de justice : c'est Claude qui est frappée par la maladie, une maladie atroce. Cancer du sein, stade IV : tumeur, ganglions, métastases, tout y est. Ça va aller vite et ça va faire atrocement mal. Catherine l'apprend avec effroi et une froideur inconcevable. Elle abandonne l'invalide sur le bas-côté parce que, elle, il faut qu'elle avance. Elle va la voir à l'hôpital, deux ou trois fois, mais dès que la phase terminale se déclare elle y renonce, Claude partira seule, et Catherine se souvient de son absence au chevet de mémé, sa mémé qu'elle adorait pourtant. Elle laisse son amante à son sort. Pas de veine, ça on peut pas dire, elle n'a pas eu de veine dans la vie la pauvre Claude. Catherine quitte Antoine au mois de juin 1984. Les filles passeront l'été chez leurs grands-parents pendant qu'elle aménagera l'appartement du type, 59, rue de Varenne. Les enfants partageront une chambre à quatre, dans laquelle elle fera installer des demi-cloisons pour qu'ils aient chacun leur espace tout en étant ensemble. Elle prévient les filles à la fin de l'année scolaire sur un ton solennel. Confrontée à leurs larmes, elle éclate en sanglots elle aussi, elle les serre dans ses bras, mes amours adorées, bien sûr maman aime toujours papa, bien sûr il sera toujours votre papa, bien sûr il vous aimera toujours. Je vous jure que si j'avais pu faire autrement, moi non plus c'était pas ce que je voulais. Mes amours adorées, ne pleurez pas comme ça, je vous en supplie, j'ai si mal moi aussi. Catherine promet à ses filles qu'elles verront leur papa tous les soirs, qu'ils passeront des vacances tous ensemble.

Et effectivement, les parents partent en vacances avec les filles, dans un grand bungalow avec piscine privée dans un hôtel cinq étoiles. Ils s'aiment après tout, c'est tellement con, ils font chambre à part la première nuit mais dès la deuxième ça dégénère, et ça dégénère, et ça dégénère. Elle repart ses filles sous le bras, chez sa mère trop contente de pouvoir lui mettre le nez dans sa merde. Oui, ça va, ça va – sifflement –, mets-la en veilleuse, veux-tu ? Les filles ne vont pas si mal, ça ira les filles ! Oui, ça ira, ce n'est pas la fin du monde une séparation, plein de parents divorcent à notre époque, il y a nettement pire dans la vie, les filles s'en remettront. Et elles verront leur père tous les jours, il a promis, il passera tous les soirs, il a l'habitude de faire ses rondes avec sa vieille mère. À la rentrée, elles s'installent, et de fait, Antoine passe chaque soir juste avant l'heure du coucher, voir ses filles et sa femme dont il n'est pas encore légalement séparé, et les filles espèrent que ça veut dire que ce n'est que transitoire, que papa reviendra un soir pour de bon, que tout rentrera dans l'ordre ou le désordre auquel elles ont été accoutumées. Catherine obtient la garde des enfants de son nouvel amant, grâce au meilleur avocat de Paris, un ami d'Antoine avec qui il la suspecte d'avoir eu une liaison, ou du moins couchaillé, mais vraiment ça c'est l'hôpital qui se fout de la charité ! – Catherine obtient que sa famille recomposée reste unie toute la semaine et un week-end sur deux, c'est-à-dire ses filles comme les enfants du type, un garçon et une fille de l'âge des siennes.

Le type est sans intérêt, on a peine à le décrire tant il manque de relief. Il a une tête de parfait goujat, une mâchoire carrée de macho, un gros nez épaté, la coupe en brosse, les petits yeux vicieux, les lèvres rentrées, le menton fuyant, les bajoues pendantes, bref, la sale gueule, personne ne sait ce que Catherine lui trouve, mais passons, Catherine décide que c'est lui le bon. Catherine est une mère de famille irréprochable, elle emmène et ramène tous les enfants de l'école dans la Volvo break qu'ils ont achetée ensemble, elle fait le taxi pour accompagner tout ce petit monde à leurs activités parascolaires, et elle accueille son ex après le dîner pour qu'il vienne embrasser ses filles. Leurs rapports sont compliqués, ils ne sont pas si sûrs d'avoir pris la bonne décision, elle surtout, lui sait qu'il voulait qu'ils restent ensemble, et bien entendu elle avait raison, la pétasse s'est tirée peu de temps après le départ de Catherine. Et bien entendu il en a trouvé une autre, parce qu'il ne peut pas rester seul une seconde et qu'il a, il faut le dire, l'embarras du choix, néanmoins c'est elle qu'il aime, il la supplie de revenir. C'est trop tard. Les enfants sont installés, il y a eu la rentrée des classes, elle les a tous inscrits au tennis et aux cours de danse, et puis là au moins ils dînent en famille, et il y a la Corrèze, où la maison est enfin habitable. Non c'est trop tard. Au bout d'un an le type la tanne pour divorcer. Au bout de deux elle divorce. Au bout de trois elle se remarie.

Catherine fête ses quarante ans. Elle souffle ses bougies en famille sur un feuilleté aux pommes en forme de poisson, tu parles d'une blague, d'être née un premier avril, c'était mal barré déjà comme programme ! Les enfants grandissent et elle organise des fêtes pour les anniversaires, des surprises-parties extraordinaires avec bal costumé, magiciens, clowns, et des tas d'invités. Les enfants se partagent les vacances entre papa pour les unes ou mommy pour les autres, et les sports d'hiver et la Corrèze, la maison de Corrèze dont Catherine a fait sa maison de famille, ça oui, elle a réussi ça, et elle en est tellement fière. Les grands travaux commencent un peu après les noces et c'est le branle-bas de combat entre les préparatifs du mariage et la construction de la piscine et du court de tennis et les enfants et l'école de danse et tout le toutim. Elle vit avec ce type comme on vit dans ses meubles, elle partage son lit et sa vie sans être sûre de le connaître, sans être sûre qu'ils aient des goûts communs, mais est-ce nécessaire ? Elle s'est tellement brûlée à aimer, elle peut vivre avec ce type sans l'adorer. Elle lui fait confiance pour être un bon père de famille, pour mener leur barque à bon port. Mais quel port ? Quelle barque ? Elle se laisse porter par le courant et sa barque ressemble un peu à celle du Jardin d'Acclimatation, elle est montée sur la première attraction, la Rivière enchantée, tout le monde à bord youpi, parfait ! S'est-elle vraiment fait mener en bateau ? Oui, mais elle y est montée d'elle-même, les yeux bandés. Après tout, c'est Catherine qui demande à ce type, bientôt son mari, de quitter le domicile conjugal quand son ex vient, pour qu'Antoine puisse voir ses filles sans son rival. Il ne s'est pas fait prier trop longtemps, le type. Oui, il dîne là et ensuite il retourne travailler à son bureau pas loin, et parfois du coup il se laisse happer par la quantité de boulot qui s'abat sur lui à ces heures indues, et de fait oui, il rentre un peu tard, les enfants sont couchés et sa femme aussi. Elle ne se pose pas de questions quand il part à des colloques, les hommes font des voyages d'affaires, les hommes comme lui qui portent des costumes croisés et des mocassins en cuir et des attachés-cases parfois monogrammés. Elle tombe vraiment des nues quand elle découvre qu'il saute sa secrétaire depuis déjà des mois, et que ce n'est pas la première. Elle est abasourdie parce que ça ne correspond en rien au portrait qu'elle s'était peint de lui, au tableau du quotidien qu'elle pensait avoir accroché au-dessus de sa cheminée. Mais ce n'est pas une ombre au tableau, c'est une bombe qui fait exploser le mur entier. Elle n'a pas quitté l'homme qu'elle aime, celui qu'elle aime de toute son âme, pour se retrouver avec un pauvre type qui la prend encore pour une conne.

Catherine vrille. Médée n'est pas folle, elle est bafouée, humiliée, trahie. Elle, une reine, on la traîne dans la boue. Médée n'est pas folle, elle se venge en prenant en otage ce qu'elle a de plus cher. Sa vie seule ne peut se mesurer à l'énormité de la trahison : sa vie à elle ne suffit pas, c'est au-dessus d'elle, il faut s'en prendre à l'humanité entière, à cette pourriture qu'est l'humanité, à l'infamie des hommes. Parce que les hommes sont infâmes, abjects. Les hommes sont des porcs qui ne pensent qu'avec leur queue, tous des gros dégueulasses, et elle en sait quelque chose, elle est la fille d'un de ces salopards. Médée n'est pas folle, elle est ce prodige qui avertit de la volonté des dieux. Et les dieux, pas toujours mais quand même parfois, sont là pour mettre le holà, pour dire là franchement, non, là c'est vraiment pousser le bouchon, là c'est plus possible, rien ne va plus. Non là rien ne va plus. Catherine pourrait tous les tuer si seulement elle avait pris le revolver d'Antoine dans ses valises, mais à défaut de posséder une arme, elle commence par foutre le feu à l'école de danse pour ne pas avoir à avouer à sa mère qu'elle doit la céder au moins temporairement, parce que les tâches administratives, la gestion du personnel, l'accueil des enfants, la barre au sol des vieilles, elle ne va pas pouvoir s'en occuper tout de suite, elle va devoir faire une pause pour régler ses comptes avec ces ordures qui ont fait de son corps et de sa vie une décharge publique. Putain. Ils n'ont encore jamais vu la colère de Catherine. Sa rage est insondable. Elle se transforme en furie.

Elle aurait pu étriper la secrétaire, enceinte jusqu'aux dents, elle aurait pu sortir son avorton de son ventre à mains nues, l'extirper avec les ongles, noyer le bâtard dans le sang de sa mère. Elle aurait pu, mais elle ne va pas jusque-là. Elle s'en tient à disséquer la petite chienne – elle n'a pas compté combien d'animaux domestiques ont transité dans leur famille – en guise de poupée vaudoue. Quand Catherine découvre le pot aux roses, la pouffiasse est enceinte de sept mois. Elle est fiancée, mais elle baisait déjà son patron depuis un moment quand elle est tombée enceinte, alors comment savoir ? Quel genre de pute ne sait même pas qui est le père de son enfant ? C'est d'un sordide, c'est trop crade, c'est vraiment tellement, tellement lamentable. Catherine s'est fait ligaturer les trompes. Elle est sûre d'une chose en quittant le père de ses enfants, c'est qu'elle n'en aura jamais d'autres que de lui. Quelle avanie d'imaginer son mari engrosser une salope ! Avoir des enfants de plusieurs lits lui a toujours semblé le comble de la vulgarité, parfaitement déclassé. Elle est estomaquée, elle est révoltée, et elle voudrait que sa vengeance s'abatte sur eux, sur leur engeance, avec la force écrasante du divin. Animée d'une puissance supérieure, elle se sent capable de les broyer de son poing. Et elle se venge de la pire manière qui soit, c'est-à-dire qu'elle se venge contre elle-même, elle réussit à s'immoler sans même s'apercevoir que c'est elle qu'elle sacrifie. Elle commence par brûler l'école de danse, et puis elle assassine le chien, et puis elle détruit la carrière de son mari en informant sa direction de ses petites affaires occultes, des malversations en tout genre qui ne datent pas de la veille. Il se fait coller un procès au cul, leur couple périclite à grands éclats de verre brisé et de cris de honte et d'horreur. Les enfants sont terrorisés, planqués dans leur chambre dont ils n'osent plus sortir, même pas pour aller aux toilettes la nuit si bien que le plus jeune se remet à pisser au lit, à neuf ans. Et puis Catherine prend la fuite, elle pare au plus pressé, elle ne cherche pas, elle suit le conseil d'Antoine qui lui dit de réintégrer l'appartement de l'avenue de Friedland qu'il a partiellement reconverti en bureaux lorsqu'il en a déménagé avec sa nouvelle femme.

Antoine est remarié. En même temps que Catherine, il s'est remarié lui aussi. Il n'est plus disponible, ou pas pour retourner vivre avec elle, pas pour réintégrer leurs meubles, pour recoller les morceaux de leur famille torpillée. Catherine retrouve leur appartement, la moquette bleu marine qu'elle avait fait poser, les canapés qu'elle avait choisis pour eux, les tapis qu'elle avait chinés, la table en marbre de la salle à manger, leur lit, les rideaux. Elle aimerait pouvoir se pendre à ces rideaux, s'empaler sur la tringle : en finir. Oui, il faut en finir. La mort de Claude la rattrape, le fantôme de Claude vient la hanter au milieu du sommeil qu'elle ne trouve plus que quelques minutes d'affilée. Malgré les somnifères et les calmants et le whisky, elle se réveille en sursaut au bout de quelques secondes, en sueur, les cheveux dressés sur le crâne, quelqu'un lui tire les cheveux par-derrière, elle a l'impression qu'on les lui arrache. Les hommes en blanc de son cauchemar reviennent, les troncs, la tronçonneuse, les bruits de ferraille. Non, non, pas moi, pas ça ! Ce n'est pas sa faute si Claude est morte, ce n'est pas sa faute si les hommes se sont payé sa gueule, ce n'est pas sa faute. Paul choisit ce moment pour lui écrire après quinze ans de silence. Il envoie sa lettre à Jacqueline, ne sachant où trouver Catherine. Il laisse un numéro de téléphone professionnel à Rouen. Catherine l'appelle. Paul. Finalement un homme va la sauver. Paul revient la sauver. Merci mon Dieu. Dieu soit loué. Merci Paul.

Catherine donne rendez-vous à Paul au Baromètre, comme la dernière fois. Les conditions atmosphériques ne pourraient être plus catastrophiques : pluie battante sur son visage, elle est toujours aussi belle, un peu maigre, un peu pâle, les traits tirés, elle n'est plus une jeune fille mais elle est toujours magnifique. Paul s'est remarié lui aussi, il a deux garçons, d'un an de moins que ses filles à elle. Mais oui, il l'aime toujours, il n'a jamais cessé de l'aimer. Elle retrouve les bras de Paul, son calme, sa prévenance. Il passe la nuit avec elle, à l'hôtel, un petit hôtel un peu miteux comme elle n'en a pas vu depuis quinze ans, et elle pleure quand il lui fait l'amour, elle pleure comme elle a pleuré la première nuit où ils ont consommé leur union. Sèche tes larmes, ma Catherine, je t'aime. Tout va s'arranger, ne t'inquiète pas, tu as toujours été si forte. Paul lui dit que sa femme aimerait la connaître, c'est pour ça qu'il l'a recontactée, sa femme a tellement entendu parler d'elle, l'adorable Catherine, la merveilleuse Catherine, il a fallu à sa mère dix ans pour arrêter d'appeler sa nouvelle femme Catherine… C'est parce que ta femme voulait me rencontrer que tu m'as écrit ? Elle répète la phrase à la manière d'un automate, hagarde, les yeux rivés sur le plafond comme cette nuit où elle hésitait à rejoindre Antoine, les yeux écarquillés sur une lézarde qu'elle croit voir s'ouvrir et déverser une nuée de bêtes étranges, des insectes, des trucs qui n'ont pas de nom, elle les sent se répandre en elle avec épouvante. Non, pas ces trucs, les faire disparaître, qu'ils disparaissent, pitié, non. Elle étouffe, elle ne va pas y arriver, non elle n'est plus forte du tout, elle ne sait pas comment elle va se relever, elle n'en peut plus, elle ne va pas y arriver. Elle a tellement mal, tellement mal. Ah, j'ai trop mal ! s'écrie-t-elle subitement en un râle sauvage. Elle se roule dans le lit, elle se tapit dans un coin. Putain, c'est pas possible, je vais crever ! Elle hulule, elle a quitté le monde des hommes, elle est passée dans une sphère que la raison ne domine plus.

Catherine pense à Serge, son salopard de père, et elle se repasse son parcours du combattant, son combat enfant, sa lutte pour survivre, le médecin-chef de Necker, et puis le grand-père tortionnaire qui tabassait mémé et la fouettait elle à coups de martinet, et Henri, ce sans-couilles, qui n'a jamais été là pour prendre sa défense, qui jamais ne lui aurait donné raison même quand il savait que sa mère avait tort, et Paul qui n'avait pas les épaules, Paul qui n'a pas tenu sa promesse, Paul qui l'a laissée partir alors qu'il avait juré, et Antoine, cette ordure, Antoine qui l'aura massacrée jusqu'au bout, et le dernier, Ducon, Ducon, putain, Ducon ! Pour la troisième fois, elle a pris le nom de son mari. A-t-on idée de s'appeler Ducon ? Non mais franchement, Catherine, faut pas être fute-fute quand même, faut en tenir une couche pour épouser un Ducon ! Mais qu'est-ce que t'avais dans le citron ma pauvre Catherine ? Qui se plante à ce point ? Qui, à part toi ? Mais comment tu t'es démerdée ma pauvre chérie ? Et comment tu vas t'en dépatouiller maintenant de ce fumier, hein ?

Elle ne voit plus clair, elle ne tient plus debout, elle fait la toupie dans cette maison hantée, elle est happée dans une spirale de souvenirs sordides qui la harcèlent à chaque pas. Elle a rapatrié son piano de la rue de Varenne, le Yamaha laqué noir qu'elle avait acheté avec Antoine pour que les filles apprennent à jouer, la seule chose à part les vêtements et les bijoux qu'elle ait déménagée. Elle joue la *Sonate au clair de lune*, le premier mouvement, le morceau qu'elle avait appris par cœur pour le récital auquel sa mère tenait tant – une telle preuve d'ascension sociale pour sa fille de savoir jouer d'un instrument –, et Catherine l'avait jouée avec brio sa sonate, sous les applaudissements du public, toute la salle l'avait ovationnée, elle s'en souvient encore, les doigts posés sur le clavier, rejouant sa sonate sans relâche. Elle n'a jamais appris le solfège, mais le premier mouvement de cette sonate elle le connaît par cœur et, une cigarette entre les lèvres, des cendres échouées entre les touches, elle s'applique à pianoter, soufflant sur la poussière grise pour la disperser. Elle marque une courte pause et allume une autre clope avec son mégot presque entièrement consumé, puis elle recommence, elle rejoue sa sonate désespérée, sa sonate du fond des ténèbres, sa sonate sans lune, sa sonate qui sonne le glas de son âme éperdue, sa sonate de trépassée. Elle en oublie d'aller chercher les filles à l'école, elle en oublie tout, elle a tout oublié, elle ne sait plus d'où elle vient, qui elle est. Comment s'appelle-t-elle d'ailleurs? Elle a changé de nom six fois en quarante-deux ans d'existence, c'est trop, elle ne se souvient pas, elle ne sait plus au juste qui est qui. Ah si voilà, Cremnitz. Elle s'appelle Cremnitz. Son père est mort en déportation. Oui, elle est juive, c'est ça, son père est mort à Auschwitz, dans les camps de la mort, ces convois qui partaient de la gare d'Austerlitz, tout lui revient maintenant, gare d'Austerlitz, c'est là qu'elle a dit au revoir à son père, là qu'elle l'a vu pour la dernière fois, les convois partaient de la gare d'Austerlitz, oui cette gare elle s'en souvient maintenant, les camps de la mort, oui mort en chambre à gaz, tout lui revient maintenant. Sa sonate, elle la joue nuit et jour, ses doigts la jouent pour elle, ses longs doigts fins tendus sur le clavier, aveuglée par les feux de la rampe, bientôt les applaudissements, roulement de tambour, elle prépare sa révérence, ses mains en grand écart sur le dernier accord, soupir, le tout dernier accord.

Antoine passe les voir tous les soirs, elle et leurs filles. Il la secoue comme un prunier, il lui crie : Catherine bordel ! Catherine, reprends-toi ! Catherine mais qu'est-ce que tu fous ? Et nos filles bordel ! Catherine le regarde amorphe, abrutie par le manque de sommeil et l'alcool et les médicaments. Elle le regarde sans le voir de ses yeux vitreux, elle sourcille, et puis elle lève les yeux au ciel avec un geste désinvolte qui d'une volute de fumée trace dans l'air un point d'interrogation. Ah, nos filles… Oui, nos filles ! Ah tiens, nos filles… Antoine la menace, Antoine lui dit qu'il va la faire interner si elle continue ses conneries, il faut qu'elle se fasse hospitaliser, elle n'est pas dans son état normal. Il faut qu'elle se fasse soigner. Ah, la normalité…, dit-elle. Vaste question. Geste. Catherine bordel ! Il n'y a plus de Catherine bordel, il n'y a plus de Catherine du tout, Catherine a déclaré forfait, elle a perdu la bataille. Catherine est bousillée. Elle veut en finir, pour elle et pour ses filles, elle va faire ça pour elles trois. Attention, il ne faut pas qu'elle loupe son coup. Elle ne veut pas leur faire peur, non, ne pas leur faire peur. Le gaz, ça n'ira pas, l'appartement est trop grand, la cuisine trop loin des chambres. Il faut qu'elle réfléchisse au bon moyen d'en finir, toutes les trois. Ensemble, pour l'éternité du monde entier.

Après l'accident de voiture, Antoine envoie son chauffeur chercher les filles, il les dépose chez leurs camarades de classe, pour qu'elles ne s'inquiètent pas, pour faire diversion. Catherine sent le vent tourner et s'enfuit chez Nini. Nini a suivi les mésaventures de son amie d'enfance, sa débâcle, Nini se désole, impuissante. Catherine la supplie de lui prêter sa voiture, et elle dit oui, comment dire non ? Catherine sait qu'Antoine est à ses trousses, elle sait ce qui l'attend, elle sait qu'il veut la faire enfermer. Mais ça ne se passera pas comme ça, elle n'ira pas en prison, elle n'est pas coupable, ce sont eux les responsables, eux les salauds, eux les assassins. Antoine demande à Ducon d'intervenir, mais Ducon dit très peu pour lui, il ne veut pas avoir affaire à elle, c'est une cinglée, hystérique, elle a déjà failli le buter, il ne veut plus jamais la voir. Antoine demande à Jacqueline de faire quelque chose, c'est sa fille, merde ! Jacqueline dit qu'elle connaît sa fille et elle ne veut pas s'en mêler, ses accès de violence peuvent être incontrôlables. Plus personne que lui pour agir. Antoine prend son courage à deux mains, et demande à son chauffeur de le conduire à Puypertus où Ducon est convaincu qu'elle s'est planquée. Il fait venir une ambulance du centre hospitalier de Tulle qui possède un service psychiatrique. Un hôpital vétuste, mais un grand hôpital, fondé sous Louis XIV, un hôpital historique. On passe à Catherine la camisole comme on passe aux criminels les menottes. Catherine est internée à Tulle, à l'automne 1989. De Tulle, elle est transférée à Sainte-Anne, le parangon des asiles psychiatriques en France, lieu de la découverte du premier neuroleptique, haut lieu de l'enseignement de la psychiatrie, aux urgences ouvertes vingt-quatre heures sur vingt-quatre pour tous les barjos de Paris.

Catherine pense creuser sa tombe dans le ciel de ce parc à fous, une tombe où l'on n'est pas serré. Elle pense que c'est terminé pour elle cette douleur, cette maudite douleur qu'est la vie. En finir, enfin, dans cet hôpital qui pue la pisse et la Javel comme celui où elle a grandi, cette odeur âcre des soins qui la suit à la trace, la suit comme un sillage. Elle pense que ça suffit, oui, ça suffit les conneries. Elle refuse de voir ses filles. Elle refuse qu'elles la voient dans cet état, dans cet endroit. Peut-être se souvient-elle de l'absence de sa mère à Necker. L'hôpital est un lieu orphelin. Catherine se dit qu'elle ne restera pas sous terre pour l'éternité. Le feu vaut mieux que les vers. Elle préfère se faire poussière, la poussière a plus de chances de se frayer une voie dans le lait noir de l'aube.

Ainsi commence une nouvelle décennie – les années 1990 – sous le signe de l'absence, de l'abandon, des petits chats en laiton que les patients de Sainte-Anne fabriquent à l'atelier de travaux manuels. Les saisons se confondent dans le brouillard des neuroleptiques. Catherine fête son quarante-troisième anniversaire avec un feuilleté aux pommes en forme de poisson que Nini lui apporte pour la faire rire. Mais elle ne sait plus rire. Et puis arrive la fête des Mères. Ses filles lui ont écrit des poèmes à l'école, des poèmes dignes des stages d'écriture proposés aux plutôt moins fous de l'hosto. Elle n'ose pas ouvrir l'enveloppe que vient lui livrer en mains propres une maman de leurs camarades de classe. Tu veux que je te les lise ? Oui, je veux bien, répond Catherine. La maman lit le premier, le poème d'Elsa. Si maman était une fleur, elle serait une rose blanche pour sa pureté. Si maman était un animal, elle serait une louve pour protéger ses petits. Catherine se met à chialer dès la première ligne. Elle pleure en silence, elle pleure toutes les larmes de son corps percé, son corps troué de partout. La lectrice la prend dans ses bras. Elle la serre fort. Catherine lui demande de lui lire le poème de Violaine. S'il te plaît, je suis prête à entendre.

Maman, Maman,
Toi qui m'aimes tant
Pourquoi partir sans me prévenir ?
Car maintenant je vais souffrir
Souffrir de ne pas te voir revenir

Elle sanglote, maintenant bruyamment, elle renifle, elle hoquette. J'ai compris, merci. Je vais m'en sortir. Je vais m'en sortir. Je vais retourner auprès de mes filles.

Dans *Saxifrage*, après la reproduction des poèmes d'Elsa et de Violaine, Catherine écrit sur deux pages, en lettres majuscules, suivi d'un gribouillis qui ressemble à l'électrocardiogramme d'une grande agitée : Fallait que je m'en sorte… Et puis, sur la page suivante : On n'a pas le droit de baisser les bras, ces bras qui entourent pour donner de l'amour à nos enfants quand ils appellent au secours.

Catherine n'a pas baissé les bras. Elle est retournée auprès de ses filles. Elle a donné une seconde chance à la vie, presque vingt ans de plus.

III

Ma sœur m'a annoncé la mort de maman au téléphone depuis Paris. J'étais à New York quand elle a prononcé les mots : C'est fini. Elle est partie. J'attendais son appel. Pour tuer le temps je m'étais mise à marcher de mon appartement sur Pacific Street jusqu'au fleuve, et au moment où mon portable a sonné je me tenais sur les berges de l'East River du côté de Brooklyn, entre les deux ponts qui relient cette péninsule à Manhattan, face à la béance que la chute des Tours jumelles avait laissée au sud de l'île. Par la suite, chaque fois que je prenais le métro aérien et que j'apercevais ce bout de rive depuis les fenêtres du wagon, je me rappelais cet instant dans ma chair et, l'espace d'une fraction de seconde, je sentais le train dérailler et plonger dans l'Achéron. Quelques mois plus tard, tandis que je passais en taxi au-dessus du lieu qui tout de suite était devenu pour moi une sorte de mémorial, j'ai remarqué sur la voie rapide en direction du Brooklyn Bridge un panneau vert forêt aux lettres blanches – cette signalisation typiquement américaine que le cinéma aime tant – qui indiquait le nom de la rue cachée sous le coude du périphérique : Catherine Lane. Ma ville lui avait consacré une plaque pour commémorer l'instant où sa vie se dérobait au monde.

Je me souvenais bien des Tours jumelles, je ne les avais pas seulement vues en carte postale, j'avais travaillé plusieurs années juste à côté, dans une petite maison d'édition où, après les attentats, il fallait se frayer un passage dans la poussière de cendres qui stagnait au-dessus des rues, et justifier sa présence pour franchir les barrages de police. J'étais partie m'installer à New York en 1998, j'avais alors dix-neuf ans. J'avais tenu exactement un an après avoir passé mon bac, et certainement si maman n'avait pas été là pour me mettre sous une douche froide, me donner des baffes, me déposer en voiture devant le lycée Charlemagne où se déroulaient les épreuves et me dire qu'elle m'attendait devant et qu'elle me ramènerait dans la salle d'examen par la peau du cul si j'essayais de me défiler, je n'aurais pas passé le bac, pour une raison qui aujourd'hui m'échappe mais dans laquelle je reconnais la stupidité de mes élans de rébellion. En sortant d'Henri-IV – où mon professeur de philosophie me proposait de me présenter au concours général, offre à laquelle je répondis d'un air ahuri, me demandant s'il m'avait bien regardée avec mon sari-paréo en guise de jupe, mes Vogue entre les lèvres à la récré, mes cernes alarmants rehaussés de khôl, mes cheveux en chignon à moitié défait retenu par un stylo Bic, que non, non merci, je n'étais pas du genre à faire des devoirs supplémentaires pour gagner un concours de boutonneux à lunettes –, j'étais la seule élève de ma classe, et peut-être du lycée, à refuser de m'inscrire en classe préparatoire aux grandes écoles, et j'hésitai même à m'inscrire à la fac mais je le fis parce que ça ne coûtait rien et je ne savais pas quoi faire d'autre. La dernière année de vie commune avec maman avait été d'autant plus difficile que ma sœur était déjà partie – elle suivait un prestigieux programme de droit international à Londres – et maman sentait bien que les jours étaient comptés avant mon départ. Nous en avions parlé et elle savait qu'à la fin de l'année scolaire, après avoir passé le bac et mon permis de conduire dans la foulée, je quitterais la maison, je partirais à mon tour. Maman avait réussi à survivre grâce à nous, disait-elle, grâce à ses filles, pour tenir son rôle de mère. Elle était restée vivante pour rester maman. Qu'allait-il advenir d'elle sans nous ?

L'été de mes dix-neuf ans, ma sœur et moi étions parties ensemble faire un stage à New York, celui de ma sœur à peu près légitime, le mien du genre qu'on donne aux filles de pour entretenir des relations utiles avec leurs parents ou les amis de leurs parents. Nous logions dans un petit appartement charmant que nous louions avec l'argent de papa, dans l'East Village, quartier à l'époque encore déglingue et archi-branché, au-dessus d'un café nommé le *Pick Me Up*, où nous ne manquions pas de nous faire effectivement *pick up*, draguer. Je tombai amoureuse d'un garçon plus âgé, que papa trouverait acceptable parce qu'il était érudit et que maman trouverait sympathique parce qu'il était décalé, et j'annonçai à maman lors de sa visite que je comptais rester à la rentrée. Maman, sur un ton solennel comme elle pouvait en prendre dans les situations critiques, me dit que non seulement elle comprenait, mais que cette décision lui semblait évidente, essentielle, qu'il fallait que je réussisse à vivre ma vie, que ce qu'elle m'avait imposé de douleur et de traumatisme était trop lourd à porter, qu'il fallait que je parte me construire ailleurs, pas sur les décombres de sa souffrance, pas sur les terrains minés de notre passé, sur une terre d'avenir, dans une ville nouvelle. Maman me donna ça, cette confiance absolue, éperdue, cet amour inconditionnel, cette audace avec laquelle j'ébauchai mon indépendance. Elle me dit : Va, ma chérie, tu as raison. Et puis, c'est bien qu'il y ait ce garçon, ça rassurera ton père. C'est bien. N'hésite pas à enjoliver au besoin pour le convaincre, mais ne t'inquiète pas de toute façon je te soutiendrai quoi qu'il arrive. Et elle expliqua à mon père qu'il était important que je parte, et papa n'avait jamais vraiment tapé du poing sur la table, il n'avait jamais usé de son autorité paternelle – pour ça il aurait fallu s'investir autrement, prendre parti –, aussi il me laissa m'envoler avec de l'argent sur mon compte en banque et autant de rallonges que je voudrais, l'argent n'était pas un souci, je ne me trouverais jamais dans le besoin, je n'avais pas à craindre l'indigence. Aussi je fis mes bagages, après avoir quitté l'amoureux chez qui j'avais vécu pendant ma première année de fac, qui attendait gentiment mon retour de New York et se prit une telle claque que je me demandai si la cruauté de cette rupture n'était pas une façon de représenter la difficulté de me séparer de maman, comme une fustigation expiatoire, comme si quelqu'un d'autre devait payer.

Je vivais à New York depuis onze ans quand ma sœur m'a téléphoné ce matin d'été qu'avait précédé de quelques jours la mort de Pina Bausch et que suivrait le lendemain celle de Merce Cunningham, deux des plus grands chorégraphes du siècle dernier, deux montagnes entre lesquelles la mort de maman se faufilait. Le jour de sa mort était inscrit au feutre rouge sur un miroir dans le film de Louis Malle *Le Feu follet*, sur fond de *Gnossiennes* d'Erik Satie. J'avais parlé à maman la veille, c'est-à-dire le jour même pour elle, avec le décalage horaire. Elle m'avait paru triste mais pas plus que ça. Elle m'avait dit qu'elle dînait chez des amis. Elle avait hésité un instant lors de notre conversation, et j'avais dit : Oui ? Elle avait répondu : Non, rien. Ce n'est rien, ma chérie. Je t'aime, c'est tout. Maman avait pris sa décision en prenant son billet d'avion pour rentrer à Paris de Dakar où elle vivait depuis sept ans. Elle voulait mourir à Paris, peut-être pour nous faciliter la tâche, peut-être pour mourir chez elle, auprès des siens.

Maman avait attendu la nuit où ma sœur rentrait de Los Angeles, en voyage pour le plus grand dossier de sa très jeune carrière d'avocate, elle attendait que ma sœur soit dans les airs pour disparaître, peut-être pour revoir sa fille une dernière fois dans le ciel auquel les avions donnent l'illusion d'accéder. Ma sœur devait impérativement parler à sa mère avant d'embarquer, par superstition, elle ne montait jamais en avion avant de parler à maman. Et maman ne répondait pas, son téléphone fixe sonnait dans le vide, et son portable était sur messagerie. Peut-être elle est restée dormir chez ses amis, dis-je à ma sœur pour la rassurer, mais je m'inquiétais autant qu'elle. Ma sœur savait qu'il était impossible que sa mère se soit endormie sans lui parler, sachant pertinemment que sa fille avait besoin d'entendre sa voix avant de monter à bord. Maman n'avait pas eu la force de parler à sa fille aînée. J'expliquai à ma sœur, qui refusait de comprendre pourquoi maman m'avait appelée moi et pas elle, qu'elle s'était toujours battue pour l'obliger à vivre, que maman savait qu'elle entendrait à sa voix que quelque chose n'allait pas, ma sœur aurait repéré la fausse note, elle l'aurait obligée à lui avouer son projet. Quoi, maman ? Quoi ? Dis-moi ! Elle l'aurait obligée à lutter comme elle l'avait toujours fait, et maman ne voulait plus, elle avait décidé, elle ne voulait plus se battre.

Maman s'est suicidée dans son appartement parisien, derrière le musée d'Orsay, l'appartement que lui payait papa et où elle vivait par intermittence depuis qu'elle était partie à Dakar, l'appartement dans lequel elle avait emménagé après que nous avions quitté le foyer. Ma sœur a trouvé sa dépouille – elle avait les clés – en arrivant de l'aéroport. Elle m'a appelée immédiatement, non, elle a d'abord appelé la police, et puis elle m'a appelée. Elle m'a dit : C'est fini. Elle est partie. Il me semble que je ne l'ai pas crue sur le moment. Je lui ai répondu : Non ! Essaie encore. Appelle les pompiers ! Souviens-toi, les pompiers l'ont toujours ranimée ! Souviens-toi, il faut encore essayer ! Elle m'a dit qu'elle était désolée, tellement désolée, elle s'est mise à sangloter, et elle m'a demandé de venir le plus vite possible. Je m'en suis tellement voulu après de lui avoir demandé de garder son corps intact. Sur le coup, sous le choc, je lui ai dit : Je t'en supplie, je veux la voir là comme elle est, je veux la voir telle quelle. Je t'en supplie, ne les laisse pas la toucher. Il y a eu un silence sur la ligne, un long silence comme celui qui précède un pleur de bébé, elle a poussé un cri transperçant. Je ne crois pas que ce soit possible. Toi, je t'en supplie, chouchou, ne m'en veux pas, je ne crois pas que ce soit possible. Je me suis tant reproché de lui avoir imposé cette supplique. Nous avions tant voulu l'une et l'autre répondre aux prières, à toutes les prières.

À l'impossible nul n'est tenu, dit l'adage. Seulement nous avions été élevées sans limites, nous nous étions astreintes à redéfinir le possible en repoussant les obstacles, en portant en nous le pouvoir fantastique, fantasmatique de maintenir maman en vie. Nous avions échoué. Nous l'avions perdue et en la perdant nous perdions le sens même de notre existence, cette mission impossible sur laquelle nous nous étions construites. Peu importe combien de thérapeutes, de professionnels de la question nous diraient que nous n'étions pas responsables, qu'il ne fallait pas nous culpabiliser, que nous n'avions pas tué notre mère, ma sœur et moi savions ce que nous savions : nous étions tenues de la garder en vie. Oui, à l'impossible nous étions tenues.

Ma sœur ne m'a pas avoué tout de suite que maman s'était suicidée. C'est seulement plusieurs heures après mon arrivée à Paris, à la terrasse d'un café place des Vosges, près de son appartement que nous ne voulions pas transformer en quartier général du deuil, aussi nous nous rabattîmes sur un lieu plus neutre qu'au moins nous pourrions éviter par la suite, alors que mes deux plus proches amies étaient arrivées en renfort et me tenaient les mains de toutes leurs forces, c'est seulement à ce moment-là que ma sœur m'a annoncé que maman avait laissé une lettre. Elle était morte d'une overdose de médicaments, ç'aurait pu être un accident. Ce n'était pas un accident. Elle avait laissé une lettre à Paris, dans laquelle elle évoquait une autre lettre chez elle et son compagnon à Dakar, qu'elle avait cachée sur une étagère de leur bibliothèque, une bibliothèque pleine de lacunes où reposaient quelques livres de son passé, des exemplaires de *Saxifrage*, *Belle du Seigneur* d'Albert Cohen – son livre de chevet pendant toute mon adolescence, et je la revoyais lire la scène d'Ariane dans le bain à voix haute, peinant à déchiffrer les mots, hésitant, se reprenant pour suivre le rythme de ces phrases sans ponctuation –, *Tropismes* de Nathalie Sarraute, le manuel *Tout se joue avant 6 ans*, et quelques autres volumes épars qui lui tenaient lieu de symboles, de portraits de famille. Maman nous avait écrit que la lettre adressée à son compagnon était rangée dans un livre de Stefan Zweig, son auteur fétiche, vous ne pouvez pas le louper, il est rouge vif : *Brûlant secret*.

Le livre était effectivement immanquable. Oui, il était immanquable. Fente pourpre dans le ciel crépusculaire, je l'avais longtemps observé sans oser y toucher. Rouge vif, ou de cette couleur écarlate dont les sages-femmes disent aux parturientes après l'accouchement qu'il faut s'en méfier. L'exemplaire que je tiens entre les mains n'est pas l'objet authentique – je m'en aperçois à la date de l'achevé d'imprimer en fin de volume – mais il est identique. Ma sœur a dû conserver l'original dans un des innombrables cartons qu'elle refuse de jeter, empilés dans des garde-meubles qu'elle loue à cet effet. La lettre, elle la garde dans un coffre, là où d'autres gardent les testaments ou les bijoux des aïeux. Je m'étais dit que si j'écrivais l'histoire de maman, il faudrait bien que je finisse par lire Zweig. Je l'avais consciencieusement évité, comme si ç'avait été commettre un acte incestueux de m'intéresser à lui. *Brûlant secret* : franchement maman, c'est un peu beaucoup, non ? Il fallait examiner cet ultime indice. Sa toute dernière lettre, elle l'avait adressée à cet auteur juif autrichien, suicidé au même âge qu'elle. Je préférais penser que c'était à lui qu'elle la destinait plutôt qu'à son amant sénégalais, qui me semblait loin d'être à la hauteur. Non, ni lui ni aucun homme ne lui était arrivé à la cheville. Et si je savais que cette déclaration émanait du regard idolâtre de la petite fille que j'avais été, et si j'étais capable, avec le recul de la maturité, de brosser son portrait de manière plus nuancée – je voyais nettement sa fêlure comme sa force –, néanmoins, maman restait à mes yeux plus héroïque que quiconque. Maman était mon héroïne, un point c'est tout.

Dans *Brûlant secret*, un garçon d'une dizaine d'années, à la suite d'une longue maladie, part en convalescence seul avec sa mère. Là, dans une pension bourgeoise, un homme remarque cette femme qui n'a rien d'extraordinaire, mais elle lui plaît, et pour tromper l'ennui plus que par réelle attirance, il la séduit. Je ne pourrais dire quel secret j'avais imaginé le livre receler, mais pas celui que j'y ai découvert. L'enfant s'aperçoit que les adultes lui cachent des choses. En observant l'intrigue qui se joue entre le monsieur et sa mère, il prend conscience de l'existence de la femme : maman est un être humain après tout, doté de désirs distincts des siens, voire contraires.

Entre la mère et la putain, maman n'avait jamais su choisir. Ce déséquilibre constant perdura par-delà le départ de ses filles et l'avait certainement précédé. La femme vivait ce funambulisme, l'inéluctable funambulisme de son sexe, tant bien que mal, mais maman le vivait surtout mal. Le cul entre deux chaises, elle n'avait jamais réussi à le poser, son si beau cul dont les hommes avaient tant voulu. Dans *Saxifrage*, elle écrivait : Mon cul, mon cul vous ne l'aurez plus ! Et puis en conclusion : À ce jour… je crois avoir acquis le droit de vous dire : MERDE. Sans cesse bafouée par la faiblesse de son sexe, ses vaines tentatives d'émancipation restaient irrémédiablement tributaires de son con. Jusqu'à son dernier message à son amant glissé dans ce livre qui disait en toutes lettres combien le désir culpabilisait la mère, dupait la femme et trahissait l'enfant. Et mère et salope, et soumise et lascive, et consentante et farouche, et mamelle et matrice, et dépendante et dominée. Les mères avaient tout à perdre et maman avait tout perdu, au fur et à mesure, à commencer par elle-même.

Une fois qu'un homme s'est trouvé lui-même, il ne peut plus rien perdre dans le monde. Une fois qu'un être s'est compris lui-même, il peut comprendre tous les humains.

Je n'étais pas sûre de saisir le sens de cette citation, ou celui que maman lui avait attribué en la plaçant en exergue de son autobiographie. Je crois que j'avais imaginé qu'au terme de l'écriture de son livre elle avait chargé ces phrases d'énoncer la valeur morale de sa rédaction : après la longue introspection que nécessite tout travail créatif, elle s'était enfin sentie capable de comprendre ses frères humains – ou quelque chose de ce style. Étrangement, il ne m'était pas venu à l'esprit de chercher leur signification dans l'œuvre de Stefan Zweig. Aussi en poursuivant la lecture des nouvelles recueillies dans *Brûlant secret*, j'étais sidérée de retrouver ces mots en conclusion de *La Nuit fantastique* ; pour moi ils n'existaient réellement que dans *Saxifrage*. Quasiment isolées sur la dernière page, les phrases y dansaient comme des spectres, enveloppées d'un large espace blanc. Ces fantômes de prose révélaient une tout autre interprétation. Zweig y faisait l'apologie de l'excès, du risque, de la vigueur impérieuse des sentiments éveillés par une volupté extrême. Dans le récit, il s'agit de défendre la violente ardeur de l'existence que ce soit dans la fange du vice ou le sublime, qu'importe ! Seul vit véritablement celui qui vit son destin comme un mystère, celui qui considère les normes comme vaines, celui qui se fout des conventions. Eurêka. Oui, maman voulait vivre comme ça, ou pas. Mais le ressac des sensations fortes lui était néfaste – les vagues l'emportaient trop loin, trop haut et trop bas. Il aurait fallu qu'elle s'accommode d'une onde quand son cœur ne s'attachait qu'à des lames de fond. Elle préférait la noyade aux mers sans écume. Si elle m'avait demandé mon avis, je lui aurais choisi Virginia Woolf avant tout autre écrivain. Mais elle ne m'avait rien demandé, et je ne pouvais pas vivre à sa place, de même qu'elle nous avait crié à tue-tête qu'elle ne pouvait pas pisser à la nôtre.

Nous avions interverti les rôles depuis tellement longtemps que sans nous en rendre compte nous avions fini par lui reprocher la même ingratitude dont elle s'était tant plainte. Chacun de ses anniversaires, chaque fête des Mères lui donnait l'occasion de nous jeter au visage nos cadeaux piteux, nos attentions toujours insuffisantes. On peut pas dire que vous vous soyez beaucoup fatiguées ! Ma sœur et moi fixions encore nos pieds au téléphone entre Paris et New York, au détour de deux appels vers Dakar. Elle t'a dit pour le foulard ? Oui, elle pensait que c'était toi qui l'avais choisi. Je cite : Vous vous êtes pas foulées, il est vraiment à chier le foulard de ta sœur ! Non ? Si, je te jure. C'est quand même dingue d'être comme ça. Je lui ai fait remarquer qu'il y a des enfants qui oublient carrément l'anniversaire de leur mère. Je te laisse deviner ce qu'elle m'a répondu. Euh, y a des cons partout? Nous la connaissions toutes les deux comme si nous l'avions faite. Régulièrement, quand je haussais le ton, me fâchant qu'elle mijote encore, elle se révoltait : Mais maman! Non, pas maman. Je n'étais pas sa mère. Sa méprise, lorsqu'elle l'énonçait de manière si flagrante qu'elle était obligée de l'admettre, lui donnait des scrupules. Pardon ma chérie, ah là là quel lapsus.

Il a fallu nous rendre à la préfecture de police, la police à qui ma sœur avait dû faire une déclaration sur le vif, sur le lieu du drame. Elle m'a raconté plus tard qu'elle avait hésité à montrer la lettre de maman dont elle savait pertinemment qu'elle serait aussitôt confisquée comme pièce à conviction, mais elle se félicitait d'avoir eu la présence d'esprit de ne pas la cacher – pour pouvoir me la donner à lire de la main à la main sans qu'elle ait transité par les doigts sales des flics –, elle avait bien fait, elle aurait eu de sérieux ennuis avec la justice. Se suicider est considéré comme un acte criminel, les témoins doivent garder leurs distances, au risque d'être soupçonnés de meurtre. Maman aurait été tellement déprimée à l'idée de toutes ces mesquineries auxquelles nous devions faire face. Son appartement avait été mis sous scellés, le contenu de son sac à main inventorié. L'inspecteur de police nous fit une remarque qui nous sembla aussi agressive que déplacée quant au nombre de médicaments que maman trimballait sur elle. Ma sœur et moi devions nous serrer les coudes et nous pincer à tour de rôle pour ne pas injurier le premier qui la ramènerait. Notre douleur imposait sa tyrannie malgré nous, nous en étions nimbées, muettement menaçantes. Puis le corps de maman a été transporté – ma sœur avait demandé si on pouvait attendre mon arrivée, on lui avait répondu non, un non catégorique – à l'institut médico-légal où une autopsie confirma la cause du décès.

Maman vivait à Dakar, elle avait refait sa vie comme on dit, une vie entrecoupée de séjours à Paris pour voir ma sœur, pour me voir quand je faisais coïncider mes passages avec les siens, et pour se ravitailler en médicaments. Maman avait de plus en plus mal partout. Elle avait subi deux opérations de remplacement des hanches, la gauche puis la droite, et la dernière avait été suivie d'une maladie nosocomiale gravissime dont elle avait failli mourir. Ma sœur et moi nous relayions à son chevet en permanence, y compris dans le service des soins intensifs. Défiant le règlement qui interdisait les visites, nous nous planquions dans un placard pendant la ronde des infirmières. Nous avions enfin trouvé une occasion de démontrer notre dévouement, comme avant : il n'était pas question de flancher. Les médecins se disaient impressionnés devant ses progrès, les infirmières n'en revenaient pas, elles n'en voyaient pas beaucoup des filles qui passaient toute la journée auprès de leur mère. Nous serions restées la nuit si nous avions pu. Un soir, au moment de la fermeture de la clinique, nous avons resquillé en nous glissant sous la grille à moitié descendue pendant que le gardien avait le dos tourné. Nous devions impérativement embrasser maman à une heure du matin, parce qu'elle avait une crise d'angoisse subite. Agenouillées de part et d'autre de son corps gisant, perfusé de partout, nous lui avons dispensé un dernier baiser avant de nous faire intercepter par une infirmière qui nous a demandé si nous n'étions pas un peu toquées. Mais comment vous êtes entrées ? Ça va pas, non ? Partez immédiatement ! Maman était si fière. Se faufilant une toute dernière fois dans la chambre pendant que je faisais le guet au bout du couloir, ma sœur lui a promis que nous serions de retour à la première heure. Je l'entendais lui murmurer : À demain, maman, à demain matin, maman. Maman ! Je t'aime, maman chérie ! Je t'aime à la folie pour toute la vie et pour l'éternité du monde entier. Maman avait le corps flingué par sa maladie infantile, la danse classique, les excès, les médicaments, l'alcool, la clope, elle avait le visage dévasté par ses déboires et la chirurgie qu'elle s'était offerte pour masquer le tout n'avait fait qu'aggraver les ravages du temps sur sa beauté.

Maman était détruite. À soixante ans, elle ressemblait à une vieille femme : boiteuse, le ventre distendu, ses cheveux de soie clairsemés, ses mains aux veines dilatées comme une poignée de vers, sa peau grise malgré le hâle que le soleil d'Afrique donnait à son teint. À Dakar, elle pouvait continuer d'être belle, elle était *toubab*, la belle *toubab* blonde dont les excentricités passaient pour des travers de Blanche, sa démence classée sous le signe de la différence culturelle, ses délires facilement pardonnés grâce aux francs CFA qu'elle déboursait à tout bout de champ. Sa pension alimentaire – celle que lui versait papa depuis toujours – lui permettait de se payer sinon du luxe, le luxe d'avoir encore une place dans la société, de ne pas être paria, paumée, ratée, folle-dingue. Elle était simplement *toubab*. Oui, *toubab*, ça allait. Son compagnon avait mon âge, un grand dadais de deux mètres de haut et la moitié de large. Elle l'avait rencontré lors d'un voyage avec de nouveaux amis, lesquels l'avaient convaincue d'ouvrir un centre culturel, une de ses idées qu'il était impossible de lui sortir de la tête. Elle s'entichait de personnes aussi loufoques qu'opportunistes avec qui elle montait de grands projets : un ranch/cabaret dans les montagnes de l'Atlas au Maroc ; une chaîne de saladeries françaises à travers les États-Unis ; un commerce d'import-export de poterie tunisienne ; un foyer pour immigrés roumains qui accueillerait des artistes en résidence et éventuellement en parallèle pourrait servir d'orphelinat pour les enfants des rues. La dernière année à Dakar, elle avait décidé de monter un business de décoration d'intérieur en passant commande à des artisans locaux avec qui elle dessinait des meubles en kotibé et en dibétou, des équivalents de l'acajou et du noyer qui ne coûtaient rien du tout comparativement aux prix français, et lui permettrait de faire fortune dans le monde entier. Elle s'indignait du peu d'enthousiasme que ma sœur et moi manifestions à l'égard de son projet. Elle s'indignait beaucoup depuis un moment, que nous daterions a posteriori : la mort de mamie.

Maman, qui avait dit qu'elle attendait avec impatience qu'elle clabote cette salope, le jour venu ne la ramenait plus. Elle est arrivée à Montreuil directement depuis Dakar avec des lunettes noires, la clope greffée au visage. Elle n'a quitté ni sa clope ni ses lunettes jusqu'à son départ. Maman a voulu aller voir sa mère au funérarium avant la fermeture du cercueil. Elle a voulu lui parler seule. Dans la bière, elle lui a déposé une lettre dont je ne lui ai pas demandé le contenu, mais elle m'a dit qu'elle avait écrit qu'elle lui pardonnait, qu'elle voulait qu'elle parte en paix. Mamie avait demandé à se faire incinérer, et nous avons accédé à son vœu au crématorium de Montfermeil où le visage de maman mimait avec éloquence le sinistre du lieu. Dans le taxi que nous avons pris toutes les trois en direction du jardin du souvenir, là où nous aurions l'occasion de nous remémorer mamie, si nous le souhaitions, nous a expliqué le croque-mort, maman a décidé d'appeler son père, avec qui ma sœur et moi ne savions pas qu'elle était en contact. Elle nous a dit alors que lui aussi était mal en point, à l'article de la mort, même. Elle nous a demandé si nous voulions lui parler. Pour toute réponse nous lui avons jeté un regard horrifié. Et puis après la crémation, elle nous a dit : Je vous préviens, vous avez pas intérêt à me faire le coup de Montfermeil ! Putain j'ai jamais vu un endroit aussi sordide ! Elle, elle voulait que ses cendres soient dispersées au large de la pointe des Almadies à Dakar. Ah simple, nous lui avons dit, sur le ton de la blague, croyant peut-être qu'elle plaisantait. Oui, sur une pirogue avec des joueurs de djembé, en boubou de préférence, elle était très sérieuse, il fallait que nous en fassions une fête, que nous fassions de son absence une célébration de sa présence, pas un truc plombant et lourdingue, une fête quoi, un moment de joie. Une grande fête avec tout le monde, nous a-t-elle dit. Tous vos amis, tout le monde. Faites une grande fête et pensez à moi.

J'étais chargée d'appeler le compagnon de maman pour lui annoncer son suicide et lui indiquer où était la lettre qui lui était adressée. J'étais désignée par défaut parce que j'étais la seule à l'avoir rencontré, la seule à être allée voir comment vivait maman à Dakar. Il a beaucoup pleuré au téléphone, il a crié d'abord, et puis il s'est mis à pleurer. Il m'a demandé s'il pourrait la voir une dernière fois. Il ne pourrait la voir qu'ici, en France, à Paris. Il a fallu trouver le moyen de le faire venir, il a fallu lui obtenir un visa dans des délais qui permettraient que le corps de maman soit encore visible. Il a fallu faire l'impossible, mais ça, ma sœur et moi en étions capables. Rien n'était impossible tant qu'il s'agissait de maman, sauf de la sauver. En moins d'une semaine nous avons mobilisé le cabinet du ministre des Affaires étrangères et le consulat de France à Dakar. En moins d'une semaine il était dans l'avion.

L'été après la mort de mamie, avec l'argent de l'héritage, nous avions acheté un petit appartement dans un immeuble haussmannien, pour nous servir, à maman et à moi, de pied-à-terre à Paris. Il était face à la Seine, devant le Pavillon de l'Arsenal, avec une vue dégagée sur le pont d'Austerlitz et, sur la rive opposée, la gare et le Jardin des Plantes. En admirant le panorama de cette ville si familière, je voyais mon enfance se découper en contours, des lignes en pointillé reliées par la trame du souvenir. L'empreinte de mon passé dans ces rues était indélébile, mais de même que New York évoque des scènes de films participant d'un imaginaire collectif si puissant qu'il n'est pas nécessaire de les avoir vues pour les reconnaître, à Paris, aux annales personnelles se superposent celles de l'histoire de la littérature. Ainsi tous ces matins pluvieux de mon adolescence, quand j'allais au lycée sous un ciel bas et lourd ; ainsi se confondaient l'adresse d'un restaurant que papa fréquentait et celle de l'appartement d'Eugène de Rastignac ; ainsi j'entendais l'octosyllabe de Villon cadencé au rythme de mes pas pressés rue Saint-Louis-en-l'Île ; ainsi une cheville foulée sur un pavé mal équarri…

Depuis l'an 2000, la tour Eiffel tous les soirs scintillait à heure fixe, et quand la rive gauche s'illuminait, j'étais sûre de ne pas être seule à voir le Saint-Germain légendaire briller avec le reste des lumières de cette cité fantasmagorique. Cependant, j'étais tout à fait convaincue que la vision fugace de notre chien sortant d'un bond de la voiture pour faire ses besoins sur l'esplanade des Invalides, mêlée à celle d'une réception dans l'un des ministères derrière la place du Palais-Bourbon où mes collants me grattaient, mes cheveux me tiraient, j'avais trop chaud et maman me faisait peur, m'était propre et unique. En regardant la gare d'Austerlitz, je repensai à maman emportant des liasses de billets cachées dans son pantalon à bord d'un train Corail, et à un livre de W. G. Sebald que j'avais lu un hiver dans un café du Lower East Side. Puis ma rêverie s'arrêta brusquement sur un bâtiment en brique sans intérêt en face de notre immeuble. J'avais demandé à maman si elle savait ce que c'était. Elle s'était approchée de la fenêtre, et, me soufflant la fumée de sa cigarette dans le nez, elle m'avait dit : Non, aucune idée.

Papa aurait su. Papa était souvent passé devant pour retrouver les membres de sa tribu sabordée. Ce bâtiment, c'était l'institut médico-légal, là où j'ai vu maman pour la dernière fois, là où il a fallu lui dire adieu à jamais. J'aurais aimé la voir à peine débarquée, la voir, à tout prix la voir, mais j'étais forcée d'attendre les résultats de l'autopsie, et ce n'est que six jours plus tard que j'ai pu découvrir son corps. J'ai cru m'évanouir en arrivant à l'adresse, près de l'appartement, non ça semblait invraisemblable. Malgré ma détermination, je n'en menais pas large tout à coup, je n'étais plus sûre d'avoir la force de ne pas m'effondrer devant la dépouille de maman. Les morts de cette morgue sont des victimes de meurtres ou d'accidents, la plupart violents, certains sont des enfants brûlés vifs ou criblés de balles que les parents doivent venir reconnaître. La directrice de ces limbes a écrit un livre magnifique intitulé *La Maison du mort* dans lequel elle raconte son expérience. Je ne pourrais dire si c'est cette femme qui m'a reçue. Je me souviens qu'elle était bien maquillée, bien coiffée, qu'elle portait une bague avec des diamants, et que ses yeux m'ont pénétrée avec une compassion inattendue, une candeur inimaginable. Elle m'a prise par la main en me disant où nous allions, elle m'a expliqué ce que je m'apprêtais à voir, comment maman me serait présentée, que nous allions la voir derrière une vitre. J'ai fondu en larmes, et elle m'a serré la main avec la prévenance d'une proche. Je ne pourrais pas la toucher? Nous allons y aller ensemble, elle m'a répondu alors, nous allons la regarder ensemble derrière la vitre, et exceptionnellement, peut-être nous pourrons aller la toucher, mais il faudra que vous m'aidiez, il faut que vous fassiez comme je vous dis. Je l'aurais suivie au fond des Enfers, je l'aurais suivie aveuglément sans jamais enfreindre son commandement tant sa voix, sa bonté, son calme et son recueillement m'inspiraient une confiance absolue. Cette femme était l'inoubliable passeuse qui m'a permis de baiser le front de ma mère morte. Cette femme était auprès de moi pour me donner le droit de l'embrasser. Elle a l'air apaisée, m'a-t-elle dit. C'était vrai. J'ai remarqué aussi que ses traits avaient commencé à s'affaisser, ses paupières inférieures avaient glissé le long des orbites, la putréfaction avait déjà étrenné son cadavre. Elle était recouverte d'un drap jusqu'au cou. Est-ce que je pourrais voir ses pieds ? je lui ai demandé, terrifiée. Non, je ne pouvais pas voir ses pieds, ils étaient trop nécrosés. Elle m'a expliqué l'autopsie, elle m'a expliqué ce que cachait le drap, son corps tuméfié. J'ai essayé de ne pas pleurer parce que j'ai eu peur que mes larmes ne la fassent me chasser plus vite mais je n'ai pas réussi à les retenir, elles se sont mises à couler toutes seules comme la peau flasque des vieux macchabées. J'étais tellement triste d'imaginer les pieds de maman, ses pieds eux aussi étaient morts, leur sublime cambrure était morte aussi. J'étais tellement, tellement triste.

Je ne m'étais pas mariée, pas même ou surtout pas pour obtenir des papiers qui m'auraient permis de vivre légalement aux États-Unis. J'avais commencé à travailler à dix-neuf ans, tout en continuant mes études de lettres modernes à la Sorbonne par correspondance. J'étais allée jusqu'à la maîtrise ; j'étais rentrée passer les examens de fin d'année, j'avais rendu mes devoirs, mes dissertations, mes commentaires de texte, mes travaux de méthodologie en temps voulu, j'avais été plutôt bonne élève tout compte fait. J'avais décroché un poste improbable dans une maison d'édition qui me procurait un visa de travail et m'offrait des responsabilités bien au-delà de mon expérience inexistante ou de mes compétences putatives. J'apprendrais, m'avait affirmé mon patron quand je lui avais avoué mon manque de savoir-faire : *You'll learn.* J'appris effectivement un métier, et j'acquis les connaissances et les relations qui me manquaient, et la carte verte, par moi-même, sans le piston de papa, sans me marier, et j'en tirais une certaine fierté. J'avais vécu six ans avec l'homme que j'avais rencontré en arrivant, et puis nous nous étions séparés comme il était prévisible, peut-être plutôt plus tard que prévu, et je tombais amoureuse, et je tombais amoureuse. Et mon amoureux au moment de la mort de maman nous avait trouvé un magnifique appartement à Brooklyn dans lequel nous avions emménagé quelques mois auparavant. Nous nous connaissions depuis longtemps, nous avions eu une relation sporadique au fil des années. Cette fois-ci c'est le bon ? s'était enquise maman. Qu'est-ce que c'est que cette question vieille France, maman chérie ? Tu te soucies que ta fille se case ? Parce que ça t'a tellement bien réussi, toi, de te marier ? Hé ho, ça va, hein ! Je ne me suis jamais érigée en modèle, se défendait-elle. Et je ne fais que demander, je ne te force à rien, et je ne t'ai pas dit que je voulais à tout prix que tu te maries. Je lui répondais qu'il n'était pas nécessaire qu'elle s'érige en quoi que ce soit, elle était ma mère. La conversation en général s'arrêtait là, nous ne nous énervions pas, nous discutions, nous débattions éventuellement de la valeur du mariage de nos jours, du statut de la femme, de la perpétuelle inégalité des sexes. Et puis ce dialogue était toujours le signe que tout allait bien, tout allait pour le mieux : maman prenait de mes nouvelles, maman se souvenait des circonstances de mon quotidien, maman me posait même des questions sur l'avenir. Que demander de plus !

Il a fallu s'occuper des funérailles. Ma sœur et moi nous étions regardées, dans ce café où nous passions nos journées quand nous n'étions pas au ministère, à la morgue, aux pompes funèbres, nous nous étions regardées et sans prononcer une parole nous nous étions dit : Il faut y aller. Nous avons décidé de partir à Dakar juste après la crémation au Père-Lachaise – nous avions promis, pas Montfermeil – et d'y emmener moi mon amoureux, ma sœur son amoureuse, et nos plus chers amis, ceux qui de tous temps, toujours depuis notre enfance étaient venus nous secourir dans les pires drames de notre existence. Aussi nous sommes partis pour Dakar à huit avec les cendres de maman dans nos valises. Vous n'êtes pas sérieuses, les filles ? nous ont demandé nos amis à l'annonce du projet. Est-ce qu'on a l'air de rigoler, là ? Nous avions appris par le compagnon de maman que la crémation était illégale au Sénégal, et par les pompes funèbres qu'il était illégal de disperser des cendres humaines dans la nature. Nous ne nous sommes pas souciées de savoir s'il était légal de transporter des cendres à l'étranger, en l'occurrence au Sénégal : nous imaginions bien que non. Nous avions préparé un stratagème, mais nous devions d'abord nous occuper de ses obsèques à Paris.

Notre inconcevable douleur abolissait tout sens de la mesure, tout sens de la retenue, nous étions sans vergogne, nous devenions des bêtes sauvages, furieuses, forcenées. Tant que nous pouvions encore œuvrer pour maman, nous la maintenions en vie et nous aurions été capables d'en venir aux mains, nous aurions pu frapper, griffer, mordre toute personne qui aurait tenté de contrarier nos plans. Les responsables du crématorium du Père-Lachaise voulaient nous reléguer dans une petite salle pourrie en sous-sol, et l'obstination avec laquelle nous leur avions répondu que nous n'avions que foutre de leurs problèmes de logistique et de réservations, pas tant hystériques qu'intraitables, l'obstination avec laquelle nous nous acharnions nous donna gain de cause. Nous voulions la grande chapelle avec un piano à queue. Sans attendre d'avoir confirmation qu'elle serait effectivement mise à notre disposition, nous nous mîmes en quête d'un pianiste. Nous voulions qu'il puisse jouer la *Sonate au clair de lune* et la *Valse de l'adieu* de Chopin. Une amie parmi le comité de soutien qui ne nous quittait plus – un relais constant s'était mis en place sans que nous participions à son organisation, un escadron de résistants incroyablement efficaces – nous avait regardées effarée, et avait commenté : Trop sympa ! Et après on va tous se pendre ? Tous et toutes, nous avions éclaté de rire, de ce rire qui nous permettait même furtivement, entre les larmes, les rivières de larmes, et l'ivresse – les piscines de rosé, les flots de champagne, parce que nous nous étions mis au champagne, oui, allez champagne ! À maman ! –, de recouvrer notre humanité. Ce rire propre à l'homme, sa décharge électrique, nous rapatriait de gré ou de force chez les vivants. Nos amis, d'instinct, avec cette sensibilité inouïe, si spontanée qu'elle n'aurait pu se manifester autrement que dans l'immédiateté de la repartie, nous empêchaient de sombrer. Vous vivez l'enfer, semblaient-ils dire, mais vous n'y resterez pas, on va vous sortir de là, on est là pour vous, tenez bon, on ne vous lâchera pas.

Le jour des funérailles, papa a fait livrer des roses dont nous lui avions demandé qu'elles soient blanches. Nous avons fait de la salle un décor de théâtre, pour son dernier acte, sa dernière performance, maman dans son cercueil devait être sublime. Nous voulions que la salle ressemble à une roseraie, nous avons disposé des arcades, installé de faux espaliers faits de bric et de broc, des pyramides de roses blanches, uniquement des roses blanches, des centaines de roses blanches. Nous avons apporté un immense portrait de maman qu'un ami peintre de papa avait fait d'elle quand ils étaient encore ensemble, un dessin au fusain et à la craie, noir et blanc, qui avait trôné au-dessus du piano toute notre enfance. Elle aimait ce portrait, elle s'y reconnaissait, mais moi je le trouvais trop lisse, trop littéral, parce que seule sa beauté y transparaissait uniformément. Nous fûmes les seules à prendre la parole, ma sœur et moi. Papa, le grand orateur, n'était pas dans l'assemblée. Tout Paris était en villégiature début août, y compris papa, qu'un accident insignifiant empêcha de faire l'aller-retour depuis sa maison de Bretagne. Seuls nos amis, nos amis d'un dévouement inébranlable, avaient renoncé à leurs projets pour être là avec nous. Maman, elle, n'avait plus d'amis. Elle les avait tous eus à l'usure, personne n'en pouvait plus, pas même son amie d'enfance, de toujours, sa plus grande et plus chère amie, celle qui avait été là tout au long de son existence. Même elle, sa sœur de cœur, avait baissé les bras, à un moment donné elle avait déclaré forfait. Ma sœur et moi l'avons appelée ensemble pour lui annoncer la mort de maman. Elle semblait désolée pour nous surtout. Elle ne viendrait pas au Père-Lachaise, elle devait partir en voyage avec son fils et sa petite-fille récemment née, elle partirait comme prévu. Nous n'en sommes pas revenues. Tu ne viendras pas à ses obsèques ? Nous étions incrédules, désemparées. Non. C'était vraiment trop tard, elle lui en avait trop fait. Elle avait déjà fait son deuil, en amont de sa mort.

Notre beau-père sénégalais n'avait toujours pas vu la dépouille de sa femme. Ils s'étaient mariés pour sa famille à lui, des musulmans pratiquants chez qui le concubinage n'était pas envisageable. Maman avait changé de nom une septième fois. Pour l'occasion elle s'était transformée en Africaine, une coiffe sur la tête, des gris-gris autour du cou, une grand-mère et des sœurs et des cousines et des voisines lui tenant compagnie le grand jour avant de sceller son union devant un marabout et de la consommer après un tiéboudiène. Ils s'étaient mariés presque tout de suite pour pouvoir vivre ensemble et l'année de sa mort maman avait voulu tous nous réunir, nous, nos amis, sa famille dakaroise, son compagnon de notre âge, afin d'officialiser son union. Elle y a renoncé au dernier moment pour des raisons équivoques ; j'avais l'impression que son couple battait de l'aile. Elle était devenue très compliquée à gérer, comme elle pouvait l'être en période de crise, et puis elle avait tellement mal physiquement et psychiquement, elle avait mal partout, mal au ventre, mal aux bronches, mal aux hanches, mal à l'âme. Elle souffrait, une souffrance terrible que nous n'avions pas mesurée, aucun d'entre nous, nous responsables de son salut.

Avant la fermeture du cercueil, avant de monter dans le corbillard en route vers le Père-

Lachaise, nous sommes allés la voir une dernière fois, son compagnon, ma sœur et moi. Nous étions passées dans l'appartement de maman, son appartement qui sentait la pisse rance, son lit imbibé de l'urine dont son corps s'était vidé en expirant. Il faudrait trier et nettoyer, mais nous avions quelques semaines pour faire ça, par pitié, pas tout à la fois. Nous y avons trouvé des lettres inattendues, des lettres que papa lui avait envoyées après la naissance de ma sœur, qui indiquaient que maman avait fait une grosse dépression post-partum. C'est à ce moment-là qu'elle avait découvert Dakar pour la première fois. D'après les télégrammes, elle était restée au Méridien, avec une femme dont nous avions beaucoup entendu parler mais que nous n'avions jamais vraiment connue. Nous y avons trouvé ses chemisiers Saint Laurent, ces vêtements qui nous rappelaient les années fastes de son mariage avec papa. Il y en avait un très ample, à jabot, peut-être celui qu'elle avait porté enceinte de moi pour ses noces. J'ai décidé de le mettre le jour des funérailles. J'avais préparé un discours. Je m'étais promis de ne pas pleurer.

Pour ce dernier voyage de l'institut médico-légal au Père-Lachaise, nous sommes arrivées les bras chargés de pétales de roses blanches dont nous avions prévu de remplir le cercueil. Ma sœur qui ne l'avait pas vue depuis le jour funeste l'a trouvée changée. Nous avions choisi des vêtements chez elle, des habits sobres. Son compagnon lui avait écrit une lettre qu'il a tenu à nous montrer avant de la déposer sur la poitrine de la défunte. Il l'avait signée d'une goutte de son sang, et malgré la peine que ressassait mon cœur, je le sentais se serrer d'apitoiement devant le ridicule de ce geste. Pauvre petite conne, j'entendais me dire maman. Pauvre petite conne ! J'étais bouleversée par le fanatisme de ma sœur, qui couvrait le visage putréfié de notre mère de larmes et de baisers. Elle s'est mise à disperser les pétales tout autour de son corps, follement, compulsivement. Nous avions demandé que ses mains soient découvertes et placées sur son torse, mais le thanatopracteur nous avait prévenues qu'il était peu probable qu'elles soient encore en état d'être montrées. Son corps avait douze jours, c'est long douze jours pour un cadavre. Ma sœur voulait voir, elle essayait de soulever le drap, elle dégageait un pan de sa chemise, elle tirait dessus comme un enfant à qui l'allaitement donne le droit de déshabiller sa mère en public ; debout à ses côtés je l'ai suppliée d'arrêter. Elle s'est arrêtée net en voyant ce qu'il y avait là-dessous. Elle a fait sa moue de petite fille, sa tête contrariée des moments où elle prenait sur elle tout en pensant que maman exagérait. Le cercueil s'est refermé. Et puis après la sonate et la valse et nos discours dans la chapelle du Père-Lachaise, le coffre en bois a été brûlé dans un four d'où est ressortie une urne en marbre remplie de ses cendres.

Ma sœur et moi avions respectivement l'âge de maman quand elle nous avait mises au monde : trente et trente-deux ans. Elle nous avait menées jusque-là, jusqu'à l'âge de sa maternité, elle avait réussi à nous donner ça. Nous étions côte à côte, les seules survivantes à avoir la tristesse de faire part de son décès dans la rubrique nécrologique. Sa mère était morte, et finalement son père aussi. Nous étions adultes, nous étions des femmes, mais nous retrouver orphelines nous renvoyait à un stade infantile qui nous paraissait alors indépassable. Ce n'est qu'à ce moment-là que j'ai commencé à mesurer l'ampleur de la catastrophe psychologique qu'avait été pour elle le décès de ses parents. La dernière digue s'était dissoute. Elle s'était autorisée à partir pour de bon après eux. Englouties par la béance de son absence, le jour de sa crémation, nous nous tenions par la main ma sœur et moi, agrippées l'une à l'autre comme à une branche au-dessus du néant. Nous scrutions la malheureuse assemblée présente dans cette pièce solennelle où nous avions pris rendez-vous avec son cadavre, et l'absence me giflait de nouveau, une claque cinglante d'une cruauté sadique. Je n'avais plus le courage de pardonner à papa de ne pas être là. Il aurait dû trouver le moyen d'être des nôtres, de nous dire qu'elle avait été son amour à lui aussi, qu'il l'avait tant aimée, qu'il l'aimait toujours, qu'il partageait notre peine. Juste cette fois, je voulais qu'il reprenne sa place auprès d'elle, juste une dernière fois, qu'il redevienne le roi auprès de notre reine. Mais sa reine lui avait échappé depuis longtemps déjà. Et la fugitive ne reviendrait pas.

Dans la cuisine chez ma sœur, nous nous sommes penchées au-dessus de l'urne pour inspecter les cendres. Nous espérions ne pas trouver de grumeaux. Nous avons vidé son contenu dans des petits sachets, chacune une cuiller à la main, ces cendres qui ne pouvaient pas ne pas nous rappeler les montagnes de mégots que nous avions déversées dans des sacs-poubelle toute notre enfance. Huit sachets que nous avons cachés dans des boîtes à thé pour passer la douane sénégalaise, une boîte par personne.

Je suis partie en éclaireur avec mon amoureux et mes amies. Nous avions pensé aussi qu'il était préférable que nous prenions des avions séparés, au cas où, pour les cendres. La maison de maman, que je découvrais pour la première fois, me fit l'effet d'un cénotaphe. Elle y avait emménagé depuis peu, elle était encore en travaux parce que ceux qu'elle voulait y faire étaient si extravagants qu'elle avait besoin de rallonges pour les poursuivre, rallonges que nous lui avions refusées, nous et papa. Elle avait repris un chien, et j'avais oublié ce détail en arrivant devant son portail dans une rue en terre au milieu d'un quartier populaire en bord de mer. Elle habitait Yoff, une commune au nord de Dakar, sur la route de l'aéroport, aux confins d'une immense plage aux longs rouleaux qui brassaient quantité de déchets et occasionnellement refoulaient un enfant qui, ignorant les lames de fond ou contrevenant aux ordres de ses parents, avait péri dans les vagues. Nul n'aurait songé promener un chien sur cette plage. Un tel animal dans ce décor était inepte. Maman avait complètement disjoncté ces derniers temps, et le fait qu'elle ait choisi d'adopter un énorme berger allemand incontrôlable, fougueux comme un pur-sang et haut comme un poney, dans une ville au climat et à l'infrastructure absurdement inadaptés, au sein d'un quartier peuplé de musulmans affligés par cette bête, en était la preuve flagrante. Maman avait dû beaucoup négocier avec son compagnon pour qu'il accepte d'héberger un chien dans leur maison. À peine arrivée, je lui ai dit que j'étais d'accord, *khalas* le chien. Nous nous sommes débarrassés de lui : les animaux domestiques n'étaient décidément pas les bienvenus dans nos maisons de sauvages.

Le premier matin, j'ai cherché de quoi faire un café dans les placards de la cuisine. J'en ai sorti une grande boîte en métal du même café dégueulasse que maman avait toujours préféré à l'expresso sophistiqué auquel elle me faisait ajouter de l'eau froide quand je lui en servais un chez moi. Je me suis installée sur la terrasse en friche pour le boire, finalement peut-être le Nescafé était meilleur en Afrique, le bord de la tasse avait le goût des lèvres de maman. Je pleurais sans arrêt, et plus je pleurais plus je me disais que maman m'aurait foutu des baffes si elle m'avait vue dans cet état, et comme j'entendais sa voix, je chialais de plus belle. Je n'arrivais pas à interrompre l'incursion des souvenirs, ils chargeaient comme un corps de cavalerie, je les sentais dévaler au triple galop – Taïaut, taïaut ! Et brusquement, j'ai remarqué la cloche accrochée au mur extérieur sous le porche, la cloche en bronze de Corrèze qu'elle faisait sonner quand il était l'heure de passer à table. Au secours, putain la cloche ! Au secours, la Corrèze ! Il n'y avait que maman pour reconstruire la Corrèze à Dakar. Il n'y avait qu'elle, elle était incroyable. Elle était irremplaçable.

Ma sœur et sa délégation sont arrivées quelques jours après moi, avec plusieurs heures de retard, au beau milieu de la nuit. Aucune des valises n'avait été perdue, les huit boîtes étaient sauves, c'était le principal. Le soir de leur atterrissage, la mousson déversait sur le tarmac une pluie tropicale lourde de poussière et de pollution. J'attendais dans la voiture, la tête inclinée contre la vitre, regardant un lac d'encre se former tout autour du terminal. L'aéroport Léopold-Sédar-Senghor, malgré l'heure tardive, grouillait de monde, et la foule se rangeait spontanément sous des auvents de fortune. Je dessinais des petites croix dans la buée, des larmes ruisselant le long de mes joues au rythme des gouttes sur le pare-brise. J'ai vu ma sœur traverser le parking de l'aérogare abritée sous son sac en guise de parapluie, ses camarades à sa suite, menés par le compagnon de maman dix mètres devant, dans l'eau jusqu'à mi-mollets. À peine a-t-elle claqué la portière qu'elle s'est mise à m'engueuler. Je n'y étais pour rien si maman avait décidé de partir vivre en Afrique, je n'étais pas responsable de la saison des pluies ! Elle n'aurait jamais foutu les pieds en Afrique si on lui avait demandé son avis, elle était peut-être encore plus hypocondriaque que papa, ce qui n'était pas peu dire. T'as pris ta Malarone ? Déconne pas, sérieusement, il manquerait plus qu'on rentre avec le palu ! Nous avons passé la soirée dans la maison de maman entre les coupures de courant, les cris d'enfants dans les rues, l'odeur de chien mouillé dans le salon, les bruits de générateur, les bourdonnements de climatiseur, le sifflement incessant des moustiques qui mettait tout le monde à cran. Ma sœur avait réservé des chambres pour elle et ses amis au Méridien des Almadies, tout près de l'endroit où nous jetterions ses cendres à la mer. Les premières années de son installation, maman avait passé ses après-midi au bord de la piscine de l'hôtel avec ses copines sénégalaises à qui elle offrait l'entrée et des cocktails multicolores ornés d'ombrelles miniatures. Le quartier des Almadies était son préféré, non qu'elle ait voulu y habiter, les maisons y étaient trop *toubab*-nouveau-riche-tape-à-l'œil, mais elle aimait le Méridien et puis le bar-restaurant face à la mer un peu plus loin, sur une plage que son compagnon nous a indiquée. C'est là, nous a-t-il dit, qu'elle aimait venir admirer le coucher de soleil, là qu'elle voulait que l'on disperse ses cendres. Elle lui avait dit à lui aussi. Pendant mon séjour deux ans plus tôt, il m'y avait emmenée boire un verre. D'un ton de guide touristique, il avait déclaré : C'est ici la pointe la plus occidentale de tout le continent africain. Puis en rigolant il avait ajouté : Si tu regardes bien, tu pourras presque voir New York !

Le jour venu, les filles comme les garçons ont enfilé des ensembles bariolés dénichés dans l'aile sénégalaise du dressing de maman. Ses amies locales avaient tenu à nous rejoindre et elles nous ont noué des fichus sur la tête. Nous déambulions déguisées en Africaines avec au bras des sacs plastique dans lesquels apparaissaient en transparence des boîtes de thé Kusmi. Les joueurs de djembé s'étaient installés sur la plage avec leurs percussions. Le piroguier était au rendez-vous. Nous sommes montés à bord, mais comme il était clair que nous n'allions pas tous tenir, quelques-uns se sont portés volontaires pour rester sur le rivage. Une de mes amies qui s'était dévouée pour nous attendre à quai a déchiré un bout de son foulard pour maman. Nous étions encore trop nombreux sur cette embarcation de fortune, et l'eau nous éclaboussait tant et si bien que les cendres risquaient de se transformer en tas de boue avant d'être dispersées. Nous nous sommes arrêtés à une centaine de mètres au large, j'aurais aimé dire une prière à ce moment précis, mais ma sœur et moi ne connaissions que des suppliques. Nous avons échangé un regard, et d'un geste mal assuré nous avons vidé les boîtes, les unes après les autres, depuis cette barque qui tanguait comme un cheval à bascule, et les cendres dans le vent revenaient se coller à nos cils mouillés, nos mains en étaient couvertes, mais nous avons continué jusqu'à ce qu'il n'y en ait plus. Et puis j'ai jeté le bout de tissu que mon amie m'avait confié, et ma sœur m'a demandé pourquoi je balançais un torchon à la mer ; je lui ai répondu c'est rien, t'inquiète, c'est rien, je ne trouvais pas les mots pour lui expliquer, le silence dans l'immédiat suffirait. En voulant redémarrer le moteur, le piroguier a constaté qu'il était noyé. Nous avions été ballottés bien au-delà de la crique et nous nous sommes aperçus que le rivage n'était plus visible. Nous étions cernés de rochers vers lesquels nous nous précipitions projetés par des vagues bouillonnantes, hostiles. Pitié maman pas ça, a dit ma sœur. Les suppliantes imploraient encore. Et maintenant on va tous crever là avec ses idées à la con ! Le moteur s'est remis en marche en réponse. Nous avons soufflé, soulagées, et puis le soupir s'est transformé en fou rire : sans se le dire, nous savions pertinemment l'une comme l'autre qu'il s'agissait encore d'une sale blague de maman. Elle était venue nous rappeler à l'ordre : Hé, si on a plus le droit de rigoler ! Allez, arrêtez de tirer cette gueule de raie… marrez-vous un peu, merde. J'ai dit que je voulais que ce soit une fête, pas un défilé de zombies !

Nous avons passé les quelques jours suivants à trier ses affaires, à faire changer le titre de propriété de sa voiture qu'elle voulait léguer à son compagnon d'une biffure accompagnée des mots «donnée à» et sa signature. Le compte en banque de maman était à découvert, comme ça avait été le cas en permanence depuis que nous étions en âge de savoir ce qu'était l'argent. Dans la pièce qui lui servait de bureau, nous avons trouvé des monticules de petits papiers sur lesquels étaient griffonnées des notes aussi obscures qu'évocatrices : nous avons toutes les deux revu maman inlassablement occupée à écrire des trucs, avec toujours le même feutre à bille Pentel vert sur le même bloc-notes quadrillé Rhodia orange. Parmi les centaines de feuilles volantes sur lesquelles étaient gribouillés des chiffres, des pensées philosophiques, des phrases incomplètes, des noms, des déclarations, des dessins abstraits ou figuratifs, nous avons trouvé aussi des photos de son père dont nous ne savions pas qu'il lui avait rendu visite à Dakar, et des cartes postales, de lui et d'autres personnes dont nous ne connaissions pas l'existence. Maman avait vécu loin de nous dans cette mégalopole africaine, elle s'était reconstruit une vie qui n'était pas la nôtre, qui ne nous regardait pas. Tant qu'elle était bien, tant qu'elle semblait s'en sortir, nous la laissions tranquille, nous ne lui posions pas de questions sur son quotidien ou ses fréquentations, elle était majeure et vaccinée, elle nous l'avait suffisamment répété, je suis majeure et vaccinée que je sache ! Vous allez arrêter un jour de me demander des comptes, encore des comptes, toujours des comptes ! Maman était une grande fille, elle pouvait faire ce qu'elle voulait de son cul et de son fric à soixante-deux balais, même si c'était le fric de papa, elle l'avait bien mérité. Elle nous avait prévenues qu'elle déciderait quand ce serait l'heure de partir, elle n'avait aucune intention de finir à nos crochets, dans une chaise roulante ou gaga, non, elle partirait digne, elle nous quitterait en reine. Nous avons épluché ses carnets, nous en lisions chaque mot comme si nous espérions y découvrir un message codé, une autre explication que celle qu'elle nous avait proposée dans sa lettre : J'en ai assez, j'ai assez donné. Nous ne pouvions nous y résoudre. Comment une mère pouvait-elle dire à ses filles qu'elle avait assez donné ? Elle avait raison, ce n'était jamais assez, pour nous non plus, elle nous avait mal habituées. Nous voulions toujours plus, nous étions des droguées, sa présence au monde était une addiction. Nous étions des ingrates parce que nous étions ses enfants, même à trente et trente-deux ans, nous étions ses bébés, ses filles chéries adorées, allez ses salopes si elle voulait, mais nous ne pouvions nous résoudre à la laisser s'enfuir. Mes larmes finiraient bien par me ramener de l'autre côté de l'Atlantique, sur les rives de l'Achéron. J'étais sûre au moins de ne jamais arriver à bout de ces sanglots, quand ils auraient glissé sur l'azur de toutes les mers du monde, mon chagrin me serrerait encore la poitrine, lui ne me quitterait jamais.

Dans le tiroir du bureau, une nuit avant l'arrivée de ma sœur, j'ai trouvé une vieille enveloppe qui n'avait pas servi, une enveloppe neuve du passé. Elle n'était pas fermée, et j'ai soulevé le rabat machinalement, sans gêne – les morts n'ont plus rien à cacher. J'en ai sorti lentement une feuille de papier aux lignes bleues et roses qu'il me sembla reconnaître. Elle était pliée en deux, et en l'ouvrant j'ai reconnu mon écriture d'écolière. Non, je ne suis pas parvenue à lire ces mots qui se superposaient, flous derrière la buée de mes yeux submergés. Je n'avais pas besoin de les lire, ces vers je les savais par cœur comme les croyants mémorisent leurs prières :

Maman, Maman,
Toi qui m'aimes tant,
Pourquoi partir sans me prévenir ?
Car maintenant je vais souffrir
Souffrir de ne pas te voir revenir
Que t'a-t-on fait pour te faire partir,
Partir sans même écrire
J'espère que tel était ton désir,
Mais comment savoir si tu prends du plaisir
Es-tu en train de pleurer ou de rire ?
Peut-être es-tu en train de vieillir ?
Que tu ne peux même plus dormir !
Mais il faut que tu saches que je t'aime,
Aussi profondément que je le dis dans ce poème !

DU MÊME AUTEUR

Aux Éditions Gallimard

FUGITIVE PARCE QUE REINE, 2018 (Folio n° 6631). Prix du roman *Marie-Claire* 2018, prix Françoise-Sagan 2018

Composition : Dominique Guillaumin
Impression Novoprint
à Barcelone, le 4 mars 2019
Dépôt légal : mars 2019
ISBN 978-2-07-283257-4/Imprimé en Espagne

345032